Dieter Jandt

Das Haus an der Grenze

Dieter Jandt

Das Haus an der Grenze

Ein Roman vom Goldenen Dreieck

KaMeRu Verlag

Impressum

Umschlagsgestaltung und Satz: www.diaphan.ch, Stephan Cuber, Bern
Umschlagsabbildung: saugx / photocase.de
Dieses Buch wurde nach den von der Dudenredaktion empfohlenen Schreibungen
(Duden, Band 1, 28. Auflage 2020) Korrektur gelesen.

Printed in EU

ISBN 978-3-906082-86-8

Bibliographische Information der Deutschen Nationalbibliothek:
Die Deutsche Nationalbibliothek verzeichnet diese Publikation in der
Deutschen Nationalbibliographie; detaillierte bibliographische Daten
sind im Internet über http://dnb.ddb.de abrufbar.

Anmerkung des Autors

Dieser Roman entstand mithilfe eines Stipendiums, das vom Ministerium für Kultur und Wissenschaft in Nordrhein-Westfalen/ Deutschland gewährt wurde.

Die jeweils eingefügten Formulierungen in thailändischer Sprache sind in lateinischer Schrift dargestellt, um den Lesern die Möglichkeit zu bieten, ein Gefühl für diese Sprache zu entwickeln.

1

Sie lag mit dem Kopf seitlich im Schotter, mitten im weißen Licht einer Neonröhre. Die Augen waren weit aufgerissen, der Blick starr. Lehnert hockte über ihr und hielt sie an den Schultern. Nok stand unter Schock, sie schaute geradeaus knapp über den Boden hinweg, hilflos, weil sie nicht wusste, wie sie die Bilder des Zusammenstoßes beiseiteschieben konnte, sie liefen nicht weiter.

Blut floss in dünnen Linien aus der Nase und aus dem linken Ohr. Lehnert beugte sich tiefer zu ihr hinab und versuchte sie zu beruhigen: »Nok mai tong huang.« Er schüttelte sie leicht am Arm, weil er nicht wusste, was er sonst tun sollte. Aus dem Nachtdunkel schob sich Noks Vater im Rollstuhl unter die Gruppe Neugieriger und bellte dumpf zwischen ihre Beine knappe Anweisungen: »Yon farang ook pai si« Die Neffen versuchten, Lehnert von Nok fortzuziehen, der wehrte sich. Er rief den Umstehenden, deren braune Füße und Plastiklatschen er aus den Augenwinkeln wahrnahm, zu, wo der Krankenwagen bleibe.

Hinter ihnen stand, schwarzglänzend wie ein voreiliges Totenfahrzeug, Lehnerts Tuktuk, das er nach dem Zusammenstoß zurückgesetzt hatte. Gegenüber lag Noks Fahrrad auf dem Asphalt, vor dem geöffneten Tor zum Grundstück und der kleinen Bodenwelle, die beide soeben mit Schwung hatten nehmen wollen. Nok wimmerte leise vor sich hin, sie versuchte sich zu bewegen. Lehnert fühlte das an der Anspannung der Muskeln an der rechten Schulter. Aber es gelang ihr nicht.

Lehnert hatte sie nicht herankommen sehen, wie denn auch, ohne Licht? Er hatte Nok noch vor wenigen Tagen angeboten, eine

..e Fahrradlampe, die seit Jahren vergessen im Schuppen gelegen hatte, an die Lenkstange zu montieren. Sie aber hatte lächelnd abgewunken: »Mai tong mai tong.«

Lehnert war von der anderen Seite der engen, unübersichtlichen Kurve gekommen. Er hatte auf dem kleinen Markt gleich um die Ecke noch auf die Schnelle zwei Päckchen rote Chilipaste gekauft. Es sollte ein gemütlicher Abend mit Nok werden: Man würde gemeinsam auf der Terrasse zum Abendessen sitzen, vielleicht kämen Verwandte vorbei, mit Plastikblasen, darin Hühnersuppe, Klebreis, sauer gewürzte Bambussprossen, was auch immer.

Nein, er war nicht zu schnell gefahren, sondern gewohnt langsam und vorsichtig in dieser engen Kurve.

Nok war gerade von einer Geburtstagsfeier im kleinen Kreis gekommen, bei ihrer Schwägerin, so viel wusste Lehnert. Sicher hatte sie getrunken, ein paar Gläser Bier vermutlich, aber was hieß das schon?

Die Neffen Noks zerrten Lehnert wieder an den Schultern, auch ihr Bruder Ton war hinzugekommen, angefeuert vom Gebell des Alten: »Ook pai ook pai.« Sie wollten ihn weghaben von ihrer Tochter, Cousine, Schwester. Weg mit ihm, dem Farang, dem Westler, zwar Ehemann, aber Farang, dem Dennoch-Anderen, der Nok umgefahren hatte, der Schuld war, der nicht aufgepasst hatte, ein Farang, der niemals wusste, wie man sich vernünftig verhielt, und schon gar nicht im Straßenverkehr.

Ot, einer der beiden schlaksigen Neffen, versuchte mit hektischem Zeigefinger auf dem Handydisplay die Telefonnummer eines verwandten Kinderarztes zu wählen, der gleich in der Nähe wohnte. Der aber ging nicht ans Telefon. Auf einen Krankenwagen wartete man hier gewöhnlich vergebens, das würde mindestens eine Stunde dauern. Ot klappte das Handy zu und lief mit weiten Sprüngen quer über das Brokkolifeld, um über den Hinterausgang schnell das Haus des Kinderarztes zu erreichen, vielleicht schlief der ja.

Immer mehr Menschen hatten sich um die am Boden liegende Nok versammelt, Nachbarn, entfernte Verwandte, Kinder mit Rollern, alte Frauen, die mit Körben voller Früchte vom Markt gekommen waren. Sie lärmten und machten Vorschläge: man solle Nok auf die Seite drehen, auf der sie doch schon lag, man solle sie ins Haus tragen, einer schrieb sich das Kennzeichen des Tuktuks auf, sie werde ihm bei der nächsten Lotterie Glück bringen, einige lachten, was nicht ungewöhnlich war, weil man nicht wusste, wie man sonst auf so etwas reagieren sollte, weil niemand das Gesicht verlieren wollte. Eine Marktfrau keifte halblaut ins Dunkle, das sei alles vorbestimmt, genau so, »pen baab«, das hätte man sich wahrsagen lassen können. Wenn man nur gewollt hätte. Andere forderten, man solle die Polizei rufen und den Farang festnehmen.

Lehnert befreite sich von den Griffen der Neffen und beugte sich wieder eilig zu Nok hinunter. Er versuchte, sie unter den Kniekehlen und den Armen zu fassen, um sie hochzuheben und auf die Rückbank des Tuktuks zu legen. »Tong kautjai Nok tong pai hoong pajabaan than thii«, das müssten sie doch verstehen, sie müsse ins Krankenhaus, sofort!

Wieder rissen ihn die Männer rüde von Nok los und stießen ihn wütend zurück. Er sah den Blick des Alten, voller Hass, wie er mit seiner für den Norden des Landes untypisch dunklen Gesichtsfarbe vorgebeugt im Rollstuhl saß und mit wilden Armbewegungen Regie führte. Noch einmal versuchte er, sich von den Männern zu lösen. Er sah, wie Nok, während weiter das Blut aus ihrem Ohr und ihrer Nase lief, die Augen aufgerissen hielt, weit und wild aufgerissen, ein Sichwehren, um sich am Leben zu halten, den Film zurückzuspulen, bevor die Bilder des Aufpralls herankamen. Er sah, wie sie sich ihm zuwand und etwas sagen wollte, was ihr aber nicht gelang, ihr Mund blieb geöffnet, aber sprachlos, da kam nichts. Tränen liefen über ihre Wangen, während immer mehr Neugierige hinzukamen und sich aufgeregt unterhielten, Lehnert wegstießen. Einer, ein knochiger Mann, mit dem Lehnert schon oft in Freundschaft zusammengesessen hatte, drohte mit der Faust. Lehnert drängte noch einmal mit der Schulter gegen sie alle an, um zu Nok vorzukommen, aber man grabschte nach seinen Armen, kratzte, stieß ihn, während sie von irgendeinem dumpfen Gefühl getrieben, das schon immer nahebei herumgewabert war, »Farang Farang« riefen, »pai kai kai«, er solle abhauen, endlich verschwinden. Lehnerts Mund war weit geöffnet. Es sah aus, als ob er schrie. Er schrie aber nicht. Da war kein Laut. Nichts.

2

War es Zufall, dass wir nebeneinandersaßen, in der letzten Reihe? Wir mussten nur hinter uns in die breite Kühltruhe langen, um eine neue Flasche Bier herauszufischen. Beim zweiten Mal angelte ich grinsend gleich eine für Lehnert mit heraus. Grundverständnis unter Biertrinkern.

Vorn auf der großen Leinwand lief gerade der Film mit dem Titel *Der stille Berg* an. Der österreichische Botschafter, ein schlaksiger Mensch in feinem, hellgrauem Zwirn, hatte soeben eine Rede gehalten, von Völkerverständigung und kulturellem Austausch, und hatte den ganzen, offiziellen Kram, den niemand hören wollte, heruntergerasselt. Die deutschen, österreichischen und thailändischen Honoratioren nickten in der ersten Reihe synchron gegen den Sandboden hin, und alle warteten auf den Beginn der Vorführung.

Ich schielte zu Lehnert hinüber. Weiß immer gern, was sich in meiner direkten Umgebung abspielt. Ein Mann Anfang fünfzig? Mit einem bunt karierten Hemd über einem Bauch mit etwas mehr als einem Ansatz – Zeugnis halbwegs kontrollierten Bierkonsums –, aber ohne wirklich dick zu sein. Er hatte dünnes, aus der Stirn gekämmtes Haar, farblos, vormals blond. Seine Lesebrille, mit der er das schmale Programmheft des Goethe-Instituts studiert hatte, war auf die Nase gerutscht. Nun fächerte er sich mit dem Heft die schlechte Luft von Bangkok zu und schaute sich gelangweilt um: Da saßen etwa vierzig Zuschauer auf den Plastikstühlen im Innenhof verteilt, meist junge Thailänderinnen, Studentinnen, auch ein paar Männer darunter, die sich aus irgendwelchen Gründen für die deutsche Sprache interessierten. Einige Westler waren quotenmäßig im Publikum verteilt, meist im Alter von Lehnert, von dem ich da noch nicht wusste, dass er so hieß. Das sollte sich bald ändern.

Aus den Augenwinkeln stellte ich eine gewisse Nachlässigkeit in seinem Äußeren fest: Das Hemd war nicht gebügelt, das Kinn zwar rasiert, aber irgendwie zu eilig geschabt, da waren übersehene Bartstoppeln, vielleicht ein unscharfes Messer, dachte ich, während *Der stille Berg* sein Intro abspulte, das alles andere als still war, eine melodramatische Einführung mit einer Partie aus Streichern und Pauken, tanzenden Paaren und einem traurig dreinschauenden jungen Helden im hellen Anzug und weißem Rüschenhemd, und das alles vor einem beeindruckenden Panorama, das die schroffen, schneebedeckten Felsen der Dolomiten zeigte. Allein der Schnee würde die Thai begeistern, da war ich mir sicher. Hatte gehört, dass sie ihn nur zu gern mindestens ein Mal im Leben in der Hand halten würden, um ihn zu bestaunen. Jedem das Seine.

Lehnert schwitzte, er roch aber nicht. Gelegentlich wischte er sich in der leichten Brise, die mit 28 Grad Celsius die Nachtluft Bangkoks in den Innenhof zwischen die Flachbauten des Instituts wehte, über das Gesicht, setzte die Bierflasche an und nickt mir zu. Irgendwie nett der Typ, dachte ich. Bisschen traurig.

Dann fesselte mich *Der stille Berg*, ein Streifen über die Anfänge des österreichisch-italienischen Krieges, der gewissermaßen innerhalb des 1. Weltkrieges stattgefunden hatte, und vor diesem Szenario durfte man nun also die Agonie des vormaligen Miteinanders zwischen Italienern und Österreichern betrachten. Ein Liebesdrama zwischen einem jungen, hübschen Österreicher und einer italienischen Schönheit. Tragik und Tränen, Trennungen und Wiederkehr. Claudia Cardinale mischte als Mutter mit, die ihre Tochter Francesca in ein Kloster zwingen wollte, um sie von ihrem Liebhaber abzubringen. Am Ende sprengten die italienischen Soldaten den stillen Berg in die Luft, alles war auseinandergerissen, all das Gestein, all die Beziehungen, auch die verknöcherten, und während am Schluss die Besetzungsliste über die Leinwand abgespult wurde, befand Lehnert, ebenso wie ich einigermaßen angesäuselt vom Bier, dass ihn dieser Streifen doch ziemlich berührt habe, sagte es beinahe empört und mit enttäuschten Augen, als habe ihm der Filmemacher etwas angetan. Irgendwie sei er sofort an seine eigene Situation erinnert worden, was natürlich, nun in der Rückschau betrachtet, völliger Unsinn war, aber gut, wir waren angetrunken.

Hatte wenig Lust auf Beziehungskram, der da von Lehnert herüberzuwachsen drohte. Man hatte ja schießlich mit sich selbst zu tun. Jedenfalls: Der Mann wirkte schwer verletzt. Er war aufgestanden, die Arme hingen schlapp am Körper herab, die leere Flasche Bier baumelte am Oberschenkel, als wisse er nicht, wohin damit. Ich nahm sie ihm ab und stellte sie neben die Kühltruhe, fischte eine weitere Flasche heraus, gab sie ihm, während auch die anderen Besucher sich erhoben hatten und sich miteinander unterhielten, ein Deutsch-Thailändisch-Englisch-Gemisch flirrte über den Innenhof.

Er sei Werbetexter, teilte er mir dann zusammenhanglos zwischen den Stühlen mit, habe schon vor Jahren genug verdient, um in Thailand leben zu können und nur noch nach Belieben zu arbeiten. Gut, das war dann verstärkte Kontaktaufnahme, die zweite Stufe. Wir hielten die Hände in den Hosentaschen, ich hörte nur mit halbem Ohr zu und schaute über die Flachbauten hinweg in den Nachthimmel und die bunten Lichtreflexionen unzähliger Hochhäuser. Lehnert brach dann aber abrupt ab, als er plötzlich die Delegation der Honoratioren an sich vorbei zum Ausgang hin vorbeiziehen sah. Mit einem Mal steuerte er, die Flasche Bier in der Hand, auf einen mittelalten Thailänder mit dunklem Anzug und lachsfarbenem Seidenschlips zu. Er maulte ihn auf thailändisch rüde von der Seite an, setzte nach, ließ nicht locker, ruckte immer wieder mit dem Kopf vor, seine feuchte Aussprache war tatsächlich im Neonlicht zu sehen. Eine Traube schützender westlicher Diplomaten bildete sich um den zierlichen Mann, der hinter seiner Brille kaum das Gesicht verzog, aber diesen Ausbruch mit zurückgebogenem Kopf entgegennahm. Lehnert maulte weiter, bellte wütend, bis ihn schließlich ein paar thailändische Studenten mit blitzenden, weißen Zähnen abdrängten. Die Delegation verzog sich zum Carpark, Lehnert drehte sich um, ließ die Flasche Bier auf den Schotter fallen und schaute mich an, bockig mit vorgeschobenem Kinn. Der Abend war gelaufen. Auch ich hatte, während sich die Zuschauer im Bogen um uns entfernten, überhaupt keine Lust mehr auf Lehnerts Gesellschaft. Ich drehte, kurz mit dem Kopf nickend, ab, ich ließ ihn stehen, suchte den Ausgang und spazierte die Soi Goethe entlang zur nahen Metrostation Lumpini, die nahe Skyline und die blinkenden Lichter der wichtigen Banken der Welt vor Augen und hinter dem Lumpinipark mit seinen meterlangen Echsen, die jetzt im Dunkel ihre Ruhe vor dem flanierenden Volk gefunden hatten, die mächtige Front der bunt schimmernden, Werbebotschaften tragenden Wolkenkratzer des Siam Square im Blick, und doch wieder nicht im Blick, der Film wollte verarbeitet werden, und langsam schlenderte ich am lärmenden Verkehr der Hauptstraße vorbei und sinnierte darüber, warum die Berge nicht einfach still sein konnten, warum die Gesellschaften, die Menschen nicht einfach friedlich miteinander umgehen konnten, warum die Liebe nicht eine sein konnte, sondern die Lautsprecher, die »Gröler«, die mental besoffenen Hater die Zeitläufte bestimmten und massiv störten, ja, ich war in hohem Maße angefasst, und das passte mir nicht, ich wurde mir selbst zu triefend vor Moral und zu kitschig, ich fragte mich, warum ich beinahe laut gejubelt hatte, als Francesca den hässlichen Weinberger, der sie sexuell ausgenutzt hatte, mit einem Stein erschlug, nachdem der ihren Bruder Angelo hatte hinrichten lassen, und der soeben im Begriff war, ihren Geliebten Anderl zu töten. Bei jedem Schlag des schroffen Dolomitensteins auf den Kopf des Missetäters hatte ich die Fäuste geballt, mit den Kiefern gemahlt, nun gut, ich hatte getrunken, aber irgendwie erinnerte mich das alles an meine eigene Beziehung. Wieso eigentlich? Was für ein Unsinn! Was hatte dieses österreichisch-italienische Kriegs- und Liebesdrama mit mir und Djum zu tun? Deutschland und Thailand führten nicht Krieg miteinander, Djum und ich kannten sich erst seit Kurzem, und wirklich verzweifelt waren wir auch nicht.

Wusste Lehnert das? Spürte er irgendeine Gemeinsamkeit? Er hatte mich mittlerweile eingeholt, und ich nahm notgedrungen gemeinsam mit ihm die Stufen abwärts zum Bahnsteig.

Der Typ habe diese Ansprache einfach gebraucht, meinte er bockig. Das sei ihm völlig egal, ob der wirklich zuständig gewesen sei, vermutlich einer dieser aufgeblasenen Beamten vom Kultusministerium, aber irgendwen müsse man sich ja greifen.

Noch in der Nachschau weiß ich, dass ich mich völlig überrumpelt fühlte. Ich wusste doch gar nicht, worum es ihm ging, ich wollte es auch gar nicht wissen.

Aber Lehnert ließ nicht locker, warum sonst hatte er mir nachgesetzt? Er habe Probleme mit seiner Aufenthaltsgenehmigung. Er sei am Morgen bei der Immigration in der Chaengwattana Road im Norden der Stadt gewesen, in Lak Si, und er wurde sogleich kumpelhaft, als sei das auch mein Problem: Nummer ziehen, eine endlose Warteschlange, schlechte Laune in allen Gängen und so weiter.

Ich nickte schnell, weil ich wollte, dass er mit seiner Story fertig wurde. Erst jetzt bemerkte ich, dass er wieder eine Flasche Bier in der Hand hielt, was ja eigentlich in der Metro als auch im gesamten Bereich der Stationen untersagt war.

Sie hätten gierig, wie sie nun einmal seien, die Visabestimmungen verschärft, lamentierte er weiter, nach denen Ausländer berechtigt seien, dauerhaft im Land zu bleiben. Mal eben 800 000 Baht, die man vorweisen müsse! 800 Riesen, und er beschrieb mit der Flasche einen weiten Bogen vor dem Ticketautomaten.

Ich nickte schnell und ließ vier 10-Baht-Münzen in den Schlitz fallen.

22 000 Euro auf der hohen Kante zu haben, sei ja nun nicht Nichts. Und vor allen Dingen werde das Geld automatisch auf dem Konto in Baht umgetauscht, mit enormen Währungsverlusten!

Ich glaubte ihm. Der schwarze Ticketchip rauschte in den Schacht. Ich zog ihn heraus und rückte beiseite, um Lehnert Platz zu machen.

Als Werbetexter, der angeblich ausgesorgt hatte, wirkte er nicht überzeugend. Oder hatte er sich verzockt? Aber auch das wollte ich nicht so genau wissen.

Das sei ja alles noch im grünen Bereich, er brauche aber die Unterschrift von Nok!

Soso, dachte ich. Nok? Nok who?

Seine Frau, stieß er patzig hervor und kramte in der Hosentasche seiner Shorts nach Münzen. Die sei weg, die sei nicht mehr. Und ohne ihre Unterschrift gebe es keine Aufenthaltserlaubnis.

Shit, dachte ich und war immer noch nicht sonderlich interessiert. Wir warfen unsere Chips in den Kontrollautomaten, passierten das Drehkreuz, fischten an der anderen Seite des Automaten die Chips wieder heraus und nahmen die Rolltreppe zum Bahnsteig hinab. Die U-Bahn fuhr ein, das wie in jeder Station angebrachte Sicherheitsglas schob sich mit einem wischenden Geräusch beiseite, die Türen der Bahn sprangen auf, wir stiegen ein und lehnten uns an die Haltestangen. Lehnert nahm mal erst einen tiefen Schluck aus seiner Flasche. Die Waggons waren trotz vorgerückter Stunde noch immer gut gefüllt. Die Leute unterhielten sich kaum miteinander. Jeder wischte mit dem Finger über das Display seines Smartphones. Einige trugen einen grünen Mundschutz, als müssten sie gleich jemanden am offenen Darm operieren.

»Next Station: Klong Toei. Klong Toei«, kam eine ruhige weibliche Stimme aus den Deckenlautsprechern, während zwischen den Oberlichtern des Waggons Zahnpastawerbung über die Displays lief. Junge Thai mit kräftigen weißen Zähnen. Danach Kraftlimonade in Dosen, die Muskelpakete mit tätowierten Oberarmen vom Ausmaß einer satten Anakonda an den Mund setzten, um alles runterzuschlucken, in einem Rutsch.

»Please mind the gap between train and platform.«

Auf den Sitzen hockten sie weiter mit grünem Mundschutz

über ihre Smartphones gebeugt, wischten und fingerten und drückten Tasten wie auf dem Display einer Herz-Lungenmaschine, während unter ihnen irgendein Patient mit aufgeschnittener Brust dalag.

Man habe ihn vom Hof gejagt, als sie aus dem Leben geschieden sei. Was für ein Ausdruck! Warum genau sie nicht mehr da war, ließ er offen. Er wurde reichlich krude in seiner Schilderung, aber irgendetwas an seiner Art machte mich neugierig. Er war ja auch nicht unsympathisch. Dennoch: Ich verstand ihn nicht wirklich, wollte es auch nicht so genau, zumindest in diesem Moment nicht. Die Nok, die sei nicht mehr, nie mehr, und so weiter. Erst sei sie lange Jahre weggewesen, und nun habe er es verbockt. Oder auch nicht. Und das sei nun ohnehin `wurscht`. Wegwerfende Handbewegung ins Abteil hinein. Gab sich theatralisch und glotzte leer aus dem Seitenfenster auf die vorbeirasenden, rau verputzten Betonwände.

»Next Station: Phra Ram Khao. Phra Ram Khao. Please mind the gap between train and platform.«

Und wieso glaubte ich dann, mich bekennen zu müssen? Vielleicht ja, um nicht zu brüsk zu sein. Ich sei *übrigens* auch mit einer Thailänderin liiert. Das klingt heute noch in der Nachschau reichlich verschämt, wie entschuldigend, in vagem Tonfall, der irgendwie an der Station hängengeblieben war, während der Zug weiterfuhr. Oder wollte ich mich anbiedern, ich mit meinen fünfunddreißig Lenzen, quasi die Eierschalen noch hinter den Ohren, was meine Thai-Erfahrungen anging, mit meinem Reiseführer, in dem ich ständig blätterte, und dem Stadtplan von Inner Bangkok? Das kam jedenfalls wie ein komisches Geständnis. Wir kannten uns doch kaum. Aber gut, das schien verstärkte Kontaktaufnahme, die dritte Stufe. Lehnert drehte sich zu mir um, nickte, versuchte ein

Lächeln. Und da mochte ich ihn. Weil er nicht klagte, vielleicht sogar rau war und dennoch empfindsam.

Als ich an der Station Suttisan ausstieg, hatten wir die Telefonnummern getauscht: Für alle Fälle! Und so war es dann auch, für alle Fälle: Please mind the gap between fate and reality.

3

Djum hockte am Boden. Sie hielt die Hände vor das Gesicht. Die Schultern ruckten. Ich stand wie erwischt vor dem Bett über meinen Rucksack gebeugt, den ich gerade packte, den rechten Arm noch tief im Inneren. Eine der Schubladen des Kleiderschrankes hinter ihr, aus dem ich meine Wäsche gezogen hatte, stand offen. Ich wollte zwei Wochen lang allein reisen, raus aus der Enge der Thaifamilie, mit der ich doch eigentlich gar nichts zu tun hatte. Mit ihrer Schwester, dem Schwager, deren Kindern. Sie versuchte lautlos zu weinen. Ich hielt das Zischen nicht aus und schielte auf ihr fleckiges Gesicht mit den unterschiedlichen Brauntönen, auf die schwarzen Haare, die in dünnen Strähnen auf ihre Schultern fielen.

Erst vor wenigen Tagen hatten wir uns kennengelernt. Im Suppenrestaurant, das sie betrieb. Sie hatte gekocht, sehr scharf, und ich fingerte mir verstohlen im Gesicht herum: Wasser lief wegen der Schärfe dünn aus meiner riesigen Hakennase, auf die schon in den ersten Wochen meiner Reise einige Thailänder staunend gezeigt hatten. Das Wasser lief und wir lachten. Auch später war ich überrumpelt von Djums Direktheit. Sie hatte mich ins Haus ihrer Familie eingeladen, und – lag es daran, weil ich so schwitzte? – wenn ich wolle, könne ich hier duschen, drüben im Anbau. Sie wartete vor der Duschkabine, und ich sah mich gestellt, nur mit einem Badetuch verhüllt. Sie wischte mir Babypuder über Schultern und Brust. Nachts schliefen wir miteinander, völlig unromantisch, wie selbstverständlich, wie ein Vollzug.

Und nun wollte ich zwei Wochen lang allein Land und Leute in den südlichen Provinzen anschauen: Stierkämpfe, von denen ich im Reiseführer gelesen hatte, bei denen gewettet wurde; Vogelgesangswettbewerbe, zu denen sich die Menschen auf öffentlichen Plätzen trafen und ihre Wellensittiche in Käfigen animierten, sich ins Zeug zu legen, und bei denen auch gewettet wurde; Tempel und Moscheen, und dann zurück zu ihr, oder? Ich war Backpacker, unabhängig, per se losgelöst von allem. Djum glaubte mir nicht, sie fühlte instinktiv, ich würde nie mehr zurückkommen, wahrscheinlich dachte sie, ich habe sie im Bett nur ausgenutzt. Als ich mich zu ihr beugte, um sie zu davon abzubringen und sie zu trösten, weil ich ihre Schutzlosigkeit nicht ertragen konnte, wehrte sie meine Hand ab. Da wusste ich, dass ich sie nicht verlassen konnte. Was ich ja auch gar nicht gewollt hatte. Vermutlich. Ich kannte mich ja kaum. In diesem Moment zu gehen, brachte ich nicht fertig.

4

Das Panglong-Abkommen war gescheitert. Schon 1952 hatte die burmesische Armee den Shan-Staat wieder besetzt. Sie gab vor, die Kuomintang Tschiang Kai cheks bekämpfen zu wollen, die aus China Zuflucht vor der Roten Armee Mao tse tungs im Grenzgebiet gesucht hatten. Die Shan wehrten sich, zeitweise gab es vier Rebellengruppen, darunter auch die Shan United Army des späteren Drogenbarons Khun Sa, der die westliche Welt mit Heroin überschwemmte.

Wie zuvor fingen die burmesischen Soldaten an, die Menschen in ihren Dörfern zu drangsalieren, das Vieh zu stehlen, zu morden und zu brandschatzen, weil sie den Unabhängigkeitswillen der Shan brechen wollten. Ein Volk von rund vier Millionen Menschen, auch Thai Yai genannt, mit einem weiten Siedlungsgebiet im Osten Burmas und im angrenzenden Norden von Thailand, ethnisch waren sie ohnehin mit den Nachbarn verwandt. Viele Flüchtlingslager entstanden über die Jahre im Niemandsland entlang der Grenze, so auch in den späten 60er-Jahren. Gelegentlich schossen die Burmesen über die Berge hinweg mit Granaten blindlings in die thailändischen Kleinstädte hinein, während thailändische Soldaten auf den Anhöhen hinter Sandsäcken lagen und auf alles feuerten, was sich auf burmesischem Gebiet bewegte. Es waren unruhige, gesetzlose Zeiten, in denen niemand wusste, warum die eine Seite soeben ein Scharmützel anfing und die andere wiederum in der Deckung blieb.

Dann wieder trieben burmesische Soldaten in ihren giftgrünen Uniformen, nachdem sie die Männer der Shan getötet hatten,

Frauen und Kinder in die Arme thailändischer Soldaten in khakifarbenen Uniformen. Immer wieder geschah das.

So auch, als eine Gruppe von etwa dreißig Frauen, Kindern und Alten mit Sack und Pack auf den Schultern versuchte, an der Biegung eines schmalen Flusses über eine Sandbank hinweg die Grenze zu überqueren, mitten im Malaria-verseuchten Dschungel. Nachdem sie auf engen Pfaden das Glück hatten, nicht auf Landminen zu treten, drangen sie mit ausgebreiteten Armen und dem Gepäck auf den Köpfen durch das Wasser vor, das ihnen bis zur Brust reichte, während am anderen Ufer eine Gruppe Khakifarbener herumstreunte und die Flüchtlinge lachend in Empfang nahm, vor allem die Frauen, sie Reisschnaps beseelt auseinandertrieb, über sie herfiel, Sack und Pack auseinanderriss, Familien auseinanderriss, so auch der mit dem durchdringenden Blick und mit einer für den thailändischen Norden untypisch dunklen Haut, als er die 15-Jährige, deren Hemd im Fluss durchnässt worden war und ihre Brust teilweise entblößte, ins dornige Gebüsch aus Disteln und Bambuskolonien zog und über sie herfiel, in sie hineinrammte, ihr ihren Reisschnapsgestank ins vormals frische, helle Gesicht hauchte, während Mücken um sie herumschwirrten und Blutegel andockten, und der jüngere Bruder des Mädchens dünn und nass und zitternd im Dornengesträuch stand, mit zerkratzten Armen, die herabhingen, weil sie nichts tun konnten, während Mücken und Blutegel andockten, und der Dunkle die Schwester, als er sich endlich von ihr rollte, weiter am Handgelenk hielt, sie schließlich hochzog, mit anderen Khakifarbenen und ihren Opfern und deren Sack und Pack in die Kasernen vorwärtstrieb, und der mit dem durchdringenden Blick und der dunklen Haut, die man im Norden nicht hat, »sein« Mädchen weiter hielt, weil die Brust unter dem durchnässten Hemd ihm nicht aus dem Kopf ging, sie weiter hielt und weiter, sie schließlich von der Kaserne ins nahe Dorf trieb, wo er in einer Stelzenhütte aus Bambus hauste, während der Junge mit den zerkratzten Armen die ganze Zeit im Abstand von hundert Metern hinterhergetrottet war, bis ins Dorf hinein, und dort erst einmal unter der Hütte schlief, gemeinsam mit ein paar Hühnern, die neben ihm unter einem Bastkorb gehalten wurden und ihn neugierig beäugten.

Dem Dunklen war der Junge egal. Die 15-Jährige hielt er lange und noch länger, wo niemand wusste, wer und was daraus erwachsen würde.

5

Als Nok mit einem Male aufstand. Diese Szene würde Lehnert niemals vergessen. Immer wieder stockte er mitten in alltäglichen Handlungsabläufen, wenn er das Fliegengitter im Küchenfenster neu ausrichtete, wenn er am Altar die untere Schublade zog, um Räucherstäbchen herauszunehmen, hielt mitten in der Bewegung inne und sah Nok, wie sie im Kreis der Familie saß und an Krathongs bastelte, diese kleinen Rundboote für das alljährliche Lichterfest. Nok mit schulterlangen, schwarzen Haaren, die ihr Gesicht einrahmten, das immer so wirkte, als sei sie bei sich und nirgends sonst.

Lehnert hatte dann immer das Gefühl rauchen zu müssen, und er schaute scheel in das Halbdunkel des Schuppens, in dem die Familie damals im Schneidersitz am Boden beisammen gesessen hatte. Puk schob seinen weiß-braun gefleckten Körper schwanzwedelnd dazwischen, um auszuloten, ob etwas für ihn abfallen würde. Das alles sah Lehnert dann, gestochen scharf, wie in einem Blitzlicht, und er schaute scheel vor lauter Angst, er könne die Szene neuerlich beleben und die Dinge würden sich wiederholen. Obwohl doch so viel Idylle im Bild war.

Das Lichter- und Kerzenfest Loy Krathong stand an, und die Menschen bastelten aus Rattanzweigen und Bananenblättern ihre persönlichen Rundboote, die sie während der Feierlichkeiten im nahen Fluss abließen, auf dass ihre Sünden damit fortgetragen, aber auch ihre Wünsche ausgesandt würden, für mehr Geld, ein neues Haus, einen neuen Liebhaber oder am besten all das. Tausende von Menschen standen dann an den lehmigen Ufern des Grenzflusses, rutschten mit ihren Plastiklatschen im Matsch zum Fluss hinab, beugten sich über das Wasser, versuchten sich im Schlamm die Uferböschung wieder emporzustemmen, zogen lachend an den Hemden der anderen von Sünden Befreiten neben ihnen, die sich abmühten, sich gegen das Ufer stemmten und mit den Händen in den Schlamm griffen, um sich hochzuziehen, während ihre Latschen im Matsch steckenblieben und wieder andere mit ihren Rundbooten in der Hand von oben an ihnen vorbeirutschten, ein buntes Gewusel über Stunden, so würde es auch in diesem Jahr sein.

Schon am Vortag war ein kleiner Junge in den Fluss gefallen und ertrunken, weil er versucht hatte, mit den Fingern einen Krathong anzustubsen, den jemand vor ihm auf das Wasser gelassen und der sich an einem zackigen Stein verkantet hatte.

Das passiere, wenn man die Rituale nicht einhalte, und vor allem die Zeiten. »Baab« sei das gewesen, Schicksal, tuschelte man in den häuslichen Runden. Der Alte sei jahrelang nass gewesen, »mau thuk wan«, er habe schwer getrunken, sodass sein Enkel, den er im Übrigen ständig geschlagen habe, über das Wasser das Weite habe suchen müssen, ja, müssen! Man nickte und fingerte weiter an den Krathongs, faltete Streifen von Bananenblättern zusammen, während draußen erste Heißluftballons in den milchigen Dunst am Himmel stiegen. Vorab, welch eine Unsitte!

Nok redete nicht. Sie saß ruhig da, am Boden mit übereinandergeschlagenen Beinen, ausgeglichen wie so oft, was Lehnert schon immer kopfschüttelnd bewundert hatte, diese Frau sei so sehr bei sich, Frau Buddha! Sie langte konzentriert nach dem nächsten Bananenblatt, schnitt mit einer kleinen Haushaltsschere einen schmalen Streifen mit spitzen Enden zurecht und faltete ihn nach innen zusammen, um ihn sodann in die Ritze des geflochtenen Rattan-Rundbootes vor ihren Füßen zu stecken. Ihr Bruder Ton, ein glatt gesichtiger Schwerenöter, der niemals irgendwo für seine Kinder, die er hier und da von diversen Frauen in die Welt gesetzt bekam, Unterhalt zahlte, befestigte mit Stecknadeln perlenartige, weiße Kunststoffkügelchen durch winzige Löcher an die Blätter, in langer Reihe aufwärts. Die Krathongs bekamen somit etwas Kronenartiges. Und diejenigen, die es dicke hatten, »ngön yöö«, Geld satt, machten das vermutlich mit echten Perlen, tuschelte man verschämt lächelnd.

Die Mutter Inkäo, mit den Jahren pummelig und gemütlich wie eine Hausfrau, die das Leben, weil sich niemals eine Alternative aufgetan hatte, in Fürsorge für die Familie durchstand, rührte im Hintergrund mit zufriedener Miene, weil alles so war, wie es sein sollte, in einem riesigen Topf, der beinahe größer als sie selber war, die Tom Yam-Fischsuppe an und spekulierte, ob die drüben nun auch noch Krathongs bastelten, oder ob sie ihren Sohn, den man einige hundert Meter weiter im kahlen Geäst, das am nahen Ufer über das Wasser ragte, gefunden hatte, zu Hause aufbahren würden.

»Tang soong« beides, spekulierte Kuei, die jüngere Schwester Noks, eine quirlige Frau, die sich beim Reden wie eine aufschlängelnde Kobra aus dem Schneidersitz wand, während sie rosafarbene Orchideenblüten von der Bastmatte nahm und in ihren Krathong steckte. Sie habe die Mutter des Jungen vorhin noch vom Markt kommen sehen, mit Obst und Päckchen voller Plastikperlen im Korb. Und der Vater habe im Haus mit einem Staublappen über den Sarg gewischt, der – soeben angeliefert – offen dastand, mit dem balsamierten Jungen darin. Sie habe hinübergenickt und sei eilig weiter.

Nok legte den mit Bananenblättern belegten Boden des Krathongs mit Obst aus: einem rotgrünen Apfel, einer gelben chinesischen Wasserbirne, einer Kiwi und zwei kleinen Orangen. Sie rückte das Obst mit zusammengekniffenen Augen zurecht und legte Orchideenblüten und die lilafarbenen einer Ziegenfußwinde dazwischen.

Der Vater des Jungen sei gleich, nachdem das passiert war, oben in seinem Zimmer verschwunden, so Kuei weiter, »khon waa«, das habe sie so gehört, und schlängelte sich diesmal nicht hoch, sondern richtete mit flacher Hand die aufrecht stehenden, mit den Kugeln besteckten Blattstreifen aus. Vermutlich habe er gleich eine Flasche Schnaps an den Mund gesetzt, weil er im tiefen Grunde wusste, weshalb der Junge ins Wasser gefallen war. Die Runde nickte schwer, die Mutter stuckte den Kochlöffel betont lautstark am Topfrand ab und zerquetschte mit der breiten Klinge eines Messers eine Knoblauchzehe auf dem Küchenbrett. Sie werde nachher dort mal vorbeischauen, aber nicht zu lange, da drohe Ansteckungsgefahr, »kua thit khan«. Sie wischte sich die Hände an der Schürze ab, schlurfte in die Ecke des Schuppens und wühlte in einem alten Leinensack nach Zwiebeln.

Lehnert stocherte mit Stecknadeln die Perlenimitate in Blätterstreifen. Kuei schmunzelte über die angestrengte Art, mit der Lehnert zu Werke ging, um nichts falsch zu machen: »Farang khon dii tää lambak nit noi«, ein Farang, der versuche, ein Thai zu sein, aber ein bisschen schwierig und umständlich dabei. Gelächter in der Runde. Er werde sich gleich die Finger brechen.

Nok lachte nicht. Sie wirkte gleichgültig. Wie immer war ihre Stimmung schwer zu deuten. Mit dem ernsten Blick ihres Vaters fingerte sie konzentriert an den Rändern ihres Krathong, mit den geradegezogenen Lippenlinien der Mutter hielt sie das Rundboot hoch, musterte es und legte es zufrieden ab: Diese Mischung aus Ausgeglichenheit und Strenge. Auch jetzt in der Erinnerung noch sah Lehnert diese Zweigeteiltheit Noks, die er immer bestaunt und geliebt hatte. Auch als sie sich mit der Haushaltsschere eine Strähne aus ihrem Haar abschnitt, das sie sich vor das Gesicht gezogen hatte, sie ein wenig in den Händen zwirbelte, damit sie zusammenhielt und in ihren Krathong legte. Dann langte sie vorgebeugt zum Nagelknipser, der vor Ton lag und schnitt ein Stück von ihrem linken Daumennagel, legte es unter eine der Orchideen, zwischen Kerze und einem Bund Räucherstäbchen, das im Rattanboden steckte und zwischen den Blüten hervorragte. Sie schob ihren fertigen Krathong in die Mitte, stand wortlos auf und ging hinüber ins Haus. Lehnert sah noch ihre breiten Schultern, die sie – eine merkwürdige Steifheit – beim Gehen kaum bewegte, den kräftigen Nacken. Nok war viel stämmiger als ihre zierliche Schwester, sie wirkte bäuerlicher.

Es sei Sache der Schulen, den Kindern möglichst früh das Schwimmen beizubringen, dann würde so etwas nicht passieren. Aber wenn nicht einmal die Lehrer schwimmen könnten, maulte Ton, eine der Scheren in der Hand und mit der Spitze zeigefingerartig in die Runde stechend. Ob er es denn könne, lästerte Kuei mit Flötenmund und zupfte an den Blüten herum, die in ihrem Krathong lagen. Es sei doch ein Wunder, dass er nicht untergegangen sei, obwohl er jahrelang nachts haufenweise Rubine über den Grenzfluss geschmuggelt habe, gemeinsam mit Onkel Bun, das Wasser bis zur Brust, »wai nam mai pen«. Wenn da nur einmal eine stärkere Welle gekommen wäre, säße er doch jetzt nicht hier. Dann hätte sie aber auch diese Kette mit Rubinen nicht, konterte Ton und deutete mit der Schere zeigend auf Kueis Hals. Wieder Gelächter in der Runde, das über dem Weg vor dem Schuppen auskollerte, als Nok mit einer großen, weichen Umhängetasche aus dem Haus kam, ruhig zum gelben Tor ging, sich noch einmal umdrehte und Lehnert anschaute, Sekunden nur, und sodann hinter dem Tor auf der Straße verschwand.

Ob man nun trotzdem weiterbasteln würde, stand in den Gesichtern geschrieben, die, jeder für sich, alles in der Szene gelesen hatten. Bun, der weißhaarige Onkel in seinem bunt verzierten Hemd, hielt den Blick gesenkt, das sah Lehnert noch genau, auch das hatte er immer in Erinnerung, wenn er wieder scheel in den Schuppen linste.

6

Am Morgen nach allem drückte Lehnert sich am Gartentor herum. Er zog die Metallklappe hoch, die in Brusthöhe in das gelb gestrichene Blech des Tores geschnitten war, um von außen mit der Hand den Riegel entfernen zu können. Aber Lehnert wollte nur hindurchschauen. Vor dem Schuppen kläffte der Hund an der Leine, weil er das metallische Quietschen des angehobenen Bleches gehört hatte. Lehnert drückte sein Gesicht an das morgenkühle Metall und entdeckte sogleich hinter dem hochgezogenen Rolltor der weiten Wohnhalle den aufgebahrten, wuchtigen Sarg aus Teakholz, der mit rosafarbenen Orchideenblüten bekränzt war. Die Flammen zweier weißer Kerzen flackerten im leichten, frühen Wind, der Hund hatte sich beruhigt, ansonsten war nichts zu hören. So still konnte Tod sein. Bündel von Räucherstäbchen steckten auf Beistelltischen in sandgefüllten Schalen. Lehnert sah, wie Kuei, die ganz in schwarz gekleidet war, die Schalen zurechtrückte und die Stäbchen mit einem Feuerzeug entzündete.

Die Nacht hatte Lehnert auf der niedrigen Ufermauer des Grenzflusses verbracht, einer seiner Lieblingsplätze im Ort, wo er oft am Tage mit seinem Tuktuk hingefahren war und auf der Mauer sitzend in der Bangkok Post geblättert hatte, während sich drüben auf burmesischer Seite kaum zwanzig Meter entfernt die baufälligen Häuser der Thai Yai am Ufer entlangduckten, Kinder mit schmutzigen Beinen Äste ins Wasser warfen und zusahen, wie sie fortgetrieben wurden, und ein Mann bis zur Brust im Wasser stand und eine Angelschnur über den Kopf hielt.

In der Nacht war nur gelegentlich von drüben über dem Rauschen des Wassers ein quakendes Baby zu hören gewesen. Auf der thailändischen Seite war Stille unter dem Rauschen, das Lehnerts Gedanken fortzog, bevor sie gefasst waren, während neue Gedankenfetzen herantrieben, an die Lehnert sich bald gar nicht mehr zu klammern suchte: er und Nok mit langen Buschmessern bei der Gartenarbeit, beim Aufschlagen der Kokosnüsse, beim Sitzen auf der Veranda, während die Sprinkleranlage die Brokkoliköpfe bestrich, beim Schmusen in unbeobachteten Momenten hinter dem Geräteschuppen, wenn Nok – immerhin lächelnd – den Kopf verlegen zur Seite drehte, weil der Austausch von Zärtlichkeiten am Tage, und dann auch noch draußen, eine heikle Angelegenheit war. All das war verwischt, all die Szenen, die Gedankenfetzen, er ließ sie treiben, all diese Hirnflüsse, die in ihrem unkontrollierbaren Schub ohnehin nicht aufzuhalten waren, in der Stille des monotonen Flussrauschens unter der Ufermauer.

Die kleine Grenzstation der Polizei am schmalen Pfad, den gewöhnlich die Angehörigen der Bergstämme nahmen, war unbesetzt. Große braune Hunde streunten umher und hatten sich nach anfänglicher Nervosität, mit der sie hechelnd die Mauer entlanggelaufen waren, an Lehnerts Anwesenheit gewöhnt. Der schlief nicht. Die ganze Nacht nicht. Starrte in den Sternenhimmel, nahm den Drachen, aus dessen Dreieckskopf geisterhaft grüne und rote Augenpunkte funkelten, nicht wahr, und nicht den Kleinen Bär, der sich mit atemberaubender Langsamkeit stumm in den Leinenbogen des Drachens hineinbeugte, nahm die Mücken wahr, die ihn umschwirrten, und die er ständig mit einer Hand abzuwehren versuchte. Im Morgengrauen – da waren die Sternenbilder längst weitergezogen – stand er zerstochen auf, schlurfte auf seinen Sandalen an den Hunden vorbei, die müde auf den Gehwegpatten lagen, zurück zum Haus, das ihm nun verwehrt war. So viel war klar.

Lehnert hielt mit einer Hand die Metallklappe geöffnet. Erst jetzt bemerkte er, dass unter ihm das Blut Noks vom Straßenpflaster gewaschen worden war, vermutlich mit dem Gartenschlauch, den er seinerzeit dem Alten geschenkt hatte und mit dem der, bevor er an den Rollstuhl gefesselt war, täglich das Brokkolifeld einnässte. Lehnert zog die Zähne zusammen und zwang sich, durch die Klappe zu schauen. Kuei war also bereits eingetroffen, aus Chiang Rai, der Provinzhauptstadt, die sechzig Kilometer entfernt im Süden der Hochebene lag. Sie betrieb dort einen kleinen Laden für Haushaltsgegenstände, Dinge des täglichen Lebens. Sie klopfte mit dem Fingerknöchel gegen das kleine Fenster, das seitlich im Sarg in Kopfhöhe eingearbeitet war, in etwa von der Größe der Metallklappe, durch die Lehnert lugte.

»Nok Nok«, rief Kuei. Tränen liefen über ihre Wangen. Das sah er nicht, das wusste Lehnert. Ot, ihr Neffe, ein sportlicher Jüngling mit Bürstenhaarschnitt und Vogelgesicht, kam schlaksig aus dem Dunkel der Halle hinzu, öffnete den Sargdeckel und rückte zur Seite, um seiner Tante Platz zu machen. Die beugte sich über den Leichnam. »Nok Nok – Kuei yuu nii dai yin mai.« Sie sei nun da, ob Nok sie höre? Schweigen.

Lehnert lehnte die Stirn gegen das Tor, schaute nach unten auf den Schotter über dem Asphalt, aber das war noch schlimmer. Er versuchte, Wesentliches zu denken, Praktisches. Vermutlich war Noks Leichnam bereits gestern balsamiert worden, indem man ihren Körper massiert und die Haut mit Seifen und einer Aloe-vera-Salbe geschmeidig gemacht hatte. Lehnert versuchte sich ihr Gesicht vorzustellen, ohne Kopfverletzungen: Friedlich mit gerade gezogenen Lippenlinien, als sei sie bei sich, so wie er sie immer am liebsten gesehen hatte: mit sich im Reinen, wenn sie vor ihrem gemeinsamen Haus stand, oder wenn sie neben ihm lag, nachdem sie miteinander geschlafen hatten.

Der Hund kläffte wieder. Von der oberen Etage begann der Alte von seinem Rollstuhl aus herunterzulärmen. Lehnert sah den durchdringenden Blick, oder sah ihn nicht einmal, er musste ja gar nicht hinschauen, er kannte doch dieses bellende Wutgesicht, die sonnengegerbte, faltige Haut, sah dennoch den nach ihm ausgestreckten, nackten Arm. »Farang kap maa - ook pai ook pai«, und Lehnert wusste, dass *er* gemeint war, er sei wieder da, er solle verschwinden! Der Hund kläffte in hektischem Rhythmus, sprang wie von Sinnen auf den Fliesen hin und her, zerrte an der Leine, weil er Lehnert stellvertretend hasste. Ot streifte vorgebeugt mit raschen Blicken wie Suchscheinwerfer den Eingangsbereich. Lehnert ließ die Metallklappe zurückfallen und ging eilig davon, während sich von der anderen Straßenseite der engen Kurve erste Nachbarn zur Kondolenz näherten, Lehnert mit merkwürdig zum Grinsen verzerrten Gesichtern grüßten, weil sie die Situation nicht einzuschätzen wussten, ob der Farang nun fortan als Feind oder doch noch als Mitglied der Familie zu betrachten war. Als er um die Ecke bog, hörte er die Rollen des Tores in der Führung quietschen.

7

Warum sie so unterwürfig sind, ehrerbietig, und mit gebeugtem Kopf an Menschen aus dem Westen vorbeilaufen, fast darunter herlaufen? Als wären wir Mönche. Zum ersten Mal war mir das aufgefallen, als ich mit einem Kanadier neben einer dieser unzähligen Shoppingmalls von Bangkok an der Straße stand und wir uns unterhielten. Über Eishockey. In der Mittagshitze. Warum Kanadier nicht mehr so dominant seien wie früher, als sie weltweit das Maß aller Dinge darstellten. Ich stand mit dem Rücken an eine Tempelmauer gelehnt, die Arme verschränkt, und der Kanadier wippte auf der Bordsteinkante, als hätten wir wegen Virenansteckungsgefahr den Abstand zu wahren. Plötzlich kamen von links zwei ältere Frauen in langen Kleidern auf Plastiklatschen daher. Sie sahen auf dem Bürgersteig keinen anderen Ausweg, duckten sich, beugten tief den Kopf und lächelten uns schuldbewusst zu, um zwischen uns hergehen zu können, ja, zu dürfen! Wie durch einen Tunnel. Ich ließ verdutzt die Arme sinken und der Kanadier lachte abgehackt, dass seine »Vancouver Canucks« wenigstens immer noch am besten ihre Gegner an die Bande rammen könnten.

Tief drinnen hat das auch Djum drauf, diese Unterwürfigkeit. Es verstört mich, wenn sie sich klein macht. Ich würde lieber auf Augenhöhe, aber lassen wir das.

8

Lehnert klopfte mit dem Fingerknöchel an das kleine Fenster und flüsterte: »Nok! Nok!«

Regte sie sich, drehte sie ihren Kopf? Es war stockdunkel.

Lehnert hatte den Totenpavillon bestiegen und die Blumen, die bunt über und neben dem Sarg lagen, ein wenig beiseitegeschoben. Die Blütenblätter raschelten, und Lehnert legte sich in die schmale Lücke zwischen dem Sarg, der am Abend in die Mitte des Pavillons eingeschoben worden war, und der Einzäunung aus breiten Leisten, die eng aneinander standen und von außen kaum Einblick ließen. Ein Tuch mit weißen Bommeln an den Rändern und goldfarbenen Bordüren lag auf dem Sarg. Lehnert hatte es am Kopfende ein wenig angehoben, um durch die kleine Seitenscheibe mit Nok flüstern zu können. Draußen vor dem Grundstück, wo sie wie Aussätzige beisammen lagen.

Was er dachte, die ganze Nacht, in die Stille hinein? Dachte die Zukunft noch einmal, die doch so nah war, nachdem Nok zurückgekommen war, nach allem. Dachte an erhoffte Gemeinsamkeiten, an die Gäste, die sie beide unten in der Wohnhalle auf Korbsesseln empfangen würden, an Stunden der Unterhaltung über die Ereignisse der Tage, die Streite der Nachbarn, die allmorgendlichen Ankündigungen der Verwaltung über die Lautsprecher an den Strommasten, dachte an die leuchtende, burmesische Pagode drüben am Berg, die er weiterhin abends vom Schreibtisch aus sehen würde, an Trinkgelage im Schuppen, wenn Nok Eiswürfel in die Biergläser geben und er zum abertausendsten Male abwinken würde, zum Gelächter der Gäste: Farang trinken kein Bier mit Eis! An das abendliche Sitzen auf der steinernen Bank unter den weiten Fächern der Kokospalme am Rande des Brokkolifeldes, und daran, ob am Haus der schmale Streifen unterhalb des Sockels mit Kies aufgefüllt oder bepflanzt werden sollte. Ob Nok denn nun doch einen großmütterlichen Schaukelstuhl haben wolle, auf der Veranda. Dachte und flüsterte und lächelte durch das dünne Glas. Lächelte sie zurück?

Öffnete er den Sargdeckel? Was für ein Akt wäre das?

Die sirrenden Zikaden und die Frösche mit ihrem kehligen Quaken übertönten in ihrem fortwährenden Rhythmus die Geisterhaftigkeit aller Szenarien, die möglich waren.

Lehnert blieb die ganze Nacht im Pavillon, der in der engen Kurve stand, weil Tote am zweiten Tag wegen ihrer unruhigen, umherirrenden Seelen außerhalb des Grundstückes verbringen mussten. Stand an der schmutzig-grauen Seitenmauer. Ein zweirädriges Häuschen aus Palisanderholz mit spitzem Giebel, und darunter in der Mitte der eingeschobene Sarg, akustisch eingebettet in der Monotonie des Zikadensingsangs, der die Stille und die Geisterhaftigkeit der Nacht unterstrich und nur gelegentlich unterbrochen wurde, wenn ein Motorradfahrer die Kurve nahm und dahinter in der langen Gerade röhrend Fahrt aufnahm und sich entfernte, um den Zikaden wieder den Geräuschpegel zu überlassen, und allen Aussätzigen die Hoheit über die Nächte ihrer Seelen, die tief und weit in längst verweht geglaubte Ahnenreiche eintauchten.

Draußen wartete die Anhängerkupplung darauf, dass man den Pavillon am nächsten Morgen in das Krematorium vor der Stadt ziehen würde. Doch noch war Nacht, und eine leichte Brise spielte mit den weißgelben Blütengirlanden, die an den Seiten der Umrandung hinabhingen wie Gardinen, hinter denen Lehnert in einem letzten Zimmer Nok beiwohnte. Er erkannte, ja besser erahnte durch das Seitenfenster undeutlich das weiße Seidenkostüm und den breiten rosafarbenen Schal, der quer über ihrer Brust lag. Noch vor Tagen hatte Nok sich das Kostüm über einem Stuhl zurechtgelegt, um es zum nahenden Bun Pii Mai, dem Neujahrsfest zu tragen. Und ja: Friedlich sah sie aus. Das wollte, ja, musste Lehnert nun so sehen, genau so: friedliche Gesichtszüge, während draußen die Zikaden sirrten.

Am Morgen stieg er aus dem Pavillon und schlich geduckt davon. Erste Sonnenstrahlen strichen rot über die Berge von Laos und über den Mekong in der Ferne hinweg auf die Straße und lösten das Dunkel ab. Fünf Mönche schnürten wie jeden Morgen mit Bastkörben in den Händen die Anwesen entlang, um an den Einfahrten der Grundstücke Opfergaben anzunehmen: Klebreis, Obst, Saft in kleinen Flaschen. Die Mönche hielten einen Moment vor dem Pavillon inne und zogen dann weiter, die Familie schlief offensichtlich noch, das Rolltor war noch nicht gezogen. Wäre Lehnert aus dem Pavillon kletternd entdeckt worden, man hätte ihn erschlagen.

9

Der burmesische General Ne Win unterstützte Khun Sa im Kampf gegen andere Milizen der verschiedenen Ethnien. Dabei war Khun Sa selbst ein Shan, ein Thai Yai, der sich meist im unwegsamen Gelände unweit des Goldenen Dreiecks aufhielt. Es heißt, seine Mutter entstammte einer adligen Shan-Familie, die ursprünglich in der südwest-chinesischen Provinz Sipsongpanna große Ländereien besaß, während der Vater chinesischer Herkunft war. Bereits als Kindersoldat soll Khun Sa Ende der 1940er-Jahre auf Seiten der Kuomintang des Generals Chiang Kai-shek gekämpft haben, die anfangs der 50er-Jahre schließlich vor der Roten Armee Mao tse tungs fliehen mussten und sich mit starken Verbänden im Niemandsland zwischen Burma, Laos und Thailand anzusiedeln versuchten. Doch schon Mitte der 1960er-Jahre befehlige Khun Sa eine Rebellenarmee von 800 Mann, die gegen die Kuomintang kämpfte, die wiederum dem burmesischen Staat ein Dorn im Auge waren. Am Goldenen Dreieck wurde der Opiumhandel zu einem immer größeren Machtfaktor, mit dem Verkauf finanzierten die verschiedenen Milizen ihren Kampf um Unabhängigkeit. Khun Sa brach auch mit der burmesischen Armee. Später wurde er einer der weltweit bekanntesten Drogenbarone. Gerüchte besagen, er sei noch in den 1990er-Jahren des Öfteren incognito in der Heimatprovinz seiner Mutter im äußersten Südwesten Chinas gewesen.

Kamon kannte die historischen Zusammenhänge der Region nicht genau. Er stammte aus der Mitte Thailands, hatte zwei Jahre lang als Soldat im äußersten Norden des Landes gedient und gegen eindringende Milizen gekämpft. Nun war er Bauer und unterschied sich von den Einheimischen durch seine dunkle Hautfarbe und einen weicher klingenden Dialekt. Manche Worte musste er neu hinzulernen. Jeden Tag sah man ihn in seiner blauen Bauernkluft aus Baumwolle, einem derben Stoff, einen Schal über den Mund gezogen, um sich vor dem Staub der Erde zu schützen. Es war heiß. Die Gefechte in den Bergen nahm er bei der Feldarbeit nur am Rande wahr. Gelegentlich hallte Geschützfeuer von den Höhen herab, dann hielt er nur kurz in seiner Arbeit inne, wandte den Kopf und wühlte weiter in der Erde. Kamon hackte und hackte mit dem Spaten den kargen, trockenen Boden auf. Er kämpfte für seinen Unterhalt und den seiner Familie, allein wegen der Schande, falls er damit scheitern würde. Wenn er gelegentlich überfordert war, trank er am Abend und schlug seine Frau mit dem, was hart und gerade in Reichweite war.

Nachdem er wie viele andere als Soldat aus dem Militärdienst entlassen worden war, hatte die Regierung ihm für seine Verdienste im Kampf gegen die versprengten Banden und Schmuggler am Goldenen Dreieck ein Stück Land zugesprochen, ein paar Hektar nahe dem Grenzfluss, der sich verstohlen in engen Windungen zwischen die dunkel bewaldeten Berge schlängelte, was wiederum denen zugutekam, die etwas zu stehlen und zu schmuggeln hatten und mit breiten Stoffballen auf den Schultern in Brusthöhe durchs Wasser wühlten, meist in eine Richtung, von Burma und Laos nach Thailand: Opium, Rubine, Gold und Geld aus schwarzen Geschäften. Das Land am Fluss aber sollte nach dem Willen der thailändischen Regierung besiedelt sein, um der Unkontrollierbarkeit im Dschungel und zwischen all den Bergvölkern der Gegend etwas entgegenzusetzen. Also hackte Kamon nun tagaus, tagein mit seinem Spaten den harten Boden auf, um Gemüsesamen einzusäen: Brokkoli, Chili, Mais. Und auf eine Art schien er mit seiner harten Arbeit auch die Nebenerscheinungen eines schmutzigen Krieges loswerden zu wollen, da alles recht und billig ist, was zum Sieg verhilft, und Frauen und Kinder die ersten Opfer sind. Kanom arbeitete sich also am Erdreich ab, versuchte als Familienoberhaupt nicht zu scheitern, sondern für Frau und Kind zu sorgen und endlich das zu sein, was er immer gewollt hatte: ein guter Mensch.

In der Mittagshitze zog er sich in einen Unterstand aus Bambus zurück, klaubte mit der rechten Hand Klebreis vom Teller, rollte es zu einem Bällchen zusammen und tunkte es in rotbraune Chilipaste, die seine Frau ihm mitgegeben hatte. Er lugte unter seinem spitzen vietnamesischen Strohhut hinweg übers Feld zum Haus hinüber, eine wacklige Hütte auf Stelzen aus roh gezimmerten Latten und Bambussstreben auf dem Dach, das mit großen Palmwedeln bedeckt war. Im Monsunregen tropfte es ins Innere des Wohnraumes, der mit einer schmalen Bretterwand in Ess- und Schlafraum geteilt war. Nok, die zweijährige Tochter sprang barfüßig auf dem Bastsessel herum und krähte fröhlich. Sie hielt ebenso wie der Vater auf dem Feld ein Bällchen Klebreis in der Hand, die Haut war ebenso dunkel. Ihre Blicke eher scheu und flüchtig wie die der Mutter Inkäo. Die war kaum zwanzig, hatte ihrem Kind den Spitznamen Nok, Vogel, gegeben, weil in Thailand alle Kinder einen Spitznamen bekommen und ihn lebenslang behalten, und weil ihre Tochter frei und unabhängig sein sollte, so wie sie das von ihren Eltern her kannte. Aber das war lange vorbei. Inkäo band ihre Schürze ab und machte sich bereit, mit dem Kind auf der rostigen Schubkarre hinüber zum Feld zu rumpeln, um Basilikumzweige von den Sträuchern zu schneiden, Kräuter vom Beet zu rupfen und dem Mann in einer Kanne aus Ton frischen Tee nachzutragen. Ansonsten sollte da möglichst nichts mehr nachzutragen sein. Nichts.

Unter dem Haus hockte Bun, ihr junger Bruder, auf einem Bastschemel zwischen den Stelzen aus rohem Holz und machte sich am rot-schwarzen Hahn zu schaffen, dem er die Beine zusammengebunden hatte, während er fein polierte, rasierklingenscharfe Messer mit einem dünnen Gummiband an die Krallen zu befestigen versuchte, probehalber. Ungeduldig schlug der Hahn mit den Flügeln.

Der großmäulige Burmese von drüben am Ortsausgang stänkerte seit Tagen, indem er im Vorbeigehen abschätzig ein paar Worte über den Hahn fallenließ, wenn der unter dem Haus nach Futter pickte. »Sat nii oon thii sut«, radebrechte er auf thailändisch, den – und dabei wies er lässig mit dem Daumen auf den ruckenden Kopf – hätte sein Hahn innerhalb von wenigen Minuten erledigt. Für fünfzig Baht könne er das auch beweisen. Und Kamon, der Bezwinger seiner Schwester, wie Bun ihn heimlich nannte, weil er ihn niemals als Schwager würde betrachten können, hatte ihm daraufhin wortlos die Messerklingen in die Hand gedrückt.

10

Hatte Lehnert dann doch angerufen, weil ich ein dickes Problem mit Djum hatte. Ich wusste nicht mehr weiter, und ich hielt Lehnert für so erfahren, dass er mir vielleicht einen Rat geben konnte. Andererseits hatte ich das Gefühl, ich würde ihn aus niederen Gründen kontaktieren, ihn stören, wo er doch mit sich selbst zu tun hatte. Es schien mir geradezu lächerlich: Wenn Djum und ich miteinander radebrechten und versuchten, alltägliche Dinge zu regeln, und wenn es nur darum ging, ob wir nun an einer Straßenkreuzung rechts oder links gehen sollten, ob die Wasserbirnen am Marktstand reif genug waren oder die Suppe am Essensstand zu scharf oder nicht oder zu kalt, schon hatten wir Streit. Dann wieder war es mir unangenehm, wenn Djum jedes Mal extra wegen mir die Reihe der Foodstalls abklapperte, um das zu suchen, was ich mir letztlich auf dem Teller vorstellte, Ente oder Hühnchen oder doch lieber Schwein. Ich versuchte ihr zu erklären, dass ich das selber tun wollte, auch wenn es umständlich war, bis ich das mit den Händlern geklärt hatte, mit Gesten und mit Radebrechen. Djum aber fühlte sich dann zurückgesetzt, verzog sich beleidigt auf einen Hocker an einem der Verkaufsstände und aß selbst gar nichts. Im Grunde genommen Kleinkram das alles, der aber immer wieder wie aus heiterem Himmel dazwischenkam und den Frieden störte. Und dann dieser Kontrast: Ihre Direktheit, praxisorientiert und alles andere als gefühlsbeladen, und gleichzeitig ihre ständige Unsicherheit und ihr Bemühen, mir möglichst oft etwas zu Gefallen zu tun, eine Unsicherheit, die mich ansteckte. Ich hatte dann immer Angst, an der Aufgabe zu scheitern, die Kluft zwischen den

Kulturen kitten zu können. Einmal schlug ich mit der flachen Hand auf den wackligen Tisch eines Suppenverkäufers, weil mir nichts mehr einfiel. Djum lächelte schief und sah sich um, ob jemand zugeschaut hatte.

Wir trafen uns in Pratunam, einen der lebhaftesten Bezirke in Bangkok. Djum war mitgekommen, verabschiedete sich aber bald, um in den unzähligen indischen und pakistanischen Textilshops des Viertels herumzustreunen. Ich wusste, das konnte Stunden dauern, in diesem Gewusel aus Hunderten von Jeansläden, zwischen Ballen von T-Shirts, Plastiklatschen und allerlei Nippes.

Lehnert und ich setzten uns nahebei vor ein winziges Café. Zwei Tische und Bänke standen draußen unter dem riesigen Bayoke-Tower mit seinen goldfarbenen Spitzen. Lehnert sagte, er liebe diesen Bangkok-typischen Kontrast zwischen Weltstadt und kleinen Buden. Ein paar Thai, allesamt Männer, saßen mit Bierflaschen am Nebentisch, und ein alter Mann erzählte anscheinend, (Lehnert übersetzte mir das sogleich), er habe von seiner Tochter, die in der Schweiz lebe, gehört, dass sich die Nachbarn im Mietshaus niemals grüßten, wenn sie sich im Treppenhaus begegneten, weil sie sich nicht kennen würden. Die anderen nickten interessiert, langten zu den Bierflaschen und Lehnert bemerkte kurz auf thailändisch, dass das in Bangkoks Vorstädten, in den Hochhäusern mit seinen Appartmentschachteln nicht anders sei. Der Alte nickte und blickte auf das Blech der Tischplatte, als habe man ihn gemaßregelt.

Lehnert sah besorgt aus. Er hatte tiefe Ringe unter den Augen und ich vermutete Alkohol. Sein Visum würde in wenigen Tagen ablaufen, und er war extra deswegen mit dem Überlandbus aus

Mae Sai hergekommen, um es doch noch irgendwie verlängern zu lassen. Er hatte Angst das Land verlassen zu müssen, was er aber nicht tun werde, wie er mit vorgeschobenem Kinn versicherte. Er war unrasiert, er tat mir leid, und nun wollte ich ihm auch noch mit meinen blöden Problemen kommen.

Was mich umhaute: Wie er mit knappen Worten erzählte – abgewandt und am Tisch vorbei zu Boden schauend – dass er nachts den Sarg Noks geöffnet, ihr das Seidenkostüm aufgeknöpft und bis zum Schoß vom balsamierten Leib gezogen und lange über ihren Körper gestreichelt habe, die kräftigen Arme, die Brust, die im Tod immer noch voll gewesen sei, und wie er gebeugt in diesem Totenwagen über dem Sarg gestanden, ihre Hände gehalten und leise gerufen habe: »Nok Nok dai yin mai.« Er wusste nicht, ob sie ihn hörte. Vielleicht ja doch, irgendwie. Bis zum Morgengrauen sei das alles gegangen, murmelte er in den Straßenstaub, während Tuktuks an den Tischen vorbeilärmten. Sie habe ein leichtes Lächeln auf den Lippen gehabt und überhaupt sei sie schön gewesen unter ihrer Balsamhaut. Ich schaute verlegen die weißen Mauern des Bayoke-Towers aufwärts in den dunstigen Himmel, mit geöffnetem Mund, das weiß ich noch. Mein Mund stand offen, während Lehnerts unrasiertes Kinn sich auf und ab bewegte, und ich vergaß später, ihm mein Problem zu schildern. Wir saßen dann schweigend und glotzten auf das Gewusel in den Läden der Inder. Da wusste ich noch gar nicht, wie Nok überhaupt zu Tode gekommen war. Erst später.

Abends saß ich mit Djum zu Hause. Sie wollte die gedrückte Stimmung lockern, von der sie annahm, dass sie sie verursacht hatte, und legte eine CD auf, irgendeine, eine meiner Sampler. John Cales Stimme breitete sich im Zimmer aus: »I still hear your voice at night«, ich schaute (zufällig?) gerade in diesem Moment in den Spiegel, der auf der Kommode an der Wand lehnte. Selten so einen leeren Blick gesehen. Kam mir so blöd vor, und so schwach, so hilflos, und dass ich noch nicht mal so hilflos wie Lehnert da am Sarg sein konnte, war womöglich das Schlimmste. Eine komische, völlig unpassende Eifersucht, das nicht selbst erlebt zu haben.

Djum schaute mich an und fühlte sich gleich wieder schuldig. Vermutlich rätselte sie, was sie falsch gemacht haben mochte. Ich nahm sie in den Arm und hielt sie, um meine Augen zu verbergen. »I keep a close watch on this heart of mine«, sang John Cale, und ich stellte mir Lehnert vor, wie er zunächst neben Nok lag und durch das kleine Seitenfenster im Sarg lugte, wie er an die Scheibe klopfte und er Rotz und Wasser geheult haben musste, das konnte ich mir gar nicht anders vorstellen, ich sah das doch klar vor mir, hier und jetzt mit Djum im Arm, und ich sah noch einmal, wie Lehnert das erzählte, unter dem Bayoke-Tower zum Asphalt hinunter redend, und die Tuktuks, die so laut vorüberknatterten, das man ihn kaum verstand. Ich sah ihn hinter meiner Leere, wandte über Djums Schulter meinen Kopf und wusste nicht, wie ich ihn verstehen sollte, wollte es aber unbedingt. Unbedingt.

Später Djum und ich auf dem Bett, und wir liebten uns. Ihr schlanker Körper begann sich unter meinen Küssen zu winden, und ich glaubte ihr nicht, ich glaubte, sie glaube, mir etwas vormachen zu müssen, und dieses ganze Theater verstellter Liebelei schien da abzuspulen. Ich bemühte mich, besonders zärtlich ihre Haut zu streicheln, ihre Arme, ihre Brust, zärtlich bis zur von mir angenommenen Albernheit hin. Djum machte sich Gedanken, was nun wieder falsch sei, da war ich sicher.

11

Die Geckos. Nun waren sie doch wieder zurück, huschten hinter der Wanduhr hervor, stoben aus den Führungen der Aluminiumfensterrahmen, durch die sie ins Haus gelangt waren, und kletterten mit flinken, zackigen Bewegungen zur Decke empor oder die Wände abwärts. Dort warteten sie auf Mücken und Fliegen oder suchten erst einmal Sicherheit hinter Schränken und Kommoden.

Einmal war Lehnert, als er eine Schranktür geöffnet hatte, ein Gecko schnell über die Hand gelaufen, nach erstem Schrecken ein samtenes, weiches Gefühl, wie das Tier da über die Haut flitzte und ins Innere der Kommode verschwand, weil eine der Flügeltüren offenstand. Lehnert liebte diese Tiere, ihre schlanken, glatten Körper, ihr lauerndes Abwarten, diese Bewegungslosigkeit, um im nächsten Moment vorzuschnellen und eine Mücke zu erjagen, die auf etwas anderes konzentriert war, vielleicht ja auf das verschwitzte Bein des im Sessel Sitzenden.

Lange waren sie ausgeblieben, und nicht nur sie. Ihr Fehlen unterstrich Lehnerts Einsamkeit, es symbolisierte seinen Status des von allen guten Geistern Verlassenen. Nun deutete er sie als Vorboten der Geister, die womöglich doch noch nicht verloren waren. Ja, Vorboten, sehr wahrscheinlich waren sie das, mit ihrem drachenartigen Aussehen, Miniaturen aus längst vergangenen Zeiten, Bonsaidrachen, die mit ihrem Erscheinen den Wandel einzuläuten im Begriff waren, das sicherlich, dachte Lehnert zustimmend und nickte schweigend zum lindgrünen Fliesenboden hin.

Nun also waren sie zurück, und er versuchte dieser unerwarteten und unerfindlichen Rückkehr die Hoffnung zu entnehmen, dass sie alle wiederkommen würden, wenn es sie überhaupt noch gab. Nok? War sie noch in Deutschland? Oder bereits nähergekommen, und die Geckos kündigten sie an? Lehnert griff schnell zur Bierflasche, schob diese Assoziationen lächelnd seinem Alkoholkonsum zu, phantasierte von Hausdrachen, die sich alsbald, nachdem sie hinter den Wanduhren hervorgeschnellt waren, in krakenartige Amazonen verwandelten, die mit Saugnäpfen an Gedankengängen andockten, während sie mit schaukelnden Brüsten die Männer des Hauses abzulenken versuchten. Lehnert setzte schmunzelnd die Flasche ab. Schön, wieder frei fabulieren zu können.

Und doch war da jetzt etwas anders. Einmal fand er eines der Tiere an der Unterkante der schweren Haustür aus Teakholz hängend, leblos. Vielleicht hatte er die Tür zu schnell zugeschlagen, bevor der Gecko aus der Ritze entfliehen konnte. Und auch der Gecko, der ihm über die Hand ins Innere der Kommode gelaufen war, hing Tage später tot an der Innenseite der Flügeltür. Immer hatte er darauf geachtet, dass diese Tür offenstand, damit der Gecko jederzeit auch wieder herauskonnte. Doch anscheinend hatte Lehnert, bevor er für Tage in die nahe Provinzstadt Chiang Rai verreist war, um Noks Schwester Kuei zu besuchen, gedankenlos die Tür geschlossen. Er wusste nicht, wie lange Geckos ohne Nahrung auskommen konnten, aber er warf sich vor, dass er den Tod der Geckos offensichtlich jeweils mitverschuldet hatte. Vor allem, als er Tage später die achtundzwanzig Fenster des Hauses putzte, mit klarem Wasser und altem Zeitungspapier der Bangkok Post, fand er in den Schienen, über die die Fenster zu öffnen und wieder zu verschließen waren, zwei junge tote Geckos, fast ohne jede Farbe, aber mit kleinen dunklen Flecken unter der Haut, sodass man das Innere ihrer Körper zu sehen glaubte. Er nahm vorsichtig, um die Körper nicht mit der Hand berühren zu müssen, einen Lappen und warf sie aus dem Fenster in den Garten zwischen die Basilikumsträucher. Hart versteifte Körper waren das, und er machte sich im Nachhinein einen Vorwurf, sie so achtlos weggeworfen zu haben. Immerhin versuchte er daraufhin, die Fenster langsam zu öffnen, und immer mal wieder huschten Geckos aus den Ritzen hervor, dann wieder reglos abwartend, wohin sie sich begeben sollten, bis sie sich dann mit einem Mal blitzschnell für eine Richtung entschieden. Die Drachen waren verletzlich, und mit ihnen die Geister ebenso? Die sich rächen konnten, obwohl sie eigentlich mit guten Absichten unterwegs waren? Lehnert trank noch einen Schluck Bier. Er nahm sich vor, noch vorsichtiger mit den Geckos umzugehen, andernfalls ihn das vorherige Schicksal, von dem er sich nur mühsam erholt hatte, in irgendeiner Weise wieder ereilen oder womöglich Nok doch nicht zurückkehren würde. Und damit ertappte er sich dabei, dass er auf ihre Rückkehr zu hoffen begann.

Lehnert wartete. Die Abende gestalteten sich nach wie vor lang, und dennoch war ihm das die liebste Tageszeit. Er saß in seinen weiß lackierten Korbsesseln bei matter Beleuchtung, betrachtete seinen Schreibtisch aus Palisanderholz, den drehbaren Stuhl und die schweren sandfarbenen Vorhänge, die bis zum Fliesenboden reichten. Er saß also da, trank Bier, genoss die aufkommende Schwere und schaute auf den Fluss, der wie immer spielerisch mit kleinen Wellen gen Osten zog und dessen Wasser von den matten Lichtern der geduckten Häuser am Ufer und dem rötlich-gelben Schein der fernen Pagode bestrichen wurden. Strömungen und Strudel glitzerten tückisch, und er erinnerte sich, dass er damals in seiner schwersten Zeit der Verlassenheit geglaubt hatte, in diesen spiralförmig nach unten ziehenden Tiefen der Strudel die bleichen Gesichter derer zu sehen, die ihm davongelaufen waren, auch früher schon, vor den Jahren mit Nok. Wächserne Gesichter waren das, wie tot, die aber höhnisch zu grinsen schienen, als hätten sie es darauf abgesehen, ihn mit ihrem angeblichen Tod zu bestrafen. Er wünschte sich diese Gesichter zurück, wenn auch nicht so grinsend und in den Bewegungen des Wassers und der Strömungen wie in einem kuriosen Kabinett mit verzerrenden Spiegeln, die die Mimik bis zur Lächerlichkeit verstellten. So nicht, aber Hauptsache sie wären wieder zu sehen oder tauchten gar wieder auf, um womöglich herüberzukommen, heimlich in der Nacht, mit nackten, tapsigen Füßen und geduckt, so wie sie gegangen waren, auch Nok, und vor allem Nok. Dann wieder verbot er sich diese Vorstellungen, Schöndenkereien aus der Trunkenheit heraus waren das. Er erhob sich aus einem der Korbsessel und wechselte schwer ins Bett, immerhin die Besserung seiner Lage zur Kenntnis nehmend und daran festhaltend, bis zum nächsten Morgen.

Tage später ließ er Nok ausrichten, dass sie ihn anrufen möge, glaubte aber nicht wirklich daran, dass sie es tun würde. Immerhin wusste er nun durch eine vermutlich ungewollte Äußerung Kueis, dass es sie noch gab, irgendwo. Oder war das eine absichtliche, wie einen Happen hingeworfene Bemerkung, als Kuei drüben im Haus ihrer Eltern grüne Chilischoten in einem Mörser stieß und ihn dabei lächelnd anschaute: »Atjaa Nok yaak ruu yaak hen«, Nok sei bestimmt manchmal neugierig, ob Lehnert noch immer gegen das ständig zwischen den Fliesen hervorsprießende Unkraut außen am Haus vorgehen und es mit einem Stechbeitel an der Wurzel herausziehen würde. Lächelte und gab die gestoßenen Schoten in den großen Suppentopf auf dem Gaskocher. Kuei war nun fast täglich im Haus der Eltern. Dem Alten ging es zunehmend schlecht, das Herz wollte nicht mehr so recht, der Atem ging schwer, und wenn er dann doch einmal Brokkoliköpfe mit dem Haumesser abhacken wollte, stand er bald keuchend über dem Feld. Immer öfter lag er oben in seinem Zimmer auf einer Gartenliege, mit Blick über das gelbe Tor hinweg auf die Straße.

Die Tage vergingen, ergebnislos, aber Lehnert wartete nicht wirklich, sondern ruhte in angenehmer Schwere in seinen Korbsesseln, von denen er in der Sitzgruppe jeden Abend einen anderen benutzte.

Auch schmale, kurze Würmer fanden sich mittlerweile vereinzelt im Erdgeschoss ein. Sie krochen wellenartig über den kalten Fliesenboden, indem sie ihre Körper aufbäumten und wieder streckten. Er begründete ihre Anwesenheit mit dem Übergang in die kältere Jahreszeit, die in der Regel trocken war. Er konnte die Nützlichkeit dieser Tiere nicht erkennen, sie jagten keine Mücken oder Fliegen, also fegte er sie mit einem Reisstrohbesen auf eine Kehrschaufel, öffnete die Tür oder eines der vielen Fenster und warf sie zurück in den Garten, aus dem sie vermutlich hereingekommen waren. Würde auch sie durch den Garten ins Haus kommen? Eines Tages?

12

Wie lange war das her, als am frühen Morgen fünf Mönche in ihren safrangelben Kutten die Stufen zum Haus hinaufstiegen, das Gebäude auf dem mit gelbbraunen Fliesen belegten Sockel in einer Reihe umrundeten und an jeder Ecke kniend ihren Segen gaben. Sie spritzten mit einer Reisstrohgarbe ein wenig Wasser an die Wände und murmelten Litaneien, bevor sie, von Lehnert und von Nok sowie der engeren Verwandtschaft gefolgt, das Haus betraten, um dort ihre Zeremonien fortzusetzen, erst im Erdgeschoss bis in die hinteren Räume und sodann in der oberen Etage, in Reihe hintereinander dem nächsten Zimmer zustrebend.

Nok hatte in den Nächten zuvor davon geträumt, das Haus werde über ihnen zusammenfallen und sie und Lehnert unter Schutt und Mörtel aus Sand und Zement begraben, und noch viel später habe man ihren Onkel Bun unter den Stahlträgern gefunden, zuckend und noch lebend, aber tatsächlich tot. Ahnen aus allen Jahrhunderten seien mit langen, weißen Bärten und versteinerten Gesichtern aus den milchigen, chinesischen Himmeln aus der Provinz Sipsongpanna aufgetaucht und hätten an ihren Händen goldene Anhängsel, die in plötzlich wabernden Nebeln kaum zu erkennen gewesen seien, an Ketten baumeln lassen, bis sie schließlich herabfielen, in einen weiten, weiten Fluss, und Nok breitete am Morgen erschrocken die Arme aus, um zu zeigen, wie mächtig ihr dieser Strom erschienen war. Nach drei Nächten ging sie in den Tempel und bat die Mönche, ins Haus zu kommen.

Überall am Boden lagen Bastmatten für die zu erwartenden Gäste aus, und auf den niedrigen Tischen standen Speisen bereit, ebenso oben in der Rundung, die die Halle zum Garten hin erweiterte: Klebreis in Porzellanschüsseln, gebratenes Schweinefleisch mit langen, schmalen Bohnen, braun gebratene Hühnerschenkel, Brokkoli in dunkler Sauce, Garnelen mit Glasnudeln und Möhrenstückchen, und zu allen Gerichten unterschiedliche Chilisaucen in winzigen Schalen. Für den kleinen Hunger gab es Orangen und aus China importierte Äpfel, in Bananenblätter gewickelten Reis mit Kokosmilch und rundes, braunes Gebäck mit chinesischen Schriftzeichen auf dünnem Papier. Lehnert hatte bereits bei den Vorbereitungen davon genascht, weil er das Gebäck so gern mochte, und hatte dabei oben im Schlafzimmer durch die geöffnete Tür Nok und ihren Onkel Bun im Gespräch stehen sehen. Nok hatte zu Boden geblickt, der weißhaarige Bun mit vorgestreckten Händen auf sie eingeredet und Lehnert ihnen betont freundlich zugenickt, während er sich noch ein Stück vom chinesischen Gebäck genehmigte, zum Altar hinüberging und dort die Vase mit zu einem Strauß gebundenen, gespaltenen Bambusstäben und aufgesteckten Orchideenblüten zurechtrückte. Nok hatte zuvor bereits einige Geldscheine in die Schlitze der Stäbe geklemmt, zur späteren Animation für die Gäste.

Später saßen die Mönche in der Rundung der Halle und warteten darauf, dass Lehnert und Nok, ihre Schwester, ihr glattgesichtiger Bruder Ton und die Eltern sich vor sie hinknieten, damit auch sie ihren Segen entgegennehmen konnten. Der Abt, ein dickleibiger Mönch mit kahlem Kopf, band eine kleine, weiße Schnur um ihre Handgelenke, während die anderen Mönche weiter Litaneien murmelten. Tage später war er tot, aber das wusste da noch niemand, und ebenso, dass daraufhin das Gerücht die Runde machen sollte, er sei an Völlerei gestorben. Ein durchweg gemütlicher

Mönch, der stets in angenehmer Art und Weise menschelte und der vermutlich deshalb das Zeitliche segnete, weil er zu gern und zu oft von den Opferspeisen naschte, die kredenzt wurden, wenn einem neuen Haus der Segen erteilt werden sollte oder einem frisch vermählten Paar, das selig auf der Bastmatte unter ihm saß, oder wenn jemand das Unglück eines Traums ins Gegenteil segnen zu lassen versuchte, während die Mönche sich sodann an die Speisen heranmachten, was für den Abt nun ja nicht mehr in Frage kam. Eine Woche lang sollten die Trauerzeremonien für ihn auf dem Tempelgelände andauern, gelb-schwarze Baumwollschals um die Mauern herum kündeten davon, und täglich kamen Hunderte von Menschen, um Abschied zu nehmen. Der Abt war vor allem wegen seiner Gutmütigkeit, mit der er vermeintliches Fehlverhalten (Fremdgehen, über die Nachbarn lästern, den Hund schlagen, das Kind schlagen) nach freundlich mahnenden Worten abnickte, sehr beliebt. Dann aber, nur wenige Tage, nachdem der Abt Noks Traum beiseite gesegnet hatte, wurde er gefunden, wie er im Eingang zur Toilette mit dem Kopf tief gegen den Türpfosten gelehnt stand und weder vor noch zurück konnte, wohl auch nicht mehr wollte, und vor sich hin keuchte. Man ließ ihn, als man ihn entdeckt hatte, auf den Boden ab, er krächzte noch eine Weile und schnappte nach Luft. Als aber endlich ein Arzt kam, hauchte er zwischen der Toilette und der Mönchszelle sein Leben aus.

Wenige Tage zuvor hatte er also noch in der Mitte der Mönchsrunde unter dem Fenster zum Garten die Zeremonien geleitet, bereits die Speisen am Boden im Blick. Und als die Mönche nach etwa einer Stunde die Litaneien beendet hatten, waren inzwischen im Erdgeschoss die meisten Gäste, rund hundert an der Zahl, eingetroffen. Und während oben die Mönche sich im Schneidersitz über die Speisen beugten, ließen sich die Alten um sie herum auf den Bastmatten ab, erstaunlich gelenkig im Schneidersitz oder die Beine seitwärts gestreckt, und echauffierten sich über die neuen Zeiten, über die jungen Menschen, die heute nur noch mit den Zeigefingern über ihre Telefone strichen, anstatt sich zu unterhalten, während sie selbst immer wieder mal durch ihre läutenden Smartphones aus den Gesprächen gerissen wurden, weil am anderen Ende jemand fragte, ob man nicht auch kommen könne, wie die Stimmung sei oder ob die Gastgeber nicht doch geizig seien. Nok und Lehnert wuselten zwischen den Gästen umher, reichten Reis in silberfarbenen Schalen nach, schenkten Cola aus großen Literflaschen ein oder Bier und gaben aus Aluminiumeimern Eiswürfel in die Gläser. Noks Vater hielt die Beine seitlich gestreckt und bohrte seinen Blick dunkel unter den Geldbaum hinweg durchs Fenster auf das Brokkolifeld.

Unten in der großen Halle saßen die näheren Verwandten, Onkel und Tanten in Seidenkostümen, Nichten und Neffen in Jeans und kurzen Hosen und wischten mit fettigen Fingern über Displays. Kinder hockten auf der Treppe zwischen den Etagen, sprangen die Stufen hinauf und hinab, tollten nach draußen, liefen wieder ins Haus und nahmen rundes, süßes Gebäck von ihren Eltern entgegen, damit sie gar nicht erst zu quengeln anfingen.

Immer weitere Gäste, Freunde, entfernte Verwandte kamen über den schmalen Pfad zwischen den Kräuterfeldern zum Haus, Kartons mit Bier wurden herangeschleppt und ständig einzelne Flaschen aus den großen Kühltruhen, die draußen am Haus standen, gezogen. Schon am Mittag tanzte der erste junge Mann draußen auf den Fliesen bierselig grinsend zu Thaipopmusik, auch zur Ballade des Althippies Carabao »Lung khii mau«, der Onkel sei alkoholabhängig. Seine Frau, eine Muslima, schämte sich für ihn, und alsbald schaffte sie es, ihn mit dem Motorrad vom Grundstück zu fahren, während er schlapp wie ein Sack auf dem Sozius vor sich hindöste und auf der Bodenwelle am Tor beinahe heruntergefallen wäre. Er war nicht der Einzige, der im Laufe des Tages mit dem Motorrad abtransportiert wurde. Die Mönche waren nach etwa einer Stunde satt, die Neffen Ot und Not fuhren sie und die Speisen, die sie nicht hatten bewältigen können, mit einem Pickup zurück in den Tempel. Im Haus feierte man bis in die Nacht, unterhielt sich, lachte, aß und trank.

Es war nicht das erste Mal der trauten und ausgiebigen Gemeinsamkeit, es sollte aber das letzte Mal gewesen sein. Am Morgen wachten Nok und Lehnert erst spät auf, sie erinnerten sich lachend noch einmal an die besonderen Vorkommnisse des Vortages. Lehnert erinnerte Nok an den Tänzer am Mittag und an den angeblich ungepflegten Wan, einen Cousin Noks, von dem man in dessen Beisein behauptete, er habe Läuse, woraufhin Lehnert mit der Digitalkamera so nah wie möglich dessen angegrautes Haar fotografierte, um den Bestand von Läusen ein für alle Mal zu dokumentieren. Nok lachte mit schiefem Mund und ohne Lehnert anzuschauen. Sie schob ihre schulterlangen Haare beiseite und hielt den Blick seitwärts auf den grünen Fliesenboden gerichtet, ein Weglachen, das auszurutschen schien. Am Abend hatte sie lange mit ihrem Onkel Bun ein wenig abseits des Geschehens auf der Bastmatte gesessen, wo lange vorher die Mönche ihre Zeremonien abgehalten hatten, und eine merkwürdig erregte Unterhaltung geführt, alles andere als ein lockeres Gespräch, das dem Segen hätte förderlich sein können. Aus der Entfernung sah es beinahe so aus, als schrien die beiden sich an. Bun riss mehrere Male mit beiden

Händen an der Knopfreihe seines karierten Hemdes. Es war, als würde da etwas verdeutlicht, nachgespielt, eine Szene aus der Mottenkiste. Lehnert unterbrach am Morgen abrupt seine Erinnerungsfolgen heiterer Szenen und fragte sie danach. Nok winkte ab, ging rüber zum Altar und rückte den für die Mönche abgepflückten Geldbaum zurecht, um etwas zu tun zu haben.

Das alles war vorbei. Lehnert verbrachte die Tage allein weiter vor sich hin. Schön waren die Morgendämmerungen, wenn er, zwar noch träge vom Vorabend, in der beginnenden Helle die grün bewaldeten Berge von Burma und die noch erleuchtete Spitze der goldfarbenen Pagode auf einem nahen Hügel vom Bett aus in den Blick bekam. Er blieb dann noch etwa eine Stunde liegen, schloss die Augen wieder und lauschte dem aufkommenden Gesang der Vögel, einem betörenden Schnattern und Pfeifen und Gurren in den Tag hinein. Vögel, die sich ihrer Art nach miteinander zu unterhalten schienen und sich gegen die anderen Vögel behaupten wollten. Da war ebenso das Krähen der Hähne, gleichfalls von allen Seiten im Antwortspiel, während er beinahe jeden Morgen den Alten hörte, wie der mit einer Hacke vor seinem gegenüberliegenden Haus den Boden zu bearbeiten begann, um Brokkoli anzubauen, bevor er es dann nicht mehr konnte.

Wenn es in der Nacht geregnet hatte, drang das Quaken einiger Kröten, die unter den Sträuchern hockten, zu ihm herauf, und manchmal hörte er das Schnattern eines großen Geckos, den er noch nie gesehen hatte, der aber offenbar im Dachstuhl hauste.

So genoss er jeden Morgen dieses Konzert von Pirolen, Nektarvögeln und Staren, die er sich, wenn er die Augen wieder geschlossen hatte, sehr gut vorstellen konnte, und er registrierte sehr genau, wenn sie ihre Position gewechselt hatten und ihre Gesänge zunächst vom Dach des Nachbarhauses und wenige Augenblicke später von einem der Kokospalmen im Garten erklangen. Auch das waren für ihn Zeichen einer Wiederkehr, denn so intensiv hatte er die Morgendämmerung nie zuvor wahrgenommen.

Würde sie zurückkommen? Und mit ihnen all die Menschen, die Verwandten, die Gäste, das Leben? Noch hatte Nok nicht angerufen. Und manchmal war es ihm sogar lieber, dass es bis dahin noch möglichst lange dauern würde, konnte er sich doch so weiter seinen Hoffnungen hingeben, vor allem abends, in seiner Schwere. Lehnert würde einen neuen Geldbaum an den Altar schieben und eine erste Banknote daran befestigen.

13

Höre immer wieder von Dingen, die mich verunsichern. Neulich saß ich mit einem Holländer in einem kleinen laotischen Restaurant in der Altstadt von Chiang Mai. Wollte mir auch einmal den Norden von Thailand anschauen, und der Holländer saß allein an einem Tisch, rauchte und sinnierte auf eine kalkweiße Tempelwand gegenüber. Er trug eine Reihe von bunten Armbändern und Stoffringen um die Handgelenke, auch einen Reif aus Jade, und mit seinen dichten blonden Locken sah er aus wie eine Mischung aus Althippie und Nebengott aus dem indischen Pantheon. Setzte mich zu ihm. Wir saßen und redeten stundenlang. Er arbeitete als Produzent mit verschiedenen Eine-Welt-Musik-Verlagen zusammen und war zehn Jahre lang mit einer Thailänderin verheiratet. Weil er den südostasiatischen Raum für seine Zwecke als ideales Betätigungsfeld ansah, hatte er beschlossen, in Thailand zu leben und in der Nähe der geschäftigen Altstadt mit ihren engen Gassen ein Haus gebaut: Zwei Etagen, zweihundert Quadratmeter (offenbar ähnlich groß wie das Haus von Nok und Lehnert, das ich bis dahin zwar noch nicht kannte, von dem er mir aber andeutungsweise erzählt hatte). Nach einigen Jahren ging die Ehe in die Brüche, so der Holländer, und das Handgelenk mit dem Jadereif klackte auf die Tischplatte. Seine Frau sei in schlechte Kreise geraten, wie er mit gelbem Blick verriet. »Bad influence!«, typisches Dutch-English mit breitem, käsigem Akzent. Sie hatte von seinem Geld ein kleines Kosmetikstudio gleich an der Einfahrt zur Altstadt eröffnet, direkt am Thapae Gate, der sandsteinfarbenen Stadtmauer, hinter der sich schmale Straßen mit winzigen Läden zu einem Labyrinth verzweigten. Die Geschäfte liefen anscheinend gut, sie begann zu trinken, Karten zu spielen, fremdzugehen, »The usual todo of Thai women«, das Übliche bei Thailänderinnen, lachte der Holländer müde über den Tisch hinweg. Später, nach allen Misstrauensbekundungen, Fehlversuchen des Zusammenraufens und Vorwurfsarien sei sie zu ihrem neuen Freund gezogen, während er in seinem Haus wohnen bleiben wollte, wo auch sonst? Er zuckte mit den Schultern. Nun aber sollte er Miete zahlen. Er beugte sich vor und begann mit gestrecktem Zeigefinger Aufklärung über Regelwerke, nach denen Ausländer in Thailand keine Grundstücke erwerben dürfen. Also hatten die beiden beim Einzug »sein« Anwesen umstandslos ins Grundbuch auf sie eintragen lassen, weil er sich ein solches Szenario nicht einmal im miesen Film habe vorstellen können »Kind of a nightmare!« Lehnte sich wieder zurück und lachte meckernd. »But she could. Just from the beginning.« Der Zeigefinger schwebte weiter über dem Tisch. Und wem das Grundstück gehört, dem gehört nach thailändischem Recht auch das, was darauf steht, belehrte er mich weiter. Er klatschte die Handflächen über seinem Teller zusammen, rieb sie nach Basta-Manier und streckte sie mir entgegen. »It was all gone.« Er dann auch. Zog ans andere Ende der Altstadt in ein Appartement, zur Miete, und fand eine neue Freundin, »Now she's dreaming of a beautiful house.« Der Pfannkuchen, den ich mir überflüssigerweise als Nachtisch bestellt hatte, obwohl ich schon satt war, schmeckte mir nicht mehr. Irgendwie zu süß. Zu viel Kokosnuss.

14

Bereits 1973 war es im ganzen Land zu massiven Protesten gegen die thailändische Junta gekommen. Soldaten schossen in die Menge, viele Tote waren zu beklagen. Der König drängte daraufhin die Militärregierung abzudanken. Doch schon 1976 kam es erneut zu einem Massaker an der Bangkoker Thammasat-Universität. Paramilitärs stürmten das Gelände, hängten Studenten und Professoren an den Bäumen auf und schlugen mit Stühlen auf die leblosen Körper ein. Das Militär nutzte die Unruhen und putschte erneut.

Als ehemaliger Soldat erklärte sich der Bauer Kamon weit entfernt im hohen Norden solidarisch. Die Studenten hätten es nicht anders verdient. Sie seien zurecht aufgeknüpft worden. Im Übrigen habe er andere Sorgen. Sprach`s, eher zu sich selbst, weil niemand zuhörte, faltete mit einem Ruck knisternd die Zeitung zusammen und schielte von der Veranda aus finster unter sein Stelzenhaus, wo der seiner Meinung nach nichtsnutzige Bruder seiner Frau die Bastkörbe der Hühner hochkant stellte und mit einem Reisstrohbesen auszumisten begann.

Hätte der Bauer gewusst, dass dieser Bruder seiner Frau gelegentlich, wenn er selbst sich auf dem Feld abrackerte, heimlich im Schlafraum im hinteren Teil der Hütte unter den Matratzen wühlte, weil er etwas suchte, das ihn und seine Schwester endlich aus ihrer als Leibeigenschaft empfundenen Abhängigkeit befreien würde, hätte er diesen Bun nicht mehr als Nichtsnutz, sondern als gefährlich angesehen. So aber blieb der eine Art Wurmfortsatz der Familie, jemand für niedere Arbeiten, das Amulett blieb für Bun verborgen und die Geister blieben schläfrig, so lange, bis sie womöglich eines Tages als Zeugen aufgerufen waren, und beileibe nicht nur das.

Eigentlich stand ein neuer Hahnenkampf an. Wenn nicht der schwarze Mischlingshund aus unerfindlichen Gründen Jagdfieber entwickelt, in einem plötzlichen Aggressionsschub dem Hahn nachgesetzt und das flatternde Tier mir nichts, dir nichts in den Hals gebissen hätte. Kamon aber, der gerade in seiner Baumwollbauerntracht mit der Hacke auf der Schulter vom Feld kam, wusste genau, was zu tun war. Er lehnte die Hacke an einen der Pfosten, die stämmig das Haus hielten, und ging mit langsamen Bewegungen sicher und zielstrebig auf den Hund zu, fixierte ihn geradezu mit seinem durchdringenden Blick, langte mit einer Hand nach einem Stück Draht, das an der Decke des Stelzenhauses hing, drückte dem Hund das eine Ende des Drahtes am Hals durch die Haut, und wenige Zentimeter weiter wieder heraus, wickelte es, während der Hund in hohen Tönen kläffte, dem toten Hahn um den noch blutenden Hals und zog den Draht in der Schlaufe an, sodass der Hahn eng an den Hals des Hundes gebunden war. Der suchte jaulend das Weite und schüttelte sich fortwährend, bis er nach fünf Minuten verzweifelten Hin- und Herlaufens den Hahn an einer Telegrafenstange am Ende des Maisfeldes abgestreift hatte. Nok lugte mit großen Augen von der Brüstung der Veranda herab. Sie hatte die Füße mit den Plastiklatschen über Kreuz gestellt und schwieg. Der Bauer rief die Frau, (die er auch stets genau so nannte: Mia! – Frau!) sie solle das Kind ins Haus ziehen, was die auch sofort tat. Er schlug seine Mia seit einiger Zeit nicht mehr.

15

Am Tage vertrieb Lehnert sich die Zeit mit kleinen Spaziergängen durch die Altstadt von Mae Sai, vorbei an den Rubinhändlern, meist Shan oder Thai Lüü, die ursprünglich aus Burma stammten und die vor ihren Häusern an groben Holztischen saßen, einzelne rötliche Steine von größeren Haufen aussortierten, sie mit Pinzetten aufklaubten, um sie hinter Lupen zu beäugen, oder an Polierscheiben bearbeiteten. Gleich dahinter lagen zwei Straßenzüge, die von Muslimen bewohnt waren. Kleine Restaurants mit Halal Food hatten geöffnet. Lehnert war schon lange aufgefallen, dass die bärtigen Gesichter der Muslime wesentlich ernster waren als die der Buddhisten, die immer zu einem Lächeln bereit waren. Aber vielleicht waren die Muslime ja aufrichtiger, was das allgemeine Befinden anging? Wahrhaftiger? Wahrhaftigkeit und Religion! Lehnert tippte sich in Gedanken an die Stirn.

Einmal im Monat stieg er den Berg zum Wat Doi Wau hinauf, einer Tempelanlage, von der aus er einen Rundblick auf die Stadt, den Grenzübergang und auf die Berge von Burma hatte. Er wählte die schmale Straße durch den Markt, in dem Thailänder und Burmesen Plastikartikel, Parfums, Lederwaren und Sonnenbrillen unter Wellblechdächern verkauften. Billigwaren aus Burma und China. Wie immer stand am rostigen Geländer über dem schmalen Wasserkanal ein junger Burmese, der Westlern aus der hohlen Hand blaue Tabletten anbot: »Viagra, you eat.« Lehnert hatte dem Burmesen einmal geantwortet, er möge das Zeug selber futtern. Das nutzte aber nichts. Bei der nächsten Gelegenheit sprach er Lehnert wieder an, was daran liegen mochte, dass Farang für Asiaten auf den ersten, flüchtigen Blick alle gleich aussahen.

Der Markt verzweigte sich. Er war mit durchsichtigem Plexiglas überdacht, die Sonne schien hindurch und erzeugte eine unangenehme Hitze. Lehnert mochte diesen Markt nicht, zumal ständig Motorräder mit auf dem Sozius aufgebockten Waren durch die engen, überfüllten Gassen knatterten. Lehnert sah sich immer wieder gezwungen auszuweichen, die Auspuffgase mischten sich in der Hitze mit dem Qualm gerösteter Kastanien und den Dämpfen der Suppenküchen. Über dem Markt begann der breite Treppenaufgang, der zu beiden Seiten auf den Mauern von steinernen Nagaschlangen flankiert wurde. Mit ihren weit aufgerissenen Mäulern wirkten sie eher wie Drachen, die Unbefugte vor dem leichtfertigen Zutritt der Tempel warnen sollten, vor dem mutwilligen Aneignen geistigen Eigentums, dem Raub religiöser Schätze.

Lehnert nahm mit großen Schritten die rund hundertfünfzig Stufen, die so weit auseinanderlagen, dass er manchmal gezwungen war, bis zur nächsten Stufe zwei kurze Schritte zu machen. Er war froh, das Lärmen des Marktes unter sich gelassen zu haben und versuchte, den Aufgang ohne eine Pause zu bewältigen, um sich attestieren zu können, dass er immer noch fit war. Thailändische Touristen überholten ihn schnaufend, übergewichtige Jugendliche blieben lachend stehen, eine Alte kam langsam und vorsichtig in schräger Körperhaltung die steilen Stufen herab.

Auf der Kuppe standen mehrere kleine Tempel verteilt. Gläubige knieten vor den Buddhastatuen, sie hatten die Hände vor das Gesicht gefaltet und beugten sich bis an den Boden. Lehnert ging an einen Verkaufsstand unter der Aussichtsplattform, nahm ein fertiges Bündel mit einer Orchidee, einer schmalen, gelben Kerze und drei Räucherstäbchen, legte einen blauen 50-Baht-Geldschein in eine Schale und wechselte hinüber zu einem kleinen Tempel über dem Abhang. Eine Buddhastatue aus Jade stand mit einer wie zu einem Stoppsignal vorgestreckten Handfläche in einer Nische, dahinter saß ein goldfarbener, lächelnder Buddha. Am Tempel nebenan lag ein Novize in safrangelber Kutte quer auf den Stufen und beobachtete Lehnert, wie er niederkniete, sich vorbeugte und ein Feuerzeug nahm, das auf den Stufen bereitlag. Lehnert zündete die Kerze an, ebenso die Räucherstäbchen und steckte sie in eine kleine, mit Sand gefüllte Schale. Von der Kerze ließ er ein wenig Wachs auf die Stufen tropfen und stellte sie in die fest werdende Masse, hielt die Kerze eine Weile, bis sie von allein stand. Sie flackerte leicht im Wind. Dann stellte Lehnert die Orchidee in eine schmale Vase, schloss die Augen, hob die Hände gefaltet vor das Gesicht, dachte an Nok, an ihre schwarzen, schulterlangen Haare, an ihr ernstes Gesicht, das nichts verriet, das sich aber dann zu einem leichten Lächeln verzog, mehr schon nicht, und damit gab Lehnert sich zufrieden, worauf er sich weit vornüberbeugte, bis seine Fingerspitzen die obere Stufe berührten. Dann stand er wieder auf, schaute kurz hinüber zu dem Novizen, der ihn noch immer beobachtete und ging zurück zur Aussichtsplattform, schaute kurz über die Schulter zurück, ob die Kerze dem Wind standhielt, was Lehnert wichtig war, da er glaubte, dass seine Wünsche sonst nicht erfüllt würden.

Er streifte seine Sandalen ab und nahm die zwanzig Stufen hinauf: auch hier oben einige Nischen mit Buddhastatuen, die mit Girlanden aus Orchideen behängt waren. Lehnert setzte sich auf die breite Steinbank und schaute auf die Grenzstation hinab, den ständigen Verkehrsstrom mit gezogenen und geschobenen Handwagen voller Warenballen, mit Pickups und Fußgängern in beide Richtungen. Ein Polizist wedelte mit den Armen und blies mit kurzen, energischen Atemstößen in seine Trillerpfeife, die von den Verkehrsteilnehmern konsequent ignoriert wurde. Lehnert sah Kinder mit schmutzigen Beinen barfuß am Straßenrand betteln. Es waren Kinder der Akha, einem Bergvolk, das seit Jahrhunderten in der Region siedelte. Der etwa zwanzig Meter breite Grenzfluss schlängelte sich lebhaft gen Osten dem Mekong zu. In der Regenzeit überschwemmte er regelmäßig den Markt bis hin zur Altstadt, und die Menschen lagerten bis zum nächsten Hochwasser Sandsäcke in den Schuppen ihrer Grundstücke. Am anderen Ufer lag die burmesische Stadt Tachilek, mit einem Markt, der sich kaum von dem auf der hiesigen Seite unterschied. Flache Bauten, Wellblechdächer. Die Stadt zog sich den Berg gegenüber hinauf. Auf halber Höhe stand die Pagode, die Lehnert nachts immer so gerne anschaute, wenn sie beleuchtet war. Er wandte sich nach rechts und betrachtete Mae Sai, die Stadt, die ihm so vertraut geworden war, das Häusermeer unter dem Dunst der Hitze und der Auspuffgase, die schmalen Straßen, die in die Siedlungen führten. In einem Kilometer Entfernung erkannte er sein Haus, in hellem Gelb unter Palmen. Dahinter der kleine Park der Wasserbehörde. Auf der anderen Seite am Berg gegenüber strahlte die riesige weiße Buddhastatue, die über einem Tempel mitten im Wald stand. Lehnert wusste, dass darüber auf der Kuppe thailändische Soldaten hinter Sandsäcken lagen und über die Hügel Burmas schauten. Was eigentlich nicht mehr nötig war, da der letzte Schusswechsel bereits zwanzig Jahre zurücklag.

Lehnert wandte sich um und sah plötzlich Nok in dem chinesischen Tempel unter ihm verschwinden. Oder bildete er sich das ein? Er zögerte kurz, dann eilte er die Stufen hinab, zog die Sandalen von den Füßen und ging barfuß in den Tempel mit seinen roten Säulen und den gelben Schriftzeichen, Malereien von Schlangen und Drachen. An der Wand saßen zwei chinesische Mönche auf niedrigen Schemeln. Von Nok war nichts zu sehen. Die Seitenflügel waren geöffnet. Lauwarmer Wind wehte hinein.

»Phuu jing yuu nai?«, fragte Lehnert die Mönche auf thailändisch, wo die Frau sei. Die Mönche lächelten nur. Hatten sie ihn nicht verstanden? Nahmen sie ihn nicht ernst? Es war fast, als hätten sie Spaß daran, ihm lieber nichts zu sagen. Lehnert ging hinüber zur rechten Flügeltür, trat nach draußen und umrundete den Tempel, nichts von Nok zu sehen. Eine Gruppe von einheimischen Touristen stand an der Mauer über dem Abhang, man lachte und fotografierte sich gegenseitig. Lehnert schaute über das Gelände, ebenfalls nichts zu sehen. Er kehrte zurück vor den Haupteingang, schlüpfte in die Sandalen, sein Blick fiel auf die Straße unter der Mauer, eine Frau fuhr dort auf einem Motorrad den Hang hinab, und Lehnert bildete sich ein, den blauen Helm Noks zu erkennen, den sie immer getragen hatte, und er erinnerte sich sogleich daran, wie sie manchmal vom Fleisch- und Gemüsemarkt kam, die kurze Rampe zum Haus ihrer Eltern hochfuhr, das Motorrad abstellte und in den Schuppen zur Kochstelle ging. Ohne den Helm abzunehmen, zog sie dann mit heruntergelassenem Sichtschutz Gurken und Möhren aus einer Plastikblase und schnitt das Gemüse klein. Lehnert rätselte immer, ob sie aus Eile den Helm nicht abnahm oder ob es ihr gar nicht bewusst war, dass sie ihn noch aufsitzen hatte.

Er lehnte sich gegen die Mauer und beugte sich weit vor, das Motorrad war verschwunden. Eine Einbildung? Oder war sie es?

Oder war sie immer noch fort? Ganz weit fort? Aber wenn sie es doch war, was suchte sie dann in einem chinesischen Tempel? Er drehte sich um und schaute in die lächelnden Gesichter der beiden Mönche.

16

Lehnert stand mit den Oberarmen auf die Mauer gestützt und schaute durch das Opernglas, ein rot lackiertes, kleines Ding mit goldfarbenen Rändern an den Gläsern. Er hatte es auf dem Burmesenmarkt unterhalb der Tempelanlage Doi Woi erstanden, nach einigem Feilschen für 250 Baht, ein Schnäppchen. Dann war er zurückgeeilt, hatte auf einem nicht bewirtschafteten Streifen Land mit niedrigen Sträuchern und über den Boden rankenden Dornenzweigen eine wacklige Gemüsekiste hochkant aufgestellt, um über den Rand der schmutzigen Mauer schauen zu können. Das Weiß war über die Jahre vom Monsunregen und von der Erosion der Betonstahlstangen im Inneren der Mauer längst rostrot und schwarz überlaufen.

Die Sonne schob sich zum Mittag auf. Es war heiß. Lehnert hatte einen Platz unter dem Schatten einer Palme gefunden. Er sah Soo, wie sie hinter dem Schuppen mit anderen Frauen Essen für die Trauergemeinde zubereitete, Frauen aus der Nachbarschaft, die wie sie bunte Schürzen mit aufgedruckten Kochlöffeln und gelben Küken trugen, Schweinefleisch wuschen, Fischkörper abschuppten und zwischen Gaskochern auf Hackbrettern Gemüse zerkleinerten. Das schnelle Klacken der Messer hallte über das Grundstück. Soo zerkleinerte mit einem Mörser Chilischoten in einem großen Tontopf, den sie sitzend zwischen ihren Beinen eingeklemmt hielt. Gleich nach dem Tod Noks waren die Frauen, nachdem sie im ersten Moment mit den Händen vor dem Mund in ihren Zimmern gestanden hatten, herbeigeeilt und hatten ihre Hilfe angeboten, um die vielen Gäste, die kommen würden, zu bewirten. Die Frauen saßen nun palavernd hinter dem Schuppen und tranken Bier mit Eiswürfeln darin. Soo war schon nicht mehr nüchtern. Sie führte mit glasigen Augen das Wort: »Müa nii nang duaikan«, noch gestern habe sie, kurz bevor das alles passiert sei, mit Nok in geselliger Runde gesessen, und nun das, »mai kautjai«. Ihre Stimme schallte laut in quakender Tonlage über den Hof, während nach und nach die ersten Nachbarn und ferne Anverwandte in schwarzer Kleidung das Grundstück betraten und sich unter den Baldachinen zwischen den beiden Häusern verteilten. Da hockten sie auf Plastikstühlen, schauten aneinander vorbei, und nur schleppend kamen Gespräche in Gang. Was war auch zu reden? Lehnert kannte sie fast alle. Einige nahmen die vier Stufen zum Haus der Eltern und traten, um sich nicht lumpen zu lassen, an den Geldbaum, der mit seinem Zweigbüschel und aufgesteckten Orchideen vor dem geöffneten Rolltor der Wohnhalle stand. In ihren schwarzen Hemden fingerten sie wie ungeschickte Totenvögel mit knochigen Krallen Banknoten in die Schlitze der Zweige, um sich sodann wieder auf ihre Plätze zu begeben. Klebreis mit Gehacktem und Hühnerfleisch lag auf Plastiktellern vor ihnen, scharf gewürzte Suppe dampfte aus verbeulten Blechtöpfen.

Warum stand Lehnert da, auf der leeren Gemüsekiste? Mit dem Opernglas vor Augen? Welche Vorstellung glaubte er da präsentiert zu bekommen, während sich die Gäste über die Teller beugten? Mit nassen Augen, vermutlich vom Qualm der Speisen. Drüben hinter der anderen Seite des Grundstücks stand stumm der Totenwagen vor der Mauer.

Soo war nun vollends betrunken. Lehnert erkannte deutlich durch das Opernglas, wie sie versuchte, sich aus ihrem Stuhl zu erheben, um den Tonkrug mit den zerkleinerten Chilischoten in den Schuppen zu bringen. Sie sackte zurück. Bereits mehrere Male war sie im Dunkel des Schuppens verschwunden, um weiteres Gemüse heranzuschaffen, aber vor allem, um die nächste Flasche Bier aus dem Kühlschrank zu ziehen. Man wusste, dass Soo Alkoholikerin war und jeden Anlass nutzte, um sich einerseits nützlich zu machen und auch, um sich zu betrinken. Sie hatte kaum Geld, war unverheiratet, Mitte fünfzig und in ihrer Familie, die mit der Noks verwandt war, geächtet, ein schwarzes Schaf, mit dem nichts mehr anzufangen war, obwohl auch einige ihrer Geschwister immer wieder aus der Rolle fielen. Die jüngere Schwester, eine hübsche Frau mit vielen Affären, verspielte das Geld der Familie und war trotzdem das Lieblingskind der Mutter, der ältere Sohn trank ebenso wie Soo, was aber nicht weiter ins Gewicht fiel, weil er mit dem Handel von Blue Jeans aus China mehr schlecht als recht für den Unterhalt der Familie sorgte und weil er ein Mann war: »Phuu sai mai pen rai«, hieß es.

Soos dicke Lippen lagen schlaff aufeinander, ein Faden Speichel lief daraus hervor, eine Spange hatte sich aus ihrem tiefschwarzen Haar gelöst und hing herab, das Kinn war auf die Brust gesackt und die aufgedruckten, gelben Küken waren auf ihrer Schürze verknautscht. Sie wurde von den anderen Frauen unter die Schultern gefasst und ins Haus gebracht, um in einem der Zimmer ihren Rausch ausschlafen zu können. Ihr Bruder, zwischen anderen Gästen unter einem der Baldachine mit einem Glas Bier in der Hand, ignorierte die Szene, indem er mit hohem Kinn betont in die Runde lächelte. Bis vorgestern hatte Lehnert immer unter ihnen allen gesessen, egal wo und zu welchem Anlass. Nun, und da war er sicher, hätten sie ihn nicht hinter der Mauer entdecken dürfen.

Ot, der Neffe Noks, schob das gelbe Tor zurück. Es quietschte in den Angeln. Ein Pickup war an das Grundstück herangefahren, und man machte sich an der Anhängerkupplung des Totenwagens zu schaffen. Weitere Pickups mit Bastmatten auf den Ladeflächen kamen heran, die Trauergäste waren aufgestanden und reihten sich hinter den Fahrzeugen, um über das Trittbrett aufzusteigen. Der Alte, dem man unter Protest die blaue Bauernkluft gegen ein schneeweißes Hemd mit steifem Kragen getauscht hatte, wurde von Ot und Noks Bruder Ton auf einem schweren Teakholzstuhl sitzend herbeigeschleppt und auf die Lädefläche eines der Pickups geschoben. Den Rollstuhl hatte man wohl für den Anlass als zu unwürdig befunden. Finster, aber auch mit scheuen, schnellen Blicken schaute er über die Straße und über sein Grundstück hinweg. Lehnert duckte sich schnell.

Bun dirigierte den Pickup mit dem angehängten Totenwagen mitsamt dem aufgebockten Pavillon vorsichtig an die Spitze des Korsos. Instrumentalmusik mit schrägen Schalmeientönen und dem hellen Klimpern einer Zither schepperte übersteuert aus den Lautsprechern des zweiten Pickups, auf dem der schwerhörige Alte ungerührt auf der Ladefläche saß. Bun ging mit einer langen Stange vorweg und hielt die Stromkabel, die schwarz und schwer und quer zwischen den Häusern hingen, hoch, damit der Totenwagen mit seinem verzierten Turm im Schritttempo darunter hergezogen werden konnte. Jemand hatte aus Papier eine weiße Gestalt wie an einem Galgen daran gehängt, zur Abwehr böser Geister, und Lehnert spürte ein Würgen im Hals, während er weiter durch das Opernglas schaute.

Da ging nun die Familie – außer dem Alten – in Schwarz neben- und hinterher, eine Hand an der Balustrade des Totenwagens, in der prallen Hitze zur Musik, die in einer Endlosschleife all die unterdrückten und vermischten Gefühle noch verstärkte. Eine Prozession durch die engen Straßen, und sie schauten müde und verzerrt drein, in ihren Versuchen, Weinen in Lächeln zu verwandeln, um sich nicht zu entblößen, wodurch sie ähnliche Gesichtszüge bekamen wie die Tote gleich neben ihnen, der man den Schmerz aus ihrem Gesicht gezogen hatte, die aber nun niemand mehr in ihrem Sarg sah. Noks Mutter ging vorneweg, verschlossen wie nie. Lehnert schaute durch das Opernglas auf ihre Lippen, die nicht zitterten, auf ihre Wangen, die sie straff zusammenhielt, in ihre Augen, die durch alles hindurchschauten, was ihrem Blick in den Weg kam.

Lehnert folgte zu Fuß im Abstand von etwa einhundert Metern und mit dem Versuch, das Gesicht nicht zu verzerren, das ihm aber deutlich verrutschte. Weil er kein Thai war. Weil er das mit dem Zusammenreißen nicht beherrschte. Anwohner standen neugierig an den Straßenrändern, einige zeigten auf ihn und sein Zucken im Gesicht: »Hen farang roong hai«, und gingen weiter ihrer Beschäftigung nach. Motorräder hielten an, um die Prozession auf ihrem Weg zum Krematorium vorbeizulassen, und die Angehörigen in ihren schwarzen Hemden vermieden jeden Blickkontakt, schauten auf ihre Hände, die über die Balustrade mit der Toten verbunden waren, von der sie wussten, dass sie nun nicht mehr lange in ihrem Sarg liegen würde. Schauten auf ihre Hände, auf den Asphalt und zeigten Zähne, um das Lächeln aufrecht halten zu können. Der Alte saß mit blutunterlaufenen Augen reglos auf seinem Teakholzstuhl.

Lehnert versuchte ihn zu hassen, aus der Entfernung.

17

Nur wenige Wochen zuvor liefen die Dinge an Lehnert vorbei wie seit Langem, im Leerlauf. Auch wenn er nicht untätig war. Es war einer dieser Tage mit angenehmen Temperaturen. Ein kühler Wind blies über die burmesischen Berge und strich über die Hochebene von Mae Sai. Die Sonne verbarg sich hinter einer geschlossenen, milchigen Wolkendecke, aber mit Regen war nicht zu rechnen. Lehnert hatte sein Tuktuk vor das gelbe, halb geöffnete Eingangstor gefahren und machte sich mit einem nassen Lappen daran, die schwarze Karosserie zu putzen. Er hatte sich endlich seinen Traum erfüllt und sich dieses Tuktuk zugelegt, ein dreirädriges Gefährt mit Frontscheibe und zwei Sitzen hinter dem Motorrad. Denn eigentlich war ein Tuktuk im Grunde nichts anderes als ein Motorrad, nur mit einer überdachten Kabine und Sitzplätzen für zwei Personen dahinter, auf die sich Thailänder auch mühelos zu viert quetschen konnten. Das Ding hatte gegenüber einem Auto den Vorteil, dass es sich im zähfließenden Verkehr sehr leicht an den Autos vorbeimanövrieren ließ, weil es so schmal war. Lehnert hatte das Fahrzeug gebraucht gekauft, für 1000 Euro, knapp 40 000 Baht. Ein Thaischlager plärrte aus dem Radio unter der Konsole, und Lehnert fühlte sich an Samstagnachmittage im Deutschland der 1960er-Jahre erinnert, wenn stolze Besitzer eines NSU oder Borgwards ihre Autos im Hinterhof wienerten und dazu die Übertragung der Fußballbundesligakonferenz durch die geöffnete Beifahrertür lärmte, während der schwere Geruch von Sauerbraten aus den Küchenfenstern wehte.

Lehnert wischte mit einem Fensterleder über die vorderen

Scheinwerfer, als er sie dastehen sah, sie, neben dem aufgezogenen Eingangstor, mit einer Reisetasche über der Schulter, der gleichen, mit der sie damals gegangen war, den Kopf leicht geneigt. Stumm, ja scheu herüberschauend, so schien es ihm, stand sie einfach nur da, reglos und seine Reaktion genau beobachtend, welche im Grunde gar keine war: er in gebückter Haltung bleibend, reglos, abwartend, sprachlos. Was war auch zu sagen? Sie nickte ganz leicht, als habe man sich schon einmal irgendwo gesehen, und ging langsam, zögernd an ihm vorbei zu den Häusern. Er schaute ihr nach, wie sie in einer schlichten, beigefarbenen Baumwolljacke und einer langen, grauen Stoffhose den Weg zwischen den Häusern entlang nahm und sich für das rechte Haus, das ihrer Eltern entschied. Lehnert glotzte leer gegen die Karosserie, weil er nicht wusste, welchen Ausdruck er seinem Gesicht verleihen sollte. Für Freude fühlte er sich nicht vorbereitet. Er wischte und wischte und immer über dieselbe Stelle der Karosserie rund um die Scheinwerfer. Der Thaischlager lief in Endlosschleife.

Am Abend kam Nok mit einem Korb über dem Arm zu ihrem Haus herüber, machte sich wortlos in der Küche zu schaffen und bereitete Lehnert seine Lieblingsspeise zu: ein Salat aus Meeresfrüchten, scharf mit Chili gewürzt und Reis dazu. Ihm war klar, dass es hier nichts zu fragen gab, warum sie zurückgekehrt war. Weil sie in Deutschland kein Glück hatte? Wegen ihm, Lehnert? Ob sie nur für kurze Zeit gekommen oder ob ihr etwas zugestoßen war? Aber was? Weil der Alte plötzlich so schwer erkrankt war, dass er nicht mal in den Feldern die Brokkoliköpfe abhacken konnte? Lehnert ließ Nok hantieren, bedankte sich für das Essen, sie nickte und wechselte für die Nacht wortlos ins Haus ihrer Eltern.

Am nächsten Morgen – er hatte schlecht geschlafen und war erst in der Dämmerung beim Einsetzen des Vogelgezwitschers und dem Krähen der Hähne zu etwas Ruhe gekommen – sah er sie die Fliesen rund ums Haus mit einem Bodenwischer putzen. Er war nahe daran, hinunterzugehen und ihr den Teleskopstiel aus der Hand zu nehmen. Sie war doch nicht allen Ernstes gekommen, um das Haus sauber zu halten und ihn zu bekochen. Aber instinktiv wurde ihm klar, dass er sie ganz in Ruhe lassen musste. Bisher hatten beide immer noch kein Wort miteinander gewechselt, außer dass er sich am Abend für das Essen bedankt hatte. Lehnert versuchte Nok nicht das Gefühl zu geben, dass er sie beobachtete. Dabei war er sehr aufgewühlt. Was sollte werden? Konnte überhaupt wieder etwas werden? In ihrem Blick lag etwas Niedergeschlagenes, eine Art von Trauer, so als ob etwas nicht mehr abzuwenden war. Es lag nichts Vorwurfsvolles darin, eher eine Art von Selbstaufgabe, die ihm weh tat, möglicherweise vor allem deshalb, weil es bedeuten konnte, dass es ihr, wo immer sie sich aufgehalten hatte, so schlecht ergangen war, dass sie keine andere Möglichkeit gesehen hatte, als zurückzukehren – für ihn der unbefriedigendste aller denkbaren Gründe, denn dann wäre ihre Rückkehr nur eine Notlösung, etwas Unvermeidliches. Dann wieder schöpfte er Hoffnung. Es würde sich alles fügen, und das bestärkte ihn wieder darin, sie in Ruhe zu lassen, die Zeit würde alles richten, und er spürte, wenn er dann wieder von einer Fahrt mit dem Tuktuk zurückkehrte und über die Bodenwelle auf das Grundstück fuhr und er sie vor dem Haus ihrer Eltern sitzen und Gemüse schneiden sah, dass er sie liebte, vielleicht mehr als zuvor, wie sie dasaß, mit geneigtem Kopf, und Tomaten und eine Papaya in kleine Streifen schnitt, zusammen mit Knoblauch, Möhren und Bohnen in einen Mörser gab, den sie zwischen die Beine klemmte, um dann die Zutaten zu zerkleinern, im sturen Stakkato, mit zusammengepressten Lippen, als wolle sie ihre Vergangenheit zerkleinern. Sollte er sie nicht doch ansprechen? Wartete sie etwa darauf, und er war womöglich dabei, den richtigen Zeitpunkt zu verpassen, und schon war sie wieder auf und davon? Er stieg aus seinem Tuktuk, schaute zu ihr hinüber und versuchte ein Lächeln. Sie erwiderte den Blick, das immerhin, aber da war nichts von Überraschung, Freude, aber auch nicht von Ablehnung, und so konnte er sich aussuchen, ob sie wohl doch zurückgelächelt hatte, ganz kurz nur, ganz leicht, dass er es nur nicht bemerkt hatte, oder ob ihr Gesicht ausdruckslos geblieben war. Man wusste so wenig. Wenn sie wenigstens über sein Tuktuk gelästert hätte, dass er sich schon damals, bevor sie gegangen war, gewünscht hatte. Dass sie sich niemals da hineinsetzen würde! In dieses Armutsgefährt! Ob er jetzt schon so weit sei, dass er Frauen von der Shoppingmall nach Hause fahren müsse, für zwanzig Baht! Aber nichts.

18

Was Lehnert Zuversicht verlieh, war das abendliche Beisammensein auf der Veranda vor dem Haus der Eltern. Auch in den Jahren, als Nok nicht da war, hatte Lehnert mit am Tisch gesessen, aber nun, mit ihr, war es fast wie früher. Auch wenn zu später Stunde alles gesagt war und man sich sicher fühlte. Dann kamen die heimelig-schaurigen Geschichten auf den Tisch, auf dem der Wok ausgekühlt war, und es entspannte sich eine lebhafte Unterhaltung zu viert, zwischen zwei Marktfrauen, dem Schwager der einen und der Mutter Noks. Gerüchte zum Nachtisch. Lehnert liebte das. Er saß mitten in der abendlichen Runde und lauschte der Unterhaltung in derbem Norddialekt, von dem er nicht allzu viel verstand. Das bot ihm wiederum die Chance, sich, wann immer er wollte, auszuklinken. Er saß dabei und war doch nicht richtig dabei. Er hörte zu, beobachtete, und wenn er etwas wissen wollte, klinkte er sich wieder ein. Die Familie ließ ihn in Ruhe, auch Nok. Die hockte nahebei auf einem Schemel und drehte mit einer Zange Hühnerschenkel auf dem Grillrost.

Lehnerts Kenntnisse des Norddialektes reichten immerhin so weit, um wahrzunehmen, wie sich die Stimmung drehte und der Gesprächsstoff änderte. Wie mit einem Mal die Gesichter ernsthafter, energischer wurden, und die vier am Tisch sich vorgebeugt und laut über den Wok hinweg zuflüsterten: »Pen phii nää noon.« *Er* habe ihr den Teller mit den Früchten aus der Hand geschlagen; ihm die Reifen des Fahrrades blockiert; und beim Bauern drüben sei das Wasser im Schlauch rückwärtsgelaufen und nicht aufs Feld, in den Garten. *Er* das war jeweils ein Geist, so viel verstand Lehnert, und vermutlich immer ein anderer. Viel mehr wussten die Vier wohl auch nicht, wo doch niemand sehen konnte, wie die ihr Unwesen trieben. Aber spüren, spüren konnten sie sie, und je stärker sie an Geister glaubten, desto sicherer kamen sie irgendwann, das wiederum glaubte Lehnert. Dass sie nur kraft des Glaubens existierten. Oder waren sie wirklich da?

Dann schwor der Schwager bei offenem Mund, dass man das Rote darin sah – und Lehnert fühlte sich an die Kindheit erinnert, wenn sein Freund sich mit der Taschenlampe in den Rachen leuchtete und es darin ziemlich gruselig aussah –, schwor Stein und Bein, dass das Wasser beim Nachbarn in Lachen auf den Fliesen im Haus anstatt auf dem Acker lag, er habe es selbst gesehen, und wie der Bauer auf dem Stuhl saß, »phak phööt kwaang«, bei weit geöffnetem Mund, und sich das Herz hielt.

Es reihte sich eine Geschichte an die andere, während weiter Bier und Eiswürfel in die Gläser gegeben wurden: wie er sie nachts auf dem Heimweg von hinten an die Wade gepackt, er ihn im Bett gewürgt, bei der Mutter an den Fenstern gerüttelt hatte, und wenn der Schrank knackte, davon redeten sie am Tisch erst gar nicht.

Sie, Noks Mutter, habe nun ein paar chinesische Gegendämonen vor die Eingänge gehängt, das waren Fratzen aus dünnem Kunststoff, halloweenartig, wie Lehnert leichthin konstatierte. Er selbst hatte Noks Mutter mit dem Tuktuk zum Burmesenmarkt gefahren, wo sie die Masken für hundert Baht erstand und sie ihm dann stolz in einer Plastikblase schaukelnd präsentierte. Nun grinsten sie hässlich über der Haustür.

Der Alte hatte schon vor Jahren ein kleines Häuschen an einer langen Holzstange auf dem zum Haus führenden Weg in die Erde gerammt. Opfergaben waren darin, Obst, Gebäck und kleine Aufmerksamkeiten für den Geist: Plastikblüten, dünne Messingringe, fast wie aus einem Kaugummiautomaten, so Lehnert lästerlich, der sich obendrein darüber amüsierte, wenn das Opferhäuschen manchmal von Spatzen okkupiert wurde. Aber womöglich waren das ja die Geister höchstselbst, und somit war alles wieder in Ordnung. Oder eben nicht, denn nun brauche man zusätzlich die Fratzen an der Haustür, überlegte Lehnert. Oder hatte das mit Noks Rückkehr zu tun? Dass die Familie glaubte, nun umso mehr Schutz zu brauchen? Um die bösen Geister, die sie damals fortgezogen hatten, fernzuhalten? Lehnert begann zu spekulieren, während am Tisch das Flüstern wieder anhob: Bei ihm, und der Schwager der Marktfrau wischte vor Erregung beinahe den Wok vom Tisch, sei vor Jahren mal das Geisterhäuschen auf den Kopf gestellt worden. »Sai bon hua«, ja, auf den Kopf, sodass die Stange gen Himmel zeigte, und das Häuschen sei mit Vogelkot beschmiert gewesen, absichtlich!

Ja, was er denn geopfert habe?, hakte die Schwägerin mit spitzem Mund nach.

Nichts weiter, das ganz normale Brimborium, »mot yaang«. Es gebe halt Geister, die seien so böse, die seien einfach nicht zufrieden zu stellen. Die lachten sogar darüber, was man ihnen vorsetze.

Ob er das schonmal gehört habe, das Lachen?

Da schaute er die Schwägerin an, wie man nur solch eine aufmüpfige Frage stellen könne. Das sei doch lachhaft, so ein Unsinn. Oder ob sie ihn hier provozieren wolle.

Die andere Marktfrau, eine mit schnippischem Gesichtsausdruck, die ständig mit schnellen Blicken überall hinzuschauen schien, nippte mit wildem Blick am Glas: »Kho mii phuu ying pen phii«, sie sei sich absolut sicher, dass es nicht nur Geister, sondern auch *Geistinnen* gebe. Welche mit Röcken, langen Zöpfen und hässlichen Masken. Sie säßen auf fliegenden Motorrädern und sausten durch die Luft, völlig geräuschlos.

Lehnert verbiss sich ein Lachen und löffelte zur Ablenkung in seiner Suppenschale, die aber bereits leer war. Was war das? Eine frühe Feministin, hier im Hinterland? Eine Ketzerin? Ihre Freundin lästerte, sie sei wohl schon zu oft von Geistern heimgesucht worden, und setzte das Bierglas hart auf dem Tisch ab. Wo gäbe es denn so etwas? Eine *Geistin*! Auch die anderen schauten sie entsetzt an, als sei sie selbst eine und wolle sich schon mal ins Spiel bringen, packten eilig zusammen, sprangen auf die Motorräder und fuhren nach Hause.

Lehnert genoss Abende wie diese. Nok stand auf, wischte sich die Finger am Rock ab und verschwand im Haus ihrer Eltern.

Stunden später, Lehnert war bereits eingeschlafen, lag Nok neben ihm, nackt.

19

Wieder etwas gehört, wo sich mir die Haare sträubten. Weigere mich aber, das zu pauschalisieren, als würde es jedem Farang letztlich so ergehen. Da erzählt mir ein dicker Schweizer mit himmelblauen Shorts und weißen Tennissocken, die in Trekkingsandalen steckten – wir standen in einer langen Warteschlange vor dem Boxstadion des Fernsehsenders Channel 7 am Chatuchak-Markt in Bangkok und waren ins Gespräch gekommen –, erzählt mir also, wie ein Farang, der schon seit Jahren Rente bezog und in Thailand lebte, in seinem Haus dahinsiechte, in Pattaya, dem Sündenbabel an der Ostküste, wo viele so genannte *Expats* aus dem Westen mit ihren Thaifrauen lebten, oder auch ohne, und sich abends mit Barfrauen vergnügten, auch die Alten. Dieser Mensch aber nun, dieser Rentner – war wohl ein Brite »aus Ochsforrt«–, und der Schweizer zückte sein Portemonnaie aus der Gesäßtasche, um den Eintritt zu bezahlen, sei seit Monaten schon schwer krank, bettlägerig, und der Schweizer verdrehte die Augen, als sei der Brite k. o. gegangen. Niemand wisse, was er habe, und niemand, auch nicht seine Frau und deren Familie, die mit im »kchleinen« Haus außerhalb von Pattaya wohnte, »kchümmere« sich so recht um ihn. Die Frau setze sich dann und wann ans Bett und füttere ihn mit einer Schale Reis. Das sei es wohl alles. Liege da rum bei der Hitze, womöglich sogar ohne »Fentilator«. Warum grinste der Schweizer an dieser Stelle, und bei der Hitze? Wir standen noch immer in der Schlange.

Ich war mit dem Zahlen dran, und der Schweizer lachte: Außer dem Pudel, ein winziges »Kchnäuel«, das wisse er von Fotos. Der stehe ihm ständig auf der Schulter und lecke ihm die schweißnasse

Stirn, weil das seit Jahren sein Herrchen sei. Ich versuchte wegzuhören. Sein Tod sei eine Frage von Wochen. Und die Rente, und »hierr kchommt`s«, triumphierte der Schweizer mit stechendem Zeigefinger, während wir die Boxhalle betraten, würde die Familie noch monatelang, nachdem er hinüber sei, weiter einstreichen. Gängige Praxis sei das, kam es wieder mit Häme aus dem Maul des Schweizers. Dann werde irgendwann das Datum auf dem Totenschein nach vorne verlegt, der ausstellende Arzt erhalte seinen Obolus, und gut sei.

Es gebe da einen christlichen Sozialdienst in Pattaya, der sich um genau solche Fälle kümmere. Und das mit dem armen Schwein kursiere gerade auf Facebook.

Müay Thai, Thaiboxen wurde also gegeben, wo sehr junge Boxer mit Fäusten und Füßen aufeinander einprügelten und –traten, zu Sarama-Musik aus der Retorte, weil man sich mittlerweile die Band anscheinend nicht mehr leisten konnte. Eine Oboe setzte schräg und dunkel ein, dazu Zimbeln in hohen, reißenden Tönen und dann ganz allmählich Schlagwerkrhythmen, die mit fortdauerndem Kampfgeschehen immer schneller wurden und die Atmosphäre anheizten. In den Zuschauerrängen wurden brüllend Wetten angenommen, auf die blaue oder rote Ecke im Ring. Befand ich mich in diesem Land auch in einem Ring, mit schlechten Karten, und wusste es nicht? Hatte keine Lust zu wetten.

20

Lehnert fiel es schwer, sich aufs Lesen zu konzentrieren. Er klappte das Buch zusammen, behielt aber den rechten Zeigefinger zwischen den Seiten. Aus der Kirche unter ihm drangen in thailändischer Sprache undeutlich die lauretanischen Litaneien der Jungfrau Maria, in denen sie als Königin der Engel gepriesen wurde. »Als Mutter des Herrn und seine Gebärerin stand sie ihm näher als die Seraphim ihn umgeben.« Lehnert hatte am Morgen aus reinem Zeitvertreib vom Pastor die Gebetsliste erfragt, die einzelnen Titel mühsam aus der thailändischen Sprache ins Deutsche übersetzt und sie dann in die Suchmaschine geschickt. Und während der Pastor unten im Kirchenschiff in dumpfem Gesang wie aus einer Höhle heraus vorsang, schielte Lehnert oben auf der Veranda des Gemeindehauses auf seine Bleistiftnotizen, die am Boden lagen: »pratuu faa – Du Pforte des Himmels. Du Morgenstern.» Die Gemeinde folgte dem Pastor mit dünnen Stimmen wie ihrem Schicksal unterworfene schwarze Lämmer.

Die Menschen in der Gegend waren wie viele der in der »Dritten Welt« missionierten Völker dieser Erde sehr religiöse Menschen. Die Kirche, ein schmales weißes Gebäude mit einem kurzen Turm über dem Portal, war voll besetzt. Das vermutete Lehnert jedenfalls. Die Gläubigen waren in Gruppen die Anhöhen heraufgekommen. Sie trugen ihre besten Jeans und weiße Hemden. Die Frauen in bunt bestickten Blusen, winzige Handtaschen aus selbst gegerbtem Leder baumelten an ihren Unterarmen, während die Kinder in kurzen Hosen um sie herumwuselten. Vor rund einhundert Jahren hatten amerikanische Missionare die Akha, einen der unzähligen Bergstämme der Gegend, vom Christentum überzeugt, indem sie ihnen materiell mehr zu bieten hatten als deren eigener Glaube an Geister und Ahnen, der ihnen ständig Opfer abverlangte. Die Akha behielten als doppelte Absicherung dennoch ihren Ahnenkult bei.

Drüben im Dunst der Mittagssonne waberte in etwa fünf Kilometern Entfernung das weiße Häusermeer von Mae Sai in der Hitze. Lehnert schaute nur verstohlen hin und legte das Buch beiseite. *Moskito-Küste* von Paul Theroux. Ein zivilisationsmüder US-Amerikaner drangsaliert seine Familie bis aufs Äußerste, indem er sie immer weiter in den Dschungel von Honduras treibt. Er will für sie, doch eigentlich für sich, die Wege zurück zur Natur finden, zum ursprünglichen Leben, zum Paradies, und um dort gemeinsam mit Indianern eine Siedlung zu gründen. Schließlich kommt er zu Tode, während er mit seiner Familie im Boot auf einem wilden Fluss dahintreibt –, aber so weit war Lehnert noch nicht, erst auf Seite 131, der US-Amerikaner unternahm gerade mit seinem Pickup – die Familie hatte er auf die Ladefläche gepackt – eine Spritztour durch die honduranischen Hügellandschaften, derweil unten in der Catholic Church der Akha weiterhin Mutter Maria inbrünstig gepriesen wurde.

Lehnert schaute von der Veranda auf den bewaldeten Berg rechts neben ihm. Seit einigen Tagen wohnte er hier. Provisorisch. Im vorigen Jahr hatte er den Pastor, einen alten, Pfeife rauchenden Akha beim Herumstreifen im Gebirge kennengelernt. Der sammelte abseits des Weges wilde Bergkräuter. Ein schlanker, lebenslustiger Mensch, der Lehnert, als er aufsah, sogleich ansprach und ihn neugierig fragte, was er hier in dieser abgelegenen Gegend direkt an der Grenze zu Burma suche. Ob er ihm helfen könne.

»Lamm Gottes, du nimmst hinweg die Sünde der Welt«, »au ook baab«. Wieder der Pfarrer mit lauter Stimme und wieder der Chor mit der gesungenen Antwort: »Herr, verschone uns«, »au djai sai sukhapaab«.

Man war ins Gespräch gekommen. Der Pastor erzählte ihm von den Problemen einiger Akha, die in der Gegend seit mehreren Generation das Land bewirtschafteten, mit Mais und Kürbis, manche hatten kleine Parzellen mit Orangenbäumen angelegt. Nun sollte ihnen das Land genommen werden. Die Regierung wollte den Nationalpark erweitern, um die mittlerweile weltweit bekannte Höhle, aus der auf spektakuläre Art Kinder gerettet worden waren, zu nutzen und Touristen aller Länder anzuziehen. Man brauche das Land, um weitere Wanderwege anzulegen, ein Museum zu bauen und so weiter. Die Geschichte der Höhle und die dramatische Rettungsaktion müssten schließlich dokumentiert werden. Die Akha aber hatten keinerlei Papiere, um irgendein Eigentumsrecht nachzuweisen, und ein Gewohnheitsrecht gab es nicht.

Erst vor wenigen Jahren waren zwölf Kinder, einige Akha darunter, nach Schulschluss mit ihren Fahrrädern zur Höhle aufgebrochen, deren Gänge sich über Kilometer hinweg im Berg verzweigten, direkt neben der Veranda, auf der Lehnert nun saß. Ihr Fußballtrainer hatte diesen Vorschlag gemacht. Am Eingang der Höhle hatten sie die Räder abgestellt, waren ein paar Hundert Meter hinabgelaufen, hatten sich im Dunkeln immer wieder etwas zugerufen und über das Echo gelacht, bis sie mit einem Mal realisierten, dass ihnen der Rückweg abgeschnitten war. Draußen hatte Monsunregen eingesetzt und das Wasser begann, die Gänge hinabzufließen und sich aufzustauen. Der Trainer führte die Kinder immer tiefer in die Höhle hinein, das Wasser kam hinterher, bis die Gruppe auf einer kleinen Anhöhe einen trockenen Platz fand. Stunden später lief draußen eine dramatische Rettungsaktion an, letztlich mit internationaler Beteiligung von Höhlentauchern, um die Kinder und den Trainer nach zwölf Tagen einzeln durch das Wasser wieder heraufzubringen.

Nun aber strömten täglich Hunderte von Touristen herbei, die aus dem ganzen Land in Überlandbussen angekarrt wurden. Sie pilgerten zum Eingang der Höhle, Lehnert hatte das einmal selbst gesehen und war verärgert wieder umgekehrt, weil ihn dieses Gedränge abstieß und die Art und Weise, wie die Regierung dieses Drama vermarktete, während auch die Einheimischen (sowohl Thai als auch Akha) versuchten zu profitieren, indem sie entlang des eilig asphaltierten Anfahrtsweges kleine Buden errichteten und Souvenirs verkauften: Holzschnitzereien, Teller mit Gravuren, Fotografien der Berge ringsum, Eiscreme, Obstweine, Reis mit Gemüse und Gehacktem nach Art der Region und mit allem, was Touristen zu brauchen glaubten.

Lehnert lästerte und der Pastor hatte ihn, mit einem Bund Wildkräuter in der Hand, lächelnd wieder beruhigt. Er stieß ihn mit dem Ellbogen an und schilderte ihm Szenen, die Lehnert wiederum als Beispiel interreligiöser Toleranz werten konnte, ein Leben zwischen Christentum, Buddhismus und Geisterglauben, mit Legenden, die sich womöglich in jedem Glauben wiederfinden konnten. So hatte Lehnert seinerzeit vor lauter Ärger die Nische neben dem dunklen Höhleneingang übersehen, vor der viele Menschen – Akha wie auch Thai und Westler - Blumen auf einem Tisch abgelegt und dazu Räucherstäbchen in einen sandgefüllten Kübel gesteckt hatten. Dahinter tat sich eine Gruft mit Statuen von zwei Frauen auf, eine mit langem schwarzem Haar und in grünem Seidenkostüm. Der Legende nach eine Prinzessin, die sich vor Jahrhunderten in einen jungen Mann niederen Ranges verliebt hatte, schwanger wurde und in die Höhle flüchtete. Der junge Mann wurde aufgegriffen, getötet, woraufhin die Prinzessin in der Höhle sich selbst das Leben nahm. Ihr Blut habe sich in Wasser verwandelt, und ihr Geist spuke seitdem in der Gegend umher. Sie habe die Jungen und den Trainer zwölf Tage lang in der Höhle festgehalten. Nun bedankten sich die Menschen bei der Prinzessin mit Opfergaben, weil sie sich gnädig gezeigt und die Eingeschlossenen doch freigegeben hatte.

Lehnert verglich in einem abstrusen Vergleich sein eigenes Schicksal mit dem des verfolgten und schließlich getöteten Bauernjungen, was ihn aber auch nicht weiterbrachte.

Nachdem er von Noks Familie vom Hof gejagt worden war, hatte er sich des Pastors erinnert und der für seine Situation idealen Abgelegenheit des Ortes, um sich aus der Gefahrenzone zu bringen, und auch, um nicht nur räumlich Abstand zu gewinnen. Er war dem Pastor, dessen tiefe, klare Stimme nun immer noch als Vorsänger aus der Kirche heraufwehte, dankbar, dass der ihn auf unbestimmte Zeit aufgenommen hatte. Er war ja nun ohne Bleibe und ohne Aufenthaltstitel, den Visabestimmungen nach also ohne Daseinsberechtigung. Die Akha in der Siedlung am Berg fragten nichts, sie akzeptierten Lehnert, der die Tage meist auf der Veranda verbrachte und sich fragte, was nun werden sollte, was er überhaupt noch hier in der Gegend wollte, und überhaupt in Thailand, dann wieder energisch den Kopf schüttelte und den Gedanken verwarf, sämtliche Zelte abzubrechen und für immer nach Deutschland zurückzukehren. Da war noch etwas. Lehnert spürte das. Und dass der Schlüssel beim Alten lag, im wahrsten Sinne des Wortes.

Etwas, das die Dinge wenden, womöglich gar die Zeiten zurückdrehen konnte, aber was?

Dieser Mensch aus Bangkok hatte sich angemeldet. Der Teufel wusste, was der ständig von ihm wollte. Sicherlich ein netter Kerl, der mit seiner thailändischen Geliebten nicht umzugehen wusste. Der in einem ständigen Kulturschock zu leben schien, in einem *culture clash* den Alltag erlebte und von einem Missverständnis ins nächste geworfen wurde. Der anscheinend bei ihm Rat suchte, ausgerechnet bei ihm, wo er doch selbst seit mehr als zehn Jahren von einem Missverständnis ins nächste geworfen wurde, bis heute, da die Asche Noks längst in den breiten, weiten Wassern des Mekong verstreut war. Und allein bei diesem Gedanken hätte Lehnert am liebsten sein Gehirn abgedichtet, um sich zu schützen, oder sich in einer Anhöhe seiner Gedankenwindungen verkrochen, wie in den weit verzweigten Gängen der Höhle im Berg gleich nebenan. Lehnert dachte zu viel und wie auch nicht? Er nahm das Buch wieder auf, während unter ihm die Akha aus der Kirche traten und sich in die Häuser der Siedlung verteilten. Er hielt das Buch in der Hand, glotzte in den Dunst über der Stadt in der Ferne und kam sich vor, als sei er in seiner eigenen Höhle eingeschlossen, unwissend, wann und ob überhaupt Rettung kam. Die Gedankengänge waren dunkel und strebten labyrinthisch in alle möglichen Richtungen. Noks Rufe echoten unablässig, und es war, als höre er inwendig nachströmendes Wasser glucksen wie die Strudel des Mekong, der Nok mitgenommen hatte, all das Wasser, das aus dem riesigen Fluss in die Höhle hinabschoss, in der er nun saß und nicht mehr wusste, wie er durch dieses Wasser wieder an die Oberfläche gelangen sollte.

21

Die Intellektuellen an den Universitäten taten öffentlich ihre Meinung kund: Das Land stecke in einem Sumpf. Die Reichen, der Adel, die »Einflüsterer« rund um das Königshaus und vor allem das Militär hätten die Nation fest im Griff. Daran würde auch Prem Tinsulanonda nichts ändern können, ein General, der 1980 nach Jahren lähmender Diktatur von jungen Führungskräften aus der zweiten Reihe der Armee ins Amt des Ministerpräsidenten geschoben worden war. Prem Tinsulanonda bot den Kommunisten, die sich in den Dschungeln versteckt hatten, Amnestie an. Er versuchte den Spagat zwischen Konservativen und Reformern, die sich dafür einsetzten, dass das Parlament nicht nur Scheinveranstaltungen abhielt.

Prem aber fand im demokratischen Tagesgeschäft oft keine Mehrheiten und holte doch wieder konservative Kräfte in die Regierung. So auch Generäle, die für das Massaker an der Thammasat-Universität in Bangkok wenige Jahre zuvor verantwortlich waren, als nach Demonstrationen Studenten und Professoren getötet wurden. Die jungen Offiziere revoltierten, weil sie von Prems Politik enttäuscht waren, der aber floh mit dem König in die Hunderte Kilometer entfernte Stadt Nakhon Ratchasima im Nordosten des Landes und wartete, bis der Aufstand der Reformer niedergeschlagen wurde. Wenige Jahre später wiederholte sich das Schauspiel: Prem blieb Ministerpräsident, das Land erfuhr trotz der Unruhen einen leichten wirtschaftlichen Aufschwung und es bildete sich eine Mittelschicht. Selbst die Leute in den Märkten schöpften Hoffnung, während Prem dafür sorgte, dass sich an den Machtstrukturen nichts änderte. Er gab sein Amt als Ministerpräsident auf und saß bald darauf im Kronrat, einer Vereinigung aus dem Dunstkreis des Königshauses, einer Loge, die mit betagten und getreuen Generälen, Mönchen und Adligen besetzt war, und die weitere Jahrzehnte lang, sodann unter dem Vorsitz des altehrwürdigen Prem, nichts anderes tat als die Pfründe zu wahren. Dass das so blieb, dafür sorgte das Militär. Es achtete darauf, dass zeitweise demokratische Phasen sich nicht verselbständigten. Falls doch, wurde wieder geputscht.

Mitte der 80er-Jahre erfuhr das Land durch einen Exportboom einen noch stärkeren wirtschaftlichen Aufschwung, auch im hohen Norden, und der Bauer Kamon schüttete frisch geerntete Maiskolben in derben Säcken vor den Marktstand seiner Frau Inkäo, für die der Verkauf von Gemüse eigentlich nur ein Nebengeschäft war. Sie wurde im Zentralmarkt von Mae Sai bald als »mae khai muu yong« bekannt, als »Mutter, die Schweinekrusten verkauft«. Kamon war von Neid zerfressen, als er bemerkte, wie seine Frau mit gerösteten Schweinekrusten gute Umsätze machte und schon kurz nach Sonnenaufgang einen Geldschein nach dem anderen einstrich, während er sich über Tage in den Feldern abmühte, die Maiskolben an den Seitenwänden des Stelzenhauses aufhängte, bis sie trocken und goldgelb waren, und sie dann mit einem Handkarren mühsam die Steigung zum Markt hinaufzog.

Inkäo, mit ihrer Ausstrahlung stoischer Güte und in ihrer Rundheit die personifizierte Mütterlichkeit, nahm, während ihr viertes Kind in einer Trage am Boden vor sich hin krähte, nur aus den Augenwinkeln wahr, wie ihr Mann die Maissäcke aufstülpte, auf den Kopf stellte, sie an den Zipfeln ächzend hochzog und den

Inhalt auf den schiefen Asphalt der Markthalle schüttete. Das Kind hustete am Boden vom aufgewirbelten Maisstaub. In einem fort drängten sich Kunden an den Stand, Inkäo zog ein weiteres Blatt Zeitungspapier heran, auf dem von einem Putschversuch gegen einen gewissen Prem Tinsulanonda geschrieben stand, von dem Inkäo noch nie gehört hatte. Sie häufte mit der bloßen Hand aus einem Bambuskorb bräunlich geröstete Schweinekrustenstücke auf das Papier, wickelte das Ganze mit dem Schwarz-weiß-Foto des bedrohten Ministerpräsidenten ein und tauschte das Paket gegen Banknoten mit dem Konterfei des Königs Bhumipol. Ein ständiges Lärmen waberte von Sonnenaufgang an stundenlang über den Hunderten von Marktständen, die mit schweren Planen vor Sonne und Regen geschützt aneinandergereiht standen und an denen all das feilgeboten wurde, was man – Aufschwung oder nicht – brauchte: Frisches Obst und Gemüse in allen Farben: Bananen, Tomaten, rote und grüne Chilischoten, sogar Importware fand sich nun im Angebot: Äpfel aus China und Kiwi sonst woher. Drüben am Hinterausgang standen die Metzger hinter ihren Hackblöcken und wehrten mit bloßen, fettigen Händen Fliegen ab, ebenso die Fischhändler, die ständig mit Palmzweigen über ihre Tischplatten wedelten, damit die Fliegen sich von den offenen Forellenleibern fernhielten, die für die wartende Kundschaft in Portionen filetiert wurden. Die Obsthändler schrien günstige Preise über die Stände hinweg, ausgezehrte Jungen in lumpigen Hosen und mit schmutzigen Beinen rumpelten mit rostigen Sackkarren übers Pflaster und alte Weiber saßen breitbeinig auf Bastmatten und lächelten mit wenigen, braunen Zähnen ihr Sortiment aus Messern, Scheren und Handbürsten schön. Inkäo hatte das nicht nötig. Den ganzen Vormittag wuselten ihre Hände zwischen Zeitungspapier, den Bambuskörben mit Schweinekrusten und ihrem Baumwollgeldbeutel, der sich jeden Tag aufs Neue füllte. Noch half Bun aus, ihr Bruder, der sich aber abseits des Marktes immer öfter unter den Edelsteinhändlern herumtrieb, die im Viertel nebenan vor ihren Hütten über Rubine gebeugt saßen und mit Lupen die Qualität beäugten. Bun begann für sie, die meist Angehörige der Shan waren, Kurierdienste zu erledigen, des nachts über den Grenzfluss hinweg, an gierigen Zöllnern und Soldaten vorbei, die von der Brücke aus blind ins Dunkle über das Wasser schauten, während sie ahnten, dass ihnen da allnächtlich Nebenverdienste durch die Lappen gingen. Auch sie wussten, dass die Zwischenhändler für Rubine allesamt auf der anderen Seite in Burma saßen, sie wussten auch, wo genau in den engen Hütten am Fluss, sie waren aber überfordert damit, die Lieferungen an den Krümmungen des Flusses, der mit Schwung die Bergwälder durchschnitt, zu kontrollieren. Im Übrigen hatte sich die burmesische Armee ohnehin bereits den Löwenanteil gesichert. Die Fundorte für Rubine lagen in ihrem Machtbereich weiter hinten im Land der Shan, der Heimat von Bun und Inkäo.

Inkäos Mann aber in seiner seit Jahrzehnten blauen Bauernkluft schob mit dem leeren Handkarren davon, zurück zum Haus, zurück aufs Feld, während unter dem Stelzenhaus Nok mit stämmigen Beinen ihre jüngere Schwester Kuei in einer Hängematte schaukelte, die zwischen die Pfosten gebunden war, eigentlich ein Bild der Idylle. Am Nachmittag kam Inkäo mit dem nur noch halbvollen Handwagen und dem Geldbeutel heim und ihr Mann strich die Einnahmen ein, bei stetig wachsendem Misstrauen. Er nahm unter dem Haus die Banknoten mit durchdringendem Blick entgegen, als könne das etwas nützen. Niemals konnte er sicher sein, wieviel Inkäo tatsächlich verdient hatte und wieviel sie womöglich zwischen ihren breiten Röcken verbarg. Da drohte ihm etwas über den Kopf zu wachsen, während er sich in der Hitze mit Missernten herumschlug, mit Monsunregen, der die Wurzeln der Chilisträucher durchnässte, dass sie faulten, der heftige Niederschläge und Winde erdulden musste, die seinen Mais zu Boden streckten, mit Käfern, die ihm die Früchte wegfraßen, während Schweinekrusten offensichtlich nicht erst wachsen mussten. Nun drohte Inkäo sogar ihr Angebot mit geräuchertem Trockenfisch und selbst gemischten Chilipasten zu erweitern.

22

Es war alles wie früher, dachte Lehnert, wenn er am Tage Streifzüge durch die Stadt unternahm und immer wieder von Verwandten Noks, die in der Nähe wohnten, hereingewunken wurde, zu einem kurzen Plausch, einer Tasse Ingwertee oder zum Mittagessen. Man lud ihn wieder gern ein, nachdem Nok zurückgekehrt war. Man musste in den Gesprächen nicht mehr ausweichen, und die »Angelegenheit«, dass Nok ihn verlassen hatte, nicht mehr umfahren wie eine infizierte Zone. Die Gespräche waren wieder freier, wobei allerdings die Angelegenheit, dass Nok zurückgekehrt war und vor allem warum, geflissentlich übergangen wurde. Lehnert hätte daraufhin ohnehin nicht antworten können, weil er es ja selbst nicht wusste.

Nok schwieg beharrlich dazu. Sie machte sich im Haus zu schaffen, und vor allem im Haus ihrer Eltern, kümmerte sich um ihren Vater, der sich vor lauter Altersschwäche kaum noch auf den Beinen halten konnte und zunehmend an einen wackligen Rollstuhl gebunden war, den Inkäo aus dem Verkauf von Schweinekrusten finanziert hatte, ein gebrauchtes Gefährt, das lange leer in einem Hof von Verwandten stand, weil dort jemand darin sitzend Jahre zuvor das Zeitliche gesegnet hatte. Der Alte blieb die meiste Zeit oben in seinem Zimmer, wenn er nicht zu besonderen Anlässen von den Enkeln die Treppe heruntergetragen und in einen Campingstuhl auf der Terrasse gesetzt wurde.

Nok und Lehnert liebten sich jede Nacht, es war ein sehnsuchtsvolles Zueinanderfinden, Ineinandersein, ohne Worte, und beide sahen jeweils ihre eigenen Sehnsüchte gestillt, wenn sie voneinander abließen, als seien nach jedem Liebesakt sämtliche Wünsche erfüllt oder deren Erfüllung vervollständigt und doppelt abgesichert, die finale Bestätigung, dass ihr Leben doch wieder so lief, wie es sich gehörte und wie die Menschen sich das vorstellten. Gemeinhin.

Anfangs versuchte Lehnert, nachdem sie sich geliebt hatten, herauszufinden, warum Nok damals weggegangen war, wo genau sie sich in Deutschland aufgehalten hatte. Die Frage, ob sie dort einen anderen gehabt habe, verkniff er sich, und zur wirklich wichtigen Frage, warum genau Nok zurückgekehrt war, kam Lehnert gar nicht. Sie schaute ihn nur von ihrem rot geblümten Kopfkissen aus mit großen Augen an, in denen Lehnert zu lesen versuchte und meist Kitschiges fand, weil er das so wollte: dass sie ihn liebte, vielleicht gar intensiver, tiefer noch als früher, mit aller Erfahrung des Verlassens, des Getrenntseins und der Rückkehr, und dass sie nun bleiben würde, für immer. Aber warum das alles geschehen war? Große Fragen, große Augen.

Es war *fast* alles wie früher. An irgendeinem Morgen suchte Lehnert Nok. Er überquerte den Schotterweg zum Haus der Eltern und fragte ihre Mutter, die auf der Veranda am Campingtisch ihre Einnahmen in einem kleinen Notizblock festhielt. Inkäo aber schien Lehnerts Frage gar nicht zu hören und schaute ihn nur kurz von der Seite an, lächelte nicht wie sonst. Er streifte die Sandalen ab und betrat das Haus, hörte Noks Stimme in der oberen Etage und eine knappe Antwort des Alten. Worüber gesprochen wurde, konnte Lehnert nicht verstehen. Er achtete nicht darauf, er wollte lediglich von Nok wissen, ob sie die Zündschlüssel des Tuktuks gesehen hätte. Er wollte im Ort die Bangkok Post kaufen und hatte offenbar die Schlüssel verlegt. Er stieg barfuß über die mit Teakholz ausgelegten Stufen in die obere Etage. Erst da fiel ihm auf, dass die Unterhaltung zwischen Nok und ihrem Vater ziemlich heftig zugange war: bissige Sätze, einander zugeworfen, hingeschleudert, mit der Absicht zu verletzen: »mai hai«, »ook pai«.

Lehnert rief mit unterdrückter Stimme: »Nok? Nok?« Er hatte sogleich das Gefühl, nicht da sein zu sollen, er wollte auch gar nicht Zeuge sein. Da war etwas, was er von Thailändern so nicht kannte und was außerdem die wiedergewonnene Harmonie zu stören drohte, die Dinge seien wieder gut, etwas, das er verdrängen wollte, bevor er begriff, worum es überhaupt ging. Dennoch zog es ihn die wenigen Meter bis zur offenen Tür des Zimmers, gerade in dem Moment, als Nok zwischen dem zerwühlten Bett und dem danebenstehenden Rollstuhl ihren Vater wütend aufs Bett warf und ihn anschrie »pai kai kai«, er solle weggehen, was überhaupt keinen Sinn machte, da der Alte ja kaum drei Meter allein gehen konnte, und es ja ohnehin sein Zimmer war. Wieso sollte er das verlassen? Lehnert deutete Noks Ausbruch eher so, er solle sie in Ruhe lassen, ihr nicht auf den Nerv gehen. Aber was er deutlich verstand: »pen khon naa kliat«, er sei hässlich, »khaang nai naa kliat«, von innen her.

Der Alte zappelte wie ein ausgedörrter Käfer auf dem Bettlaken und schaute wütend und von diesem Ausbruch überrumpelt auf seine Tochter, die mit erhobenem Zeigefinger auf ihn einstach. Er bellte nicht einmal zurück, was Lehnert eigentlich erwartet hatte. Aus den Augenwinkeln nahm er noch wahr, dass der kleine, gusseiserne Geldschrank in der Zimmerecke offenstand. Lehnert drehte wieder ab, er verzog sich, er stahl sich davon. Aus Fremdscham? Oder eher, weil es seinem Harmoniebedürfnis in die Quere kam und doch wieder Gefahr drohte? Lehnert tappte möglichst geräuschlos auf Zehenspitzen am Altar im oberen Flur vorbei, stieg die Treppe hinunter, passierte auf der Veranda Noks Mutter, die sich angestrengt auf das Notieren von Zahlen konzentrierte, und ging zurück zu seinem Haus. Der Schlüssel des Tuktuks lag auf dem schmalen Brett unter einer Fotografie des früheren Königs, das zeigte, wie der Herrscher lässig mit offenem Hemd dasaß, Zigarre rauchte und am Grill ein Stück Fleisch mit einer Zange zurechtrückte.

In der Nacht versuchte Lehnert Nok besonders zärtlich zu lieben. Er streichelte ewig lange über ihre Haut, am Bauch, an den Innenseiten ihrer Schenkel entlang, er liebte sie in Zeitlupe, spürte darin selbst nach einer Weile eine gewisse Penetranz, die von dieser betonten Langsamkeit ausging. Er hatte das Gefühl, Nok lasse das alles über sich ergehen, was Lehnert ja ohnehin nur veranstaltete, um ihr anschließend Fragen zu stellen, was da am Morgen Unerhörtes und doch Gehörtes zwischen ihr und ihrem Vater vorgefallen war. Eine Tochter attackiert ihren gebrechlichen Vater, und das in Thailand! Nok sah ihn mit großen Augen an.

23

Kam mir wie ein Eindringling vor. Hätte das vielleicht nicht tun sollen. Aber wenn Lehnert mich doch darum gebeten hatte. Und seine Schwiegereltern ebenso, Ex-Schwiegereltern. Nok war ja nicht mehr, Lehnert saß in Haft, und einer musste sich ja kümmern, und seine Habseligkeiten rausschaffen.

Ein schönes Haus, geschmackvolle Einrichtung. Unten weite Räume mit einer Art rundem Erker, darin Korbsessel aus weiß gesprühtem Rattan und mit hellgrünem Polsterbezug, Kommoden aus dunklem Teakholz an den Wänden, und unter allem frühlingsgrüne Fliesen. Oben die Zimmer, und auch hier ein Erker, mit Lehnerts Schreibtisch aus Palisander vor den Fenstern, Blick auf den Garten. Hier saß Lehnert oft, so hatte er es mir erzählt, er arbeitete ja noch gelegentlich als Werbetexter, nach Lustprinzip, während unter ihm der Alte mit einem Hackmesser reifem Brokkoli den Kopf abschlug, damit seine Frau ihn auf dem Markt verkaufte.

Wusste gar nicht, wo ich anfangen sollte. Die Bilder abhängen? Wollte er die auch? Oder dieses Gemälde über dem Treppenaufgang, diese Buddhafrau? Eine Malerei auf dunklem Holz wie ein kleiner, schmaler Schrank, der, wenn man ihn in der Mitte aufklappte, einen Spiegel freigab, der wiederum die gegenseitige Wand in mildem Gelb zeigte, dabei aber vortäuschte, es sei eine fensterlose Luke zum angrenzenden Zimmer. Witzig das Teil. Sollte ich das wirklich abhängen? Hing Lehnert daran?

Ich klappte die kleinen Flügeltüren des Gemäldes wieder zu. Es war ja alles vorbei, endgültig, nachdem sie Lehnert geschnappt hatten, weil sein Visum längst abgelaufen war. Schön diese Buddhafrau: Am schwarzen Brett. Hielt eine Hand hoch und bildete mit Zeigefinger und Daumen einen Kreis. Sollte wohl was heißen. Ein Rad, ein Kreislauf. Buddhisten glauben ja an diese Lebenskreisläufe, die sie möglichst unterbrechen möchten, weil sie Angst haben, im nächsten Leben als niederes Geschöpf wieder auf die Welt zu kommen. Für mich eine ziemlich pessimistische Sicht der Dinge. Sie könnten doch genauso damit rechnen, als Held oder Zauberer oder König wieder auf die Welt zu kommen, oder als edles Pferd, das frei über die Savannen galoppiert oder was weiß ich. Oder als weißer Elefant, aber gut. Ein jeder muss mit seiner Religion glücklich werden, und mit seiner Kultur.

Glotzte ewig lange dieses Gemälde an. Hatte ich da was zu lernen? Was Lehnerts Schicksal anging? Oder mein eigenes? Mit Djum, die sich drüben, vor dem anderen Haus, mit Noks Eltern unterhielt? Die Enkel hatten am Morgen den Alten auf die Veranda geschleppt und auf einen der Campingstühle geparkt, und der wartete nun darauf, dass das ganze Zeug Lehnerts im Kastenwagen, den ich auf dem Schotterweg geparkt hatte, verschwand. Djum wollte die Eltern ein wenig aushorchen, »maybe find out a little«. Wenn ich sie richtig verstanden hatte. Wenn ich hier überhaupt etwas richtig verstand.

Die Buddhafrau wirkte schläfrig mit ihren halb geschlossenen Lidern. In sich gekehrt? Ihrem eigenen Schicksal ergeben, womöglich? Oder war das wiederum meine pessimistische Sicht der Dinge. Auf jeden Fall strahlte sie Ruhe aus. Ganz viel Ruhe. Durchschaute sie nicht eher? Ich sah Festigkeit und Kraft in ihrem Blick, der irgendwo hinter mir was anderes las. Ein Tiefenblick, der bis auf den Grund schaute, womöglich. Aber was deutete ich da hinein? Schönes Bild. Ihr roter Umhang, die nackte Schulter, und hinter ihr die Lotosblüten wie lodernde Flammen. MannMannMann!

Konnte Lehnert verstehen, dass er hier nie wegwollte. Und dann, als ich den Spiegel des Gemäldes noch einmal öffnete, sah ich mich und meine Zweifel, ob das alles richtig war. Lehnerts Habe hier abzuräumen, das mit Djum und mir und überhaupt mit Thailand.

Klappte den Spiegel wieder zu und traute mich nicht, das Gemälde abzuhängen. Vielleicht weil ich wenigstens noch etwas dalassen wollte, von dem ich ahnte, dass er es liebte. Als Zeichen, dass vielleicht doch noch nicht alles verloren war. Oder weil ich glaubte, auch Djums und mein Schicksal zu besiegeln, wenn ich es einfach so unter den Arm klemmte. Der Aberglaube konnte ganz schön ansteckend sein. Aber warum Aberglaube? Und wessen? Warum fing ich an, meine Fantasien auf dieses Gemälde zu projizieren und von dort auf den Buddhismus? Es war alles so kompliziert.

Das Schwarz-Weiß-Foto aber gleich nebenan, das leicht versetzt etwas oberhalb hing, nahm ich ab. Es zeigte Rama den VIII., wie Djum mir später erklärte. Wie er völlig untypisch für einen König lässig mit einer Zigarre im Mund am Grill hantiert, mit einer schwarzen Zange. Ich nahm es mit, warum auch immer.

Am Altar hatte ich sofort wieder Probleme. Ob ich das durfte? So etwas wegnehmen? Die goldfarbenen Buddhastatuen, die vielen Bildchen mit den Porträts alter Mönche, die in Silberrahmen eingefassten Anhänger, die bunten Bänder, die von den Regalen herabhingen? Drüben der Alte wartete nur darauf, dass möglichst alles wegkam. Aber auch das? Konnte ich so etwas in einen blauen Plastiksack stopfen? Zu Lehnerts Briefen und Notizen, zu den Werbetextkritzeleien, die ich eilig aus den Schubladen genommen und darin versenkt hatte? Zu Lehnerts Wäsche? Ich sah den Alten unten auf der Terrasse sitzen, wie ein Raubvogel vorgebeugt das Haus im Blick und was daraus hervorkam und im Kastenwagen verschwand, während Djum Noks Mutter bei der Zubereitung des Mittagessens half. So ist das hier: Kommt jemand zu Besuch, egal zu welchem Anlass, wird er gleich vereinnahmt, ist sofort Teil der Familie. Nun saß Djum am Grill, wendete mit einer Zange den Fisch und unterhielt sich. Horchte sie nun Noks Mutter aus? Wozu überhaupt? Am Ende verstand ich ohnehin nur die Hälfte, wenn überhaupt. Ich räumte den Altar leer. Das Metall der Buddhastatuen klapperte hässlich im Plastiksack.

24

Die Knochen lagen auf einer weiten, ovalen Schale gehäuft, aschegrau mit schwarzen Flecken. Der Alte beugte sich in seinem schneeweißen Hemd mürrisch vor, klaubte mit einer Art Kohlenzange einen der größeren Knochen heraus und legte ihn auf ein helles Tuch, das auf dem schmalen Tisch ausgebreitet lag und auf dem mit Kohlstift die Umrisse eines menschlichen Körpers nachgezeichnet waren. Eine Frau mit grünem Mundschutz wies mit langem Finger darauf. Sie hatte zuvor mit der Zange auf einzelne Stücke gezeigt und erklärt, um welche der nun von der Brandhitze geschrumpften Knochen es sich handelte: Schlüsselbein, Oberschenkel, Fußknöchel. Lehnert vermutete, dass es eine Angestellte des Krematoriums war, ein Gebäude, das hinter der Familie harmlos wie eine Grundschule dastand, mit roten Dachziegeln und einem länglichen Haupttrakt. Lehnert schaute hinter einem Feigenbaum durch das Opernglas und sah, wie der Alte zackig die Zange an seine Frau weiterreichte. Sie fischte ein Stück vom Rand des Häufleins, mit ausdruckslosem Gesicht, mit leerem Tiefenblick, wie ihn Lehnert bei ihr noch nie gesehen hatte. Dennoch schien es, als hantierte sie konzentriert und sicher wie zu Hause auf der Anrichte des Schuppens. Lehnert fröstelte im schwülen Wind. Inkäo riss sich offensichtlich zusammen und reichte die Zange an Ton weiter, den Bruder Noks.

Neben dem weißen Tuch stand eine Messingschale mit Henkeln an den Seiten. Ein Mönch in safrangelber Robe trat heran, tunkte eine Reisstrohgarbe in eine Schale mit Wasser und benetzte das Tuch mit den darauf liegenden Knochen. Lehnert sah, wie sich sein Mund zu Litaneien bewegte. Der Adjan, Religionslehrer und Zeremonienmeister, ein mittelalter, in Zivil gekleideter Mensch mit Geheimratsecken, legte das gefüllte Tuch vorsichtig in die Schale. Er war für die Einhaltung der Zeremonie zuständig. Ein weiteres, weißes Tuch wurde von ihm schwungvoll mit Kohlestift beschriftet und mit Rotangschnüren über die Schale gespannt. Lehnert vermutete, dass er Noks Namen auf das Tuch geschrieben hatte. Der Mönch griff in einen silberfarbenen Eimer und ließ tiefrote Orchideenblüten aus der Hand über die Schale rieseln. Dann ging alles sehr schnell. Die Gruppe verteilte sich auf die Ladeflächen drei bereitstehender Pickups, dem Adjan mit der Schale in den Händen wurde der Beifahrersitz des ersten Wagens zugewiesen. Lehnert wartete, bis die Pickups würdevoll langsam anrollten auf die Hauptstraße einbogen, dann verstaute er sein Opernglas in der Hosentasche und ging zum Tuktuk, das er um die Ecke geparkt hatte. Er kannte ja den Weg zum Mekong, und er wusste genau, wohin sie mit ihren Pickups wollten. Also konnte er ihnen Vorsprung lassen, damit sie nicht von der Ladefläche aus sein Tuktuk erkannten. Dann fuhr er hinterher: Dreißig Kilometer Landstraße, die bald in Serpentinen zwischen die bewaldeten Berge hinab zum Fluss führten. Was für ein Panorama: Das breite Band des Mekong, das schon von weitem silbrig in der Sonne glänzte, der Nebel, der noch am Mittag auf halber Höhe an den Hügeln lag, als könne er sich nicht entscheiden, ob er sich ans Ufer fallen lassen oder auf die Höhen klettern solle, wo die Dörfer der Akha knapp unter den Bergkuppen in den Wäldern lagen.

Auf dem Wasser schipperten seltsame Boote aus China mit hausähnlichen Aufbauten stromabwärts, um Waren nach Laos hineinzubringen. Links lag Burma geheimnisvoll, abweisend im

Dunst, dorthin trauten sich nicht einmal die Nebel, und unter dem abwärts rollenden Tuktuk verlief das Land über roter Erde hinab zum Ufer hin.

Einen Moment beneidete Lehnert Nok um ihre letzte Reise.

Wenig später stand er beinahe lässig an die Kaimauer gelehnt, wiederum mit Abstand zur Familie und hinter seinem Opernglas. Der Alte wurde soeben von den Enkeln, Noks Neffen die Stufen zum Ufer hinab getragen und ins Boot gehievt, das mit laufendem Motor bereitstand. Er zappelte in ihren Armen, als wolle er sich mit einem letzten Aufbäumen noch einmal gegen das Schicksal Noks wehren. Die Mutter raffte ihren schwarzen Rock und stieg hinterher, dann die anderen, alle in Schwarz, eine Gesellschaft von Raben, die sich durch äußere Umstände gezwungen sahen, alle in einem Boot zu sitzen: Noks Bruder Ton, Kuei, die Schwester, Onkel Bun, die Neffen Ot und Not und der Adjan, der die Messingschale mit den Orchideen obenauf vorsichtig über die Planken balancierte. Er nahm auf einer schmalen Bank neben dem Bootsführer Platz, einem Fischer mit runzligem Gesicht, der sich mit Bestattungsfahrten etwas hinzuverdiente.

Das Boot legte vom Ufer ab und hielt auf die Strommitte zu, genau zu der Stelle, die das Goldene Dreieck zwischen Thailand, Burma und Laos bildete. Drüben kam das graue Wasser des Grenzflusses Ruak heran und vermischte sich mit dem lehmigen des Mekong.

Lehnert wusste, dass sein Gesicht hinter dem Opernglas noch nie so betont ausdruckslos war, noch nie zuvor wie in diesem Moment, als der Adjan die Schale über den Kopf hob, die Lippen bewegte und sie an die anderen weiterreichte und schließlich von Noks Mutter zurückerhielt. Dann setzte er die Schale auf das Wasser. Aus dem silberfarbenen Eimer, den Noks Mutter neben ihm hielt, klaubte er mit einer flinken Bewegung weitere Orchideen und ließ sie schnell über die Schale rieseln, die sogleich von der Strömung vom Boot fortgezogen wurde, in Richtung Spielcasino der Chinesen am anderen Ufer und dann – das wusste Lehnert so, weil er es wollte – viel später an der alten laotischen Königsstadt Luang Phabang entlang, die Hunderte von Kilometer weiter mit ihren altehrwürdigen Tempeln Zeuge sein würde, wie Nok vorübertrieb, da war Lehnert sicher, während er sah, wie sie sich alle auf dem Boot nach Nok umschauten, die Raben, wie sie ihre Körper drehten, so weit es ging, um so lange wie möglich die Schale im Blick zu halten. Nur der Alte in seinem schneeweißen Hemd war in seiner Steifheit gezwungen auf die dunklen Berge von Burma zu schauen, über die sich die Nebel nicht hinwegtrauten. Er schaute mit bockigem Blick in die Vergangenheit und Lehnert wünschte ihm, dass er über den Nebeln deutlich sah, wie er seinerzeit dort zwischen den Bergen Nok gezeugt hatte, am Grenzfluss im Dornengebüsch, hässlich lachend, das Shan-Mädchen Inkäo unter sich, das nun auf dem Boot noch immer verrenkt den Kopf gedreht hielt, um Nok nicht aus den Augen zu verlieren.

Das Boot stand still auf dem Wasser, die Messingschale entfernte sich mit zunehmender Eile, trieb in etwa einhundert Metern Entfernung an Lehnert vorbei, schaukelte in den Wellen, was Lehnert als letzten Gruß wahrnahm, ein Kreis von Orchideen umspielte die Schale, und noch eine Minute später glaubte Lehnert das Aufblitzen des Messingkörpers in der Sonne zu erkennen, dann sah er nichts mehr, das Opernglas war beschlagen. Lehnert behielt es dennoch lange vor den Augen, da war das Boot längst wieder am Ufer, und die Trauernden waren, jeder für sich mit geneigtem Kopf auf die Stufen der Kaimauer schauend, die Böschung hinaufgestiegen. Der Alte hing schlaff in den Armen der Enkel, und man überquerte die Hauptstraße, um in ein nahes Fischrestaurant einzukehren.

Lehnert stand und stand und träumte der Schale hinterher, stellte sich ihre schaukelnde Fahrt auf dem Wasser vor, versuchte sie an Strudeln vorbeizulotsen, wiegte sich dabei wie ein Skiläufer in den Hüften, der Slalomstangen auswich. Kinder standen in der Nähe an der Kaimauer. Sie lachten neckisch und schielten zu ihm herüber. Später, viel später kaufte er am Boulevard von einer vergnügt lächelnden Vietnamesin mit breitem Strohhut rote Orchideen und gab, nachdem er die Sandalen abgestreift und einige Meter in den Lehm des Mekong gestapft war, langsam eine Blüte nach der anderen ins Wasser, mit der Vorstellung, ja, mit dem Bewusstsein, sie würden Nok bald eingeholt haben, an einem Strudel, der sie eine ganze Weile im ständigen Kreisen, ohne sie hinabzuziehen, festgehalten hatte, um sodann gemeinsam den Weg fortzusetzen. Lehnert ließ es rieseln und rieseln, auch noch, als er nichts mehr in den Händen hielt, was war auch sonst zu tun?

25

Habe dem Offizier das Geld dann doch gegeben. 10 000 Baht. Ein paar schlappe hundert Euro, in Tausender Banknoten, mit dem noch jungen König Bhumipol im Abbild. Für Lehnert. Damit er freikam. Djum brachte mich auf die Idee. Von allein wäre ich nicht darauf gekommen. Sie stupste mich ständig an, während wir im Büro dieses Würden- und Ordenträgers saßen, das er mit schlechtem Tabak vollqualmte. Ständig sog er gierig und hörbar an seiner Zigarette, als könne er damit tief drinnen die Armseligkeiten seines Lebens ausräuchern. Glotzte uns dabei mit dicken Augen an, fast flehentlich, als könnten wir ihn irgendwie von seiner Nikotinsucht runterbringen. An den Wänden zwischen den vergitterten Fenstern hingen Fotos mit ihm und Kollegen bei Saufgelagen, Grillabenden und Prozessionen auf dem Appellhof. Damit die Polizei als solche zeigen konnte, was sie zu bieten hatte: Stramm zu stehen, adrette braune Uniformen, starre Blicke geradeaus, nicht lächelnd. Natürlich ärgert mich das alles. Diese sich selbst entlarvende Überheblichkeit eines Nichtsnutzes, Wegelagerers.

Habe ihm das Geld auf dem mit vergilbtem Papier übersäten (wahrscheinlich Akten von Delinquenten, die monatelang in ihren Zellen vor sich hingammelten), habe es ihm also auf dem Schreibtisch rübergeschoben und er hat es lächelnd eingestrichen, mit seiner Pfote, mit der Kippe zwischen Zeige- und Mittelfinger, während der Ringfinger in einem breiten Goldring eingeklemmt war, ein Jadestein war obenauf eingefasst. Schon im Flur hatte Djum mir grinsend zugeflüstert: »You give him money, some thousand.«

War das nun ein üblicher Thaireflex uns Farang gegenüber, die man so was fragt, in allen Lebenslagen: »You give money, some thousand?« Eine Standardfrage? Landestypisch, so wie die Begrüßung mit beiden Händen vor der Brust oder das Abstreifen der Schuhe vor dem Betreten eines Hauses? Dass man, sobald man was von einem Polizisten will, erst mal Geld rüberwachsen lässt? Aus Mitleid mit Lehnert konnte Djum nicht auf diese Idee gekommen sein. Glaube, der war Djum ziemlich egal. Aber mir nicht. Und deswegen war er jetzt frei und in Laos.

War ja kaum auszuhalten, als ich da von einem Polizistenjüngling mit viel zu weiter Schirmmütze in Lehnerts Zelle geleitet wurde. Der Typ hatte offensichtlich Spaß daran, dass er sich mal über einen Westler gestellt sah. Dieses Machtspielchen in seinem Schmunzeln, das im Schatten unter der Mütze einprogrammiert schien, das nicht wegging, während der ganzen Zeit, die ich mit Lehnert in der Zelle verbrachte. Wie ein Youtube-Video, das sich angesichts dieses blöden Grinsens aufgehängt hatte.

Allein die weiß gekälkten Wände! So was von schmutzig und verschmiert. Manche hatten etwas auf die Wände gekritzelt, was, weiß ich nicht, war in Thaischrift, die ja eigentlich so schön schwungvoll ist. Aber das hier? Sauerei! In brauner Schrift. Immerhin hatte Lehnert eine Einzelzelle, mit eigenem, stinkendem Loch im Boden und Fußabtritt aus beschädigter Keramik drumherum. Um sich erleichtern können. Kein Fenster. Aber Mücken, die wie aufgedreht über dem Loch schwirrten. Lehnert kratzte sich ständig an den Unterarmen.

Visavergehen warf man ihm vor. Er hätte längst ausreisen müssen. War er ja auch nun. Ein Visum für einen weiteren Daueraufenthalt konnte er nicht mehr bekommen, weil die Dinge nun so waren, wie sie waren, ohne Nok – und die finanziellen Mittel würden ihm wohl auch allmählich ausgehen.

Wie ich ihn da auf der Metallpritsche sitzen sah, in seinen zerschlissenen blauen Shorts. Schlapp. Unrasiert, was sonst, müde Augen, was sonst? Und vor allem, er sagte kaum was, was schonmal ungewöhnlich war, wo ich ihn doch immer lebhaft gesehen hatte, immer gleich lossprudelnd. Nun saß er da wie ein Häufchen Elend, dem alles egal war. Mir aber nicht. Djum, die sich hinter mir durch die Zellentür gedrängt hatte, gab sich unbeteiligt. Scrollte vorgebeugt an ihrem Handy herum. Nur später im Flur kam sie mit ihrem Vorschlag, und der war ja gut.

Um abzulenken, meldete ich Lehnert erst mal Vollzug: Dass seine persönliche Habe bei diesem Akha-Pfarrer untergestellt war. Komischer Typ, war mir irgendwie zu freundlich, so als wollte er mich mal eben bekehren. Ich war mit dem Kastenwagen vorgefahren und er wies mir eine Garage mit Wellblechdach neben der Kirche zu, in der ich all die Kartons und Plastiksäcke stapeln konnte. Wies mir also diese Garage zu, schwungvoll mit übertriebener, einladender Geste, als böte er mir hier das Haus Gottes an. Ich hätte mich nicht gewundert, wenn an der Längswand zwischen den Hohlblocksteinen Jesus am Kreuz gehangen hätte. Aber gut, da war das Zeug erst mal geparkt. Eigentlich hätte der Vater Noks ja Ruhe geben können. Aber der hatte ja, wie auch immer, rausbekommen, wo Lehnert sich aufhielt, und dann seine Beziehungen spielen lassen. Vermute ich zumindest. Vom Rollstuhl aus. Dem reichte es nicht, dass er Lehnert vom Hof gejagt hatte, nein, der wollte ihn komplett aus dem Land vertreiben. Warum dieser Hass? Reichte es so nicht?

Lehnert nickte nur, ich glaube, es war ihm egal, wo sein Zeug nun lagerte. Djum und ich nahmen ihn, nachdem wir brav korrumpiert hatten, wie es sich offensichtlich gehört, sofort in die Mitte, bevor man ihn womöglich doch wieder in seine Zelle zurückschob. Er schlurfte auf seinen Plastiklatschen zwischen uns den Gang entlang nach draußen. Am Ausgang stand der Offizier mit der nächsten Kippe in der Hand und lächelte, als wolle er einen Gast verabschieden: »Und wenn Sie noch mal in der Gegend sind, schauen Sie ruhig rein«, oder so ähnlich.

Auch dieser Fatzke war Lehnert egal. Komischerweise wusste er aber dann genau, was er wollte. Seine Wertsachen hatte er ja immerhin von diesem Würdenträger zurückbekommen, Pass, Geld, Kreditkarte, was mich ja wunderte, und auch seinen kleinen Rucksack, den er bei seiner Festnahme eilig hatte packen dürfen. Wir fuhren Lehnert sogleich mit dem Kastenwagen die Serpentinen hinab zum Mekong. Toller Ausblick! Wie das Wasser in der Abendsonne glitzerte. Als wir am Ufer standen, war es braun, lehmig braun, und Lehnert stapfte sofort auf einen Fischer zu, seine Latschen schmatzten gierig im Matsch. Der alte Mann stand auf seinem Minikahn und fingerte an einem Netz herum, das er vor sich ausgebreitet hielt, auf der Suche nach Schäden im Geflecht. Er schaute neugierig durch das Netz auf uns Farang.

Dann ging es sehr schnell: Lehnert drückte ihm hundert Baht in die rissige Hand, drei Euro, und der Fischer warf sofort den Motor an und schipperte ihn hinüber nach Laos. Da war zwischen Nebelschwaden nur flaches, kahles Uferland zu sehen, etwas Gesträuch, das sich aus der roten Erde zwängte. Weiter drüben ein Kuppelbau, ein von Chinesen erbautes Spielcasino, wie Djum mir erklärte, und dahinter die geduckten weißen Häuser der laotischen Grenzstadt Houaxay, aber die würde Lehnert vermutlich meiden wollen. Erst mal rein ins Land und dann sehen, was weiter wird, oder wie hatte er sich das gedacht?

Wusste noch nicht einmal, ob er zurück wollte. Nach Thailand. Aber was war da noch? Seine persönlichen Gegenstände. Sein Haus?

Dann verschwand er auf dem Boot im Abenddunst, und der Einzige der winkte, war ich. Djum lächelte, und ich wusste mal wieder nicht, warum. Wir wollten zu ihren Eltern in den Isaan fahren, im Nordosten. Laut Reiseführer die Reiskammer, aber auch das Armenhaus des Landes. Die lebten in einem Dorf, als Bauern, und mir war schon klar, dass ich da was rüberwachsen lassen musste. Trotzdem wollte ich deren Leben kennenlernen, und wie die sind und so. Vielleicht würde ich Djum dann besser verstehen.

Und Lehnert? Würde sich zeigen.

26

Und wieder hielt das Militär das Land fest im Griff und sicherte seine Pfründe, ebenso wie die des Adels, des Königshauses und der hohen Mönchsorden, des obersten Sangha-Rates. Meist waren das hochbetagte Geistliche, die in ihren Ämtern als unantastbar galten und von denen nach ihrem Ableben in den altehrwürdigen Tempeln von Bangkok und Chiang Mai kleine Porträtfotos hingen, auf denen sie mit entrückter Miene im Schneidersitz symbolisierten, dass alles bleiben würde wie es war.

Überhaupt wurde die Verehrung der Führungspersönlichkeiten immer wieder eingefordert, mit täglichen Riten wie dem Abspielen der Nationalhymne jeden Morgen um acht und abends um sechs Uhr auf allen Medienkanälen. Auch über Lautsprecher, die an Telegrafenmasten befestigt waren, wurde so das Volk an die Größe der Nation und die Kraft, die aus den Traditionen wuchs, erinnert.

Die Geburtstage der Königsfamilie galten als wichtige Feiertage, und auf das Einhalten der religiösen Bräuche wurde von Seiten der Sangharaja, der Patriarchen aller Mönchsorden streng geachtet. Die Menschen blieben autoritätshörig und gaben sich ihrem Schicksal untertan, das ihnen Gehorsam und Wohlverhalten verordnete, anderenfalls sie sich in einem späteren Leben als leidende Geschöpfe wiederfinden würden. Die wenigen Kritiker lästerten, dass das doch jetzt schon in der Gegenwart die Eigenwahrnehmung des Volkes sei.

An den Universitäten gärte es nach wie vor, und der Soziologieprofessor Sulak Sivaraksa, der viele Jahre lang in London gelebt hatte und sich immer wieder auch als Philosoph und Religionsgelehrter hervortat, rief die Menschen öffentlich dazu auf, ihre demokratischen Rechte einzufordern. Mitte der 80er-Jahre hatte er bereits einmal in Haft gesessen. Man warf ihm Beleidigung des Königshauses vor, nach Paragraph 112 ein beliebtes Mittel der Machthaber, Kritiker mundtot zu machen, auch wenn sie nur vage auf die Unangreifbarkeit der herrschenden Kaste hingewiesen hatten. Sulak Sivaraksa hatte in seinen Schriften vermerkt, dass die Lösung sozialer Konflikte in der konsequenten Auslegung der buddhistischen Lehre zu finden sei. Damals hatte sich sogar König Bhumipol für die Freilassung Sulak Sivaraksas eingesetzt, weil ihm selbst die Auslegung des Paragrapen 112 als zu restriktiv erschien. Sulak ging für zwei Jahre ins Exil, kehrte zurück und setzte sich erneut für die Rechte vor allem der unteren Schichten ein. Im wirtschaftlich aufstrebenden Bangkok säumten sich die Slums entlang der Klongs, der Wasserkanäle wie umgenähte Stoffreihen an den glitzernden Seidenkleidern der oberen Gesellschaftsschichten. Unruhe machte sich über den braunen, schmutzigen Wassern breit. Sulak erkannte im Festhalten an hierarchischen Strukturen mit all seinen Folgeerscheinungen wie Korruption und Machtmissbrauch die Wurzel sozialer Ungerechtigkeit und von menschlichem Leid. Für ihn war die von den buddhistischen Würdenträgern heraufbeschworene Gefahr, bei Ungehorsam und Achtlosigkeit gegenüber den Traditionen in einem späteren Leben als geplagte Kreatur wiederkehren zu müssen, ein Popanz, um das Volk ruhig und ergeben zu halten.

Anhänger Sulaks spotteten gar über eine von höchster Stelle verordnete Schimäre, von Hirngespinsten, die sich in den Köpfen der Menschen einnisten sollten, um die Grundangst wachzuhalten, nicht als Kröten, hässliche Schlangen oder bodenrankende Gewächse, die mit Füßen getreten würden, wiederbelebt zu werden.

Davon unterschieden die Kritiker den überall im Land verbreiteten Geisterglauben, der sich vor allem auch deswegen halten könne, weil die Armut der Menschen so groß sei und in diesem Glauben immer wieder die Hoffnung auf ein besseres Leben keimte, ein Ventil, das zu akzeptieren und nicht als Widerspruch zur Kritik am Missbrauch religiöser Strukturen zu empfinden sei. Zu uralten Verbindungen zwischen Buddhismus und Geisterglauben fanden sich keine kritischen Schriften, und schon gar nicht zu etwaigen Kräften, die daraus erwachsen waren oder konnten.

Das Militär aber setzte wiederum einen ihm genehmen Premierminister ein. In Bangkok kam es zu heftigen Studentenprotesten, und in der Folge zum Schwarzen Mai 1992, bei dem viele Demonstranten getötet wurden, hundertfünfzig Menschen blieben verschwunden. Und wieder mischte sich der König ein, um weitere Blutvergießen zu verhindern. Dem Premierminister wurde nahegelegt, ins Exil zu gehen, Sulak Sivaraksa hatte bereits zuvor das Land verlassen, weil eine erneute Festnahme drohte. Denn eine wirkliche Änderung im politischen Gefüge sollte auch jetzt nicht stattfinden.

Im hohen Norden schlug der Bauer Kamon gegen ein paar Geldscheine dem Baggerführer, der wegen Staub und Hitze mit einem Tuch vor dem Gesicht auf seinem Gefährt saß, ein praktisches Geschäft vor: Den Aushub der kleinen, wegen Kanalarbeiten aufgerissenen Seitenstraße anstatt auf die Deponie auf sein Grundstück fahren zu lassen, das er vor Jahren vom thailändischen Staat für seine Verdienste bekommen hatte. Denn indem man ehemaligen Soldaten Land schenkte, konnte die gesamte Grenzregion im Norden besiedelt werden, um sie gegen umherziehende Stämme, Bergvölker, Schmugglerbanden und Privatarmeen zu behaupten, die sich im Gebiet zwischen Thailand, Laos und Burma gegenseitig bekriegten und das Land unsicher machten.

Inkäo, die Frau des Bauern hatte mit ihren Schweinekrusten und der selbst gemachten roten und grünen Chilipaste auf dem Zentralmarkt weiterhin gut verdient. Also entschied Kamon, dass nun von ihrem Geld, das er immer noch allabendlich an sich nahm, (abgesehen von den Beträgen, die Inkäo unter ihren weiten Röcken versteckt hielt) der Hausbau in Angriff genommen werden könne. Also kippte der Baggerführer die klumpige rote Erde mit all den großen Steinen auf den bereitstehenden Lastwagen, der mit laufendem Motor seine Abgase in die flimmernde Hitze entließ. Woraufhin der Fahrer, dem der Bauer ebenfalls ein paar Geldscheine aus dem Schweinekrustenverkauf ins Führerhaus reichte, die Erde auf sein Grundstück bugsierte, mit seinen riesigen, verkrusteten Reifen rückwärts an den vordersten der vier Tümpel setzte, in dem Kamon Schlangenkopffische hielt, und diesen Tümpel nach und nach bei schräg gestellter Ladefläche polternd zuschüttete. Es qualmte heftig über den wenigen Fischen, die Kamon vergessen haben mochte. Das Erdreich schob er mit der Harke nach, mit mürrischer Miene unter seinem Strohhut, vermutlich weil er sich als Erfüllungsgehilfe sah, der das Geld seiner Frau hier über einem Tümpel verbauen sollte, obwohl die ja mit dem hölzernen Stelzenhaus am Rande der Stadt zufrieden war und die Idee eines Hauses aus Stein doch seine war. Das Zuschütten des Teiches nahm ein paar Tage in Anspruch, und Kamon ging jeweils mit strengem Blick voraus, nur um sicher zu sein, dass das Erdreich auch wirklich auf seinem Reich landete, während der schwere LKW hinter ihm her wummerte.

Was merkwürdig war: Dass er immer wieder in unbeobachteten

Momenten aus seiner blauen Bauernkluft ein goldenes Amulett mitsamt Kette hervorzog, es mit leicht zurückgelegtem Kopf betrachtete, als wisse er nicht, wie er sich dazu verhalten sollte, es scheu zu besprechen schien und bald wieder um sich schauend in den Tiefen seiner Innentasche verbarg.

Inkäo schaffte derweil auf dem Zentralmarkt weiteres Geld heran. Die Schweinekrusten, mittlerweile in durchsichtige Plastiktüten verpackt, wechselten unablässig am frühen Morgen über den roh gezimmerten Verkaufstisch hinweg den Besitzer. Die Geldbörse füllte sich wie seit Jahren, ebenso ein winziger Stoffbeutel unter ihren Röcken, und Nok half nach der Schule aus. Sie war mittlerweile ein Mädchen, bei dem Inkäo darauf achtete, welcher der jungen Kunden ihr Blicke zuwarf und sie anlächelte. Nok war nun etwa so alt wie seinerzeit Inkäo, als der Bauer, damals noch Soldat, sich am Grenzfluss über sie geworfen hatte. Inkäos Bruder Bun ließ sich gar nicht mehr auf dem Markt blicken. Er wuselte zwischen den Rubinhändlern in den Gassen der Stadt umher, überquerte nachts nur etwa einen Kilometer vom Zollhäuschen entfernt an einer Biegung des Flusses die Grenze, wobei ihm das Wasser bis zur Brust reichte und er sein Bündel mit einer Hand auf dem Kopf hielt. Das Gerücht ging, er bringe nicht nur Rubine über den Fluss, sondern auch Opium, und er sei mit Rebellen im Bunde. Aber was so alles geredet wurde.

27

Lehnert schlenderte mit auf dem Rücken verschränkten Armen durch das Dorf. Er war sehr früh aufgestanden, mit den ersten Vogelstimmen, die sich aus dem dornigen Gesträuch über dem Mekong hervor in den laotischen Morgen meldeten. Es war fast wie das tägliche Erwachen in seinem Haus, wenn er noch lange Zeit liegen geblieben war, um den Vögeln zuzuhören, die sich gegenseitig antworteten. Und auch hier in unregelmäßigen Abständen die Hähne, die abrupt und kehlig in die eher lieblich anmutende Geräuschkulisse schnitten und über die Häuser hinwegkrähten. Diesmal schwang er sich sogleich aus der viel zu weichen Schaumstoffmatratze. Er hatte in einer Pension ein einfaches Zimmer genommen: Tisch, Bett, Stuhl und ein kleines Fenster in der schmutzigen Wand, mit Blick auf den ruhig dahinfließenden Mekong, der den Unterschied zur Gefängniszelle in Mae Sai ausmachte.

Lehnert trat nach draußen. Eine lange Reihe von kahl geschorenen Mönchen passierte gerade die Dorfstraße. Anwohner standen mit eilig umgewickelten Sarongs vor ihren Häusern und gaben Reisopfer, Bananen und Orangen in die silberfarbenen Schalen der Mönche, die dann und wann eine Litanei des Dankes gaben, während sie an allem vorbeischauten.

Drüben an der Biegung der Straße ergoss sich der Nam Tha in den Mekong, daneben ein kleiner Hafen mit Fischerbooten, denen der Lack in kleinen Fitzeln abblätterte, und mit windschnittigen Kunststoffflitzern, Speedboats, die ungeduldig im Wasser dümpelten. Pak Tha hieß das Dorf, die Mündung des Flusses Tha, der aus den bewaldeten Bergen im Hinterland herangerauscht kam, um endlich zur Mutter der Gewässer, dem Mää Nam Khong zu gelangen. Immer noch lag Ruhe über dem Morgendunst, während die Nebel sich über dem Wasser des Mekong erhoben, faserige, verwehte Vorhänge, die wie Nachtgeister dem Himmelgrau zuwehen wollten, vom großen Strom aber noch nicht losgelassen wurden.

Lehnert schlenderte durch das Dorf, an Stelzenhäusern vorbei, mit Hühnern in Bastkörben darunter, Kräutern in den Vorgärten, ein schwarzes Schwein lag im aufgewühlten Boden. Es glotzte Lehnert lange an, wie einen Fremden, einen Farang.

Am nördlichen Ende des Dorfes stand ein kleiner Tempel, in dem soeben die Mönche in ihren ebenerdigen Gebetszellen verschwanden. Lehnert stand mit einem Bein auf dem hölzernen Podest vor dem Aufgang. Leere Bierflaschen lagen unter den Treppenstufen. Laotische Mönche schienen ebenso wie die thailändischen nicht frei von weltlichen Dingen zu sein. Überhaupt waren Laoten und Thailänder ethnisch eng verwandt, auch die laotische Sprache unterschied sich nur wenig vom Thailändischen.

Lehnert betrachtete die obligatorischen Nagaschlangen, die sich beiderseits der Stufen auf den weiß gestrichenen Tempelmauern hinabwellten, ihre weit geöffneten Mäuler, die scharfen Zähne, die dicken, roten Zungen, mit denen sie in die Landschaft und allen Gläubigen und Ungläubigen zu drohen schienen. Lehnert wusste, dass sie sowohl als Schlangen und auch als Drachen angesehen wurden, die auf dem Grund von Flüssen, Seen und Meeren riesige Paläste bewohnten, in denen Kelche, Trinkschalen und Bestecke mit Perlen und Edelsteinen reich geschmückt waren und wo goldene Ketten und Armreife aus Jade aus übervollen Truhen quollen.

Die Fischer munkelten, am Mekong seien diese Nagaschlangen

für die Irrlichter verantwortlich, die gelegentlich über die Berge hinwegzuckten und damit die Fährleute auf dem Strom verwirrten und sie nach Belieben in die Strudel schickten. Gleichzeitig waren sie laut dem Mythos eng mit den Menschen verbunden, es seien unvollendete Wesen, denen zwar über den Atem höherer Winde eine Seele zuteilgeworden war, die aber noch nicht in der Lage seien, selbstständig leben zu können. Das klang für Lehnert wie ein Widerspruch zwischen niederen Geschöpfen und Machtfülle, zumal diese Nagas auch als Beschützer geistiger Schätze galten.

Er dachte an das Amulett, von dem Bun ihm erzählt hatte und von dem er, Lehnert, bislang niemandem sonst erzählt hatte: Dass eine weiße Nagaschlange aus Elfenbein darauf eingearbeitet war, und dass sie Macht hatte, über die man am besten nicht redete, die man respektierte, spürte, wenn man an sie glaubte, und die man ansonsten gewähren ließ. Lehnert schob diese Gedanken behutsam beiseite, er respektierte sie. Er dachte an Nok, die nun weit, weit entfernt in ihrer Schale übers Wasser trieb, den Gefahren weit kreisender Strudel ausgesetzt, und an die Nagaschlangen, die unter ihr und unter allen Flusstieren und grünen Algen im Wasser hausten. Lehnert suchte an den Stufen zum Tempelgebäude nach Räucherstäbchen und schmalen, gelben Kerzen, die vor Tempeln eigentlich immer bereitstanden. Er fand sie neben einer marmorglatten Säule, und ebenso in einer kleinen Vase rosafarbene Plastikorchideen, klemmte einen thailändischen zwanzig Baht-Geldschein unter das Gebinde mit den Räucherstäbchen und kniete nieder. Er bat die Nagaschlangen, während er ins dunkle Innere des Tempels mit seinen rot gestrichenen Wänden und den Wandmalereien des Heldenepos Ramayana schaute, Nok zu beschützen, ja, sie womöglich mit ihren langen, fleischlosen Fingern zwischen all den Algen hindurch aufzuhalten, und ein wenig ihre Fahrt zu verlangsamen. Damit er sie nicht vollständig aus dem Blick verlor.

Lehnert wusste nichts. Er wusste nicht, was er hier in diesem abgelegenen, laotischen Ort wollte, warum er gerade hier aus dem Songthäo ausgestiegen war und sich ein Zimmer genommen hatte. Vermutlich weil die Fahrt alles andere als angenehm war, aber ein Boot wäre von der Grenzstadt Houaxay erst in zwei Tagen abgegangen, und Lehnert wollte fort, irgendwohin, Hauptsache fort, also ein Songthäo. Dicht gedrängt saßen etwa zwanzig Personen auf den schmalen Bänken, Schulter an Schulter, die immer wieder mehr oder weniger heftig aneinanderstießen, wenn der Fahrer versuchte, auf der Lehmpiste einem Schlagloch auszuweichen. Diese Songthäos waren vier–, manchmal auch nur dreirädrige Gefährte, an denen hinten ein kastenartiger Aufbau für die Passagiere montiert war. Es war am Mekong für die Einheimischen ein ideales Verkehrsmittel, um von Dorf zu Dorf zu reisen. Zwei junge, dickleibige Japaner saßen vorn an der Trennwand zum Fahrer. Sie waren Touristen und unterhielten sich fortwährend in ihrer Sprache, die von ständigen, zackigen Eeh, Eeh-Lauten begleitet war, mit denen sie aufeinander zustachen. Die beiden erzählten sich vermutlich ihre bisherigen Erlebnisse, und diese Eeh`s waren so etwas wie Ausdruck des Verständnisses: Ach so, ach ja. Lehnert kannte das auch von Thailändern, aber zwischen den beiden Japanern flogen sie in einem fort hin und her, und ihre massigen Körper wurden auf den Bänken durchgerüttelt.

Die Fahrt war endlos. Immer wieder passierte man Bachläufe, enge Furten, in denen Kinder nackt im Wasser spielten oder ein Mann mit einem nassen Lappen seinen Songthäo wienerte, den er dazu praktischerweise im Bach abgestellt hatte. Lehnert erinnerte sich daran, wie er auf dem Hof seinen Tuktuk mit einem Lappen geputzt hatte und Nok mit einem Mal am offenen Tor stand, mit umgehängter Reisetasche.

Die Fahrgäste schwatzten unablässig miteinander und hielten sich mit einer Hand am Gestänge über ihnen fest, während ihre Hintern immer wieder von der Bank geworfen wurden und hart aufs dünne Schaumstoffpolster zurückfielen.

Nach fünf Stunden hatte Lehnert genug und stieg aus.

Nun also am nächsten Morgen: der Frieden hier, das Dorf, der Dunst über dem Wasser und über den Wäldern am Hügel. Die Sonne, die dumpf hinter dem Nebel lichterte und einen Ausgang suchte. Die Gedanken an Nok, die Nagaschlangen und an das Amulett und die Frage, was es damit eigentlich auf sich hatte, wo Bun doch, als er davon erzählte, die Miene verzogen hatte, als rede er von Geistern, die längst weit in die Realität hineinragten. Erzählte es mit einer Mischung aus Angst, die den Fratzen über den Hauseingängen glich, und einer dringlichen Forderung nach Gerechtigkeit, endlich einer Satisfaktion, und nach den geistigen Schätzen, die von den Nagaschlangen bewacht wurden, die aber dennoch seit langem schon in fremden Händen waren. Oder vermischte Lehnert hier etwas? Bun hatte Hunger im Gesicht gestanden. Lehnert jetzt auch, das spürte er. Hunger nach Satisfaktion. Er kam aus den Knien wieder hoch, der Rauch der Stäbchen umwehte seine Waden, er drehte sich um, der Dunst über dem Mekong begann sich zu verziehen.

28

Die Kette habe schwer am Hals gewogen, vor allem das goldene Amulett mit der Elfenbeinschlange, beteuerte Bun mit geneigtem Kopf, als hinge diese Kette noch immer an ihm: »nam nak maak«.

Er saß in einem Campingstuhl und stierte an Lehnert vorbei auf den Eingang der Höhle wie auf seine Vergangenheit, die ihn von dort anzuspringen drohe, und mit ihr das Böse. Fledermäuse hingen in Reihen mit großen Ohren an den oberen Felskanten, als wollten sie zuhören, auf jeden Fall, und Buns Aussagen sogleich ins Innere weitertragen. Was aber noch schwerer gewogen habe, sei die Tatsache, dass er, Bun sich nicht gewehrt habe, als der Alte ihm das Amulett vom Hals riss. Seine Schwester habe mit leerem Blick im dornigen Gestrüpp gelegen und mit einer Hand ihre Scham bedeckt. Das sehe er noch genau vor sich: »Baad tjep thii sut«, verletzt dagelegen, innen wie außen, und Lehnert biss sich auf die Fingerknöchel. Da seien auch die anderen Soldaten gewesen. Sie hätten meckernd um die Gebüsche herum gelacht, in denen ihre Opfer eingekesselt waren, auf ihrer Flucht vor dem burmesischen Militär, und dann aber in den Fängen von thailändischen Soldaten, die sich an ihren Gewaltexzessen besoffen hätten.

Er habe doch extra diese Kette von seiner Schwester übernommen, weil die als junges, hübsches Mädchen ohnehin gefährdet war, und dann noch mit einer so wertvollen Kette am Hals? Bun entschuldigte sich beinahe. Er hielt immer noch den Kopf gesenkt, der Blick geradezu devot, als sei Lehnert auf dem Klappstuhl, den er sich vor der Höhle neben Bun herangezogen hatte, ein später Richter. Bun begann sich selbst zu beschuldigen: Warum er die

Kette nicht vor der Flucht aus ihrem Dorf in Burma in einer seiner Taschen eingenäht habe, »sai khaang nai«. Er schlug sich auf die Oberschenkel, dabei immer noch geduckt in kleinlauter Verteidigungshaltung, mildernde Umstände erhoffend. Aber das hätte Inkäo ja auch nichts genutzt, und er zuckte mit den Schultern.

Lehnert glotzte über den Dunst, der in der Ferne über Mae Sai lag, hinweg und fühlte sich hilflos und außerstande, sich Inkäo, die niemals einer Fliege etwas zuleide tun konnte, vorzustellen: Daliegend, geschändet, und es schoben sich Bilder vor sein Auge, wie sie täglich im Schuppen am Hackblock stand und Schweinefleisch in Stücke schnitt, brav, bieder, eine Hausfrau in ihrer täglichen Rolle. Wie passte das zusammen? Und was hatte das mit ihm zu tun? Und mit Nok?

Bun trug mal wieder eines seiner bunten Hemden, die Lehnert stets an Hawaii erinnerten, mit kreisrunden Verzierungen, diesmal in tiefem Blau als dominante Farbe. Diese Hemden standen immer in scharfem Kontrast zu seiner gewöhnlichen Stimmung. Bun war ein ernster Mensch, der nicht ständig thailändisch leicht lächelte. Kein Wunder bei solchen Erlebnissen, dachte Lehnert, während die Fledermäuse sich lautlos eine nach der anderen – vermutlich zum Rapport - ins Innere der Höhle verzogen. Bun schaute ihnen hinterher, ohne die Touristen zu bemerken, Japaner oder Koreaner, die aufgeregt bei zunehmendem Hall den Eingang der Höhle betraten, um sich lustvoll zu gruseln und mehr vom Schicksal der zwölf Jungen und ihrem Trainer zu erfahren, die dort fast zwei Wochen lang eingeschlossen waren. Bun schaute wieder auf. Er war ein weißhaariger, mittlerweile 60-jähriger Mensch, kleiner, gedrungener Körper, kräftige Brust, von der Landarbeit, die er schon als Kind auf den Feldern seiner Eltern geleistet hatte, drüben auf der anderen Seite der Grenze im Shan-Land, und später dann gewissermaßen als Leibeigener auf den Feldern seines ihm auferzwungenen Schwagers, den er niemals als solchen anerkennen würde. Niemals.

Er zog – und natürlich war das vorbereitet – ein Foto aus der Hosentasche, ein altes Schwarz-Weiß-Foto, und tippte, während er sich nervös umschaute, mit dem Finger darauf, ohne es zu berühren. Dieses Amulett sei wichtig, sehr wichtig. Es sei das Familienamulett, das sie hätte beschützen sollen, gerade auch damals. Aber nun liege es ja seit Jahrzehnten im Geldschrank des Alten, mit Sicherheit dort, wo sonst? »Tong yuu nuun.« Bun ließ seinen Oberkörper wieder nach vorn sacken. Er streifte sich mit einem Finger unter dem Hemdkragen über den Hals: Alles habe er ihnen geraubt, ihr Schicksal, ihre Kraft, die vom Amulett, von der Nagaschlange auf die Familie ausgegangen sei, und er tippte wieder energisch mit dem Zeigefinger auf das Foto zu, »an nii mii khwaam rääng thii sut«, aber nun liege das Amulett nutzlos und vergeudet im Schließfach dieses Ungeheuers, von dem er hoffe, dass es möglichst bald als Kröte, die zu zertreten sei, wiederkehren würde, im nächsten Leben, wenn überhaupt.

»Diau nii phom mai mii sith«, er selbst habe ja seine Rechte auf das Amulett verwirkt, weil er sein Leben nicht dafür gegeben habe, als der Alte ihm damals die Kette vom Hals riss. Bun schaute Lehnert mit einem Mal scharf von unten an, als wolle er ihn festnageln, auf seinem Klappstuhl. Das alles jedenfalls stehe fest. Das habe der Mönch im Tempel über der Stadt ihm schon vor Jahren gesagt, er habe es ihm sogar gezeigt, indem er auf die Position der Hühnerknochen verwiesen habe. Lehnert stellte sich vor, wie ein greiser Mönch mit grauen Haaren im Schneidersitz die sterblichen Überreste eines Huhns auf einer Decke auswarf, und Bun demonstrierte mit zwei Fingern, dass die beiden Unterschenkelknochen wie bleiche Stäbchen über Kreuz gelegen hätten – was Lehnert wie makabres Mikado vorkam –, woraus aber zwingend zu schließen sei, und der Mönch habe mit einer Hand an seiner safrangelben Kutte im Schulterbereich gezupft, dass Bun und Inkäo und damit der gesamte Familienzweig den Einfluss des Amuletts verwirkt habe. Und vor allem: Es habe nun keine Kraft mehr, auch wenn Bun oder seine Schwester Inkäo es nun wieder an sich zu nehmen versuchten. Das Amulett habe mit der gewaltsamen Besitznahme durch Inkäos Mann seine Wirkung verloren, es sei denn, und der Mönch habe einen Zeigefinger gehoben, jemand von außerhalb bringe es in seinen Besitz und gebe es zurück. »Tong pen khon yaang üün«, so Bun, und so damals der Mönch. Da müsse ein grundlegender Wandel her, etwas völlig Neues entstehen, man müsse zurück zu den Anfängen, (was sich sicherlich widersprach), das Amulett verlange eine Art zweiter Geburt, »tong pliian mot«, und das könne nur jemand bewerkstelligen, der nicht direkt etwas mit der Familie zu tun habe. Und dann müsse man neu schauen. Und noch etwas sei höchst merkwürdig, »an nii pen khwaam mai arai mai ruu«, was aber nicht klar herauszulesen sei, und der Mönch stocherte mit dem Finger enttäuscht auf die bleichen Stäbe unter ihm hinab. Es sei die Art, wie die beiden Knochen dagelegen hätten, in einem solch spitzen Winkel zueinander, woraus sich zeigte, dass da außer diesem Amulett noch etwas sein müsse, etwas sehr Ähnliches, Verwandtes, und der Mönch habe Bun vorgebeugt ausgefragt, fast wie in einem Verhör, woher er denn stamme, und woher seine Eltern, und woher genau in China, und wo genau in Sipsongpanna, fragte lauernd nach den Umständen der Flucht seiner Familie, und er, Bun habe bedauert, nicht allzu viel dazu sagen zu können, weil das vor seiner Geburt und seine Schwester Inkäo damals erst zwei Jahre alt gewesen sei und sich nicht erinnern könne, worauf der Mönch dennoch weiterbohrte, ob die Familie bei ihrer Flucht wirklich alles mitgenommen habe, ob die Eltern denn nichts erzählt hätten, denn es scheine ihm so, als sei da noch etwas zurückgeblieben, etwas nicht Bewältigtes, Verschüttetes, nicht Verarbeitetes oder so ähnlich, und diese Vagheit schien dem Mönch, so Bun, Schmerzen bereitet zu haben, indem er mit verzogenem Mund schwerfällig die Position wechselte und sich den Bauch hielt. Da sei noch etwas. Sprach's und schabte mit einem flinken Wischer seiner rechten Hand die Knochen zusammen. 1000 Baht mache das. Vielleicht müsse Bun zur weiteren Klärung noch einmal wiederkommen.

Lehnert hatte Mitleid mit Bun, konnte aber mit diesen Mächten, die angeblich von einem Schmuckstück ausgingen, nicht viel anfangen. Das war Geisterglauben, Ahnenkult, und das von einem buddhistischen Mönch praktiziert, was Lehnert aber nicht zum ersten Mal hörte, dass sich Buddhismus und Praktiken aus Naturreligionen immer wieder vermischten. Da gab es verschwimmende Grenzen, über die offiziell nicht geredet wurde. Schon gar nicht in den Tempeln. Auch die Mönche wussten Dinge, die heikel werden konnten, zu verdrängen und zu vertuschen, bevor sie an die Öffentlichkeit gelangen konnten. In diesem Land schienen alle nur darauf bedacht, möglichst nicht das Gesicht zu verlieren. Auch und vor allem die Mönche.

Ansonsten schien alles möglich, sofern man es unter der Decke hielt, nickte Lehnert mit zynisch heruntergezogenen Mundwinkeln. Er versuchte klar zu denken und ruckte an seinem Klappstuhl, als müsse er sicherstellen, dass es ihn nicht vom Hocker riss. Dem Alten gehörte dieses Amulett abgenommen, ganz einfach. Und je länger Bun ihn anschaute, wurde ihm klar, dass er *ihn* dazu auserkoren hatte, als denjenigen, »von außerhalb«, der versuchen müsse, das Amulett an sich zu nehmen, zumal Nok ja nun nicht mehr war. Als einer, der »nicht direkt« etwas mit der Familie zu tun habe, was Lehnert wiederum vor den Kopf stieß und ihm gleichzeitig anzeigte, welchen Stellenwert er offensichtlich jahrelang als Noks Mann hatte. Als Farang, eingeheiratet, aber »nicht direkt« damit zu tun. Und nun wurde er also dringend gebeten, sich einzumischen, und das Amulett wieder in den Besitz der Familie zu bringen. Um es dann an Inkäo weiterzureichen. Die aber dem Alten gegenüber zu schwach, zu gefügig war. Oder etwa nicht?

Lehnert erinnerte sich kurz daran, wie Nok ihren Vater zurück aufs Bett geworfen und dass der Safe offen gestanden hatte. Was war da passiert? War das Amulett überhaupt noch dort im Zimmer des Alten?

Er konzentrierte sich wieder auf Bun, der, die Fledermäuse waren längst fort, den Alten verdächtigte, auch seine, Buns Geschäfte mit den Edelsteinen zunichte gemacht zu haben. Er habe seine Kontakte zur Armee genutzt und die Zöllner auf ihn gehetzt, am Grenzfluss, mitten in der Nacht. Sodass er eine hohe Summe habe zahlen müssen, »phääng maak«, wenn er nicht selbst einkassiert werden wollte. Auch das habe der Alte angerichtet, einfach so, seine Existenz zerstört. Vielleicht weil er, Bun sich nach vielen Jahren von der Arbeit auf den Feldern abgenabelt und mit Rubinen gehandelt hatte. Der Alte schien ein Problem damit zu haben, wenn andere ihm mit ihren Erfolgen über den Kopf zu wachsen drohten und sich unabhängig machten. Als könnten sie ihm damit gefährlich werden, und der Anerkennung seiner eigenen Lebensleistung.

Das alles sei übrigens auch der Grund gewesen, warum Nok damals mitten in der Runde beim Basteln der Krathongs aufgestanden und gegangen sei. Nicht wegen ihm, Lehnert, sondern weil sie das alles nicht mehr ausgehalten habe. Allein das Wissen darum, unter welchen Umständen sie auf die Welt gekommen sei. Dieses Verschweigen, Übertünchen, Verdrängen, Aushalten. Weil sie das alles nicht mehr habe ertragen können.

Dieses typisch Thailändische?, fügte Lehnert im Stillen hinzu, diese Verdrehungen der Verhaltensweisen, des Miteinander, die Verkehrungen, die Verkehrtheiten des täglichen Umgangs, ja, allen Lebens, was Nok mit einem Mal klar vor Augen stand, sodass sie sogar sich selbst nicht mehr ertragen konnte und ihn genau deshalb verlassen hatte? Ohne etwas zu sagen, weil sie das nicht konnte? Weil sie sich vor ihm bloßgestellt gesehen hätte?

Wie sie das alles mit ihrer Mutter denn überhaupt erfahren habe, fragte er im Klappstuhl weit vorgebeugt, als habe er die Rolle des Richters angenommen, eines überforderten mit zitternden Lippen. Bun sah ihn fest an: »Bääb nii«, so wie du jetzt. Von mir. Wenige Wochen, bevor sie gegangen sei. Vielleicht hätte er das nicht tun sollen – abrupte, wegwerfende Handbewegung ins angrenzende Gebüsch hinein. Vielleicht sei das billige Rache gewesen, weil dieses Ungeheuer seine Existenz zerstört habe, die Existenz aller, ihrer Seele. Nicht nur der Familie, nein, überhaupt die der Thai Lüü, die er, Bun mit dem Verkauf der Rubine unterstützt habe, im Kampf gegen die Burmesen, aber davon wolle er jetzt nicht auch noch anfangen. Er schlug sich mit der Faust gegen die Brust. Eine Spur zu pathetisch, fand Lehnert und verdrehte die Augen, dabei war er selbst mittlerweile ziemlich angefasst.

Wollte Bun ihn hier tatsächlich beauftragen, sich an das Amulett heranzumachen, sich zu kümmern, sich für die Familie zu engagieren, mit der er »eigentlich« nichts zu tun hatte? Sollte er instrumentalisiert werden, oder war er längst vereinnahmt, nicht nur eigentlich?

Bun hatte ihn auf dem Handy angerufen und Lehnert diesen Treffpunkt vor der Höhle vorgeschlagen. Dazu musste er ja vom Gemeindehaus, in dem er seit Wochen wohnte, nur über den Berg hinweg. Ein paar Tage später wurde er dann vor dem Haus verhaftet. Der braun-weiße Polizeiwagen kam plötzlich um die Serpentinen herum vorgefahren, zwei Uniformierte mit viel zu großen Schirmmützen stiegen aus, und der Pfarrer lugte ängstlich hinter einem Vorhang im Erdgeschoss hevor, während die Polizisten in Lehnerts Reisepass blätterten, um sich bestätigen zu lassen, dass das Visum längst abgelaufen war. Lehnert war sicher, dass nicht die Akha ihn verraten hatten. Auch nicht Bun. Der hatte ihm, noch bevor er gegangen war, das Foto mit dem Amulett darauf überreicht. Eine Nagaschlange war darauf zu erkennen, eingefasst in einem rechteckigen, streichholzschachtelgroßen Gehäuse aus Gold, das aber in dieser Schwarz-Weiß-Ablichtung nicht eindeutig zu erkennen war. Die Schlange hielt den Kopf seitlich, die Zunge kringelte lang aus dem Maul, und der Schwanz wellte sich unter dem Körper wie bei einem Seepferdchen. Aber das war kein Pferdchen, das war ein ausgewachsenes, im Gehäuse lauerndes Wesen, das darauf wartete, auszuschlüpfen. Was war jetzt damit anzufangen?

29

Habe diesem blöden, betrunkenen Bauern noch mit erhobenem Arm gedroht, und der hat mit derselben Geste geantwortet. Seinen rechten Arm in die Luft gereckt und gebrüllt, irgendwas. Wenn Djum mich nicht zurückgehalten hätte, wäre ich auf ihn losgegangen, auch wenn wir schon fünfzig Meter auseinander waren und uns gegenseitig beschimpften. Djum schlang beide Arme um mich. Das Lächeln war ihr vergangen, und ich hatte ohnehin das Gesicht verloren, mitten im Dorf ihrer Eltern. Wir waren nebeneinander hergeschlendert auf dem Weg zu Seven Eleven – diese Läden gibt es ja mittlerweile in jedem Ort – um einen Karton Bier zu kaufen, für den Abend, zum gemütlichen Beisammensein mit ihrer Familie. Wir passierten gerade eine Reihe von Stelzenhäusern, von denen die Farbe längst abgeblättert war. Die Schlagläden an den Fenstern sahen aus wie aus rohem Holz gezimmert, ungehobelt. Auf der Veranda des letzten Hauses saß im oberen Stockwerk eine Frau mit langen Zöpfen an einem riesigen Webstuhl, der mich spontan an Frühzeiten der Textilindustrie in Mitteleuropa erinnerte. Eine hellgrüne Stoffbahn war über den Ablagetisch gezogen, mit dem linken Fuß drückte die Frau im Takt ein langstieliges Pedal herunter, es tackerte und raspelte über dem Gebell des Hundes unter dem Stelzenhaus. Mit beiden Händen schob sie ein Querholz über die Stoffbahn und zog es im stets gleichen Rhythmus immer wieder zurück, vor ihr zitterten herabhängende Baumwollfäden. Ich schaute fasziniert zu, bis dieser Bauer auf seinen Plastiklatschen dahergeschlurft kam. Maulte irgendwas. Glotzte mich mit rotunterlaufenen Augen an und zog an uns vorüber. Ich stand da, glotzte ihm gleichermaßen hinterher und begann Djum zu löchern, was der da gesagt habe. Djum lächelte nun wieder, diesmal aus Verlegenheit, und versuchte mich über die Straße zu ziehen. Der Typ aber drehte sich immer wieder um und nörgelte weiter, er ließ nicht locker, ich aber auch nicht, indem ich Djum nötigte, mir endlich zu sagen, was der da für ein Problem habe. Djum wurde rot im Gesicht, was ich bei ihr noch nie gesehen hatte. Sie drehte mich vom Bauern weg. Der habe gefragt, ob ich sie gekauft und wieviel ich für sie bezahlt hätte. »How much you pay, he ask, but no problem, it`s okay.« Ich drehte mich wieder zu ihm und schrie irgendwas. Der Bauer fing an zu lachen, während er weiterging, Djum hielt mich weiter fest. Das war geradezu ein Gerangel mitten auf der Dorfstraße, wobei ich bei der Abwehr versehentlich ihre Haarspange löste, die nun vor ihrem Gesicht baumelte. Ich wollte den Kerl endlich zur Rede stellen, was ohnehin unsinnig war. Wir hätten uns wohl kaum verstanden. Mich machte das nur mit einem Mal so wütend, dass offensichtlich auch Thais glaubten, Westler, die mit einheimischen Frauen unterwegs waren, würden sie gewissermaßen gekauft haben. Bei uns im Westen kenne ich dieses Schubladendenken ja. Habe früher auch so gedacht, dass Männer, weil sie sonst keine Frauen abbekämen, in Asien und so weiter … aber jetzt hier in diesem gottverlassenen Dorf, im Nordosten des Landes, im Isaan, dem Armenhaus? Vielleicht ja gerade hier? Viele junge Frauen aus dem Isaan suchten ihr Glück in Bangkok. Und viele in den Rotlichtvierteln, wo wiederum Westler, Araber, Afrikaner und Chinesen ihr schnelles Glück suchten.

Da war ich gleich wieder verunsichert. Djum hatte mir immer wieder erzählt, sie habe, bis wir uns kennenlernten, auf dem Chatuchak-Markt im Norden von Bangkok Jeans verkauft. Wieso hatte sie das eigentlich so oft erzählt? Weil sie aus dem Isaan kam? Weil sie eine junge Frau war? Kannte der betrunkene Bauer sie womöglich? Mit Sicherheit. Hier in diesem Dorf kannte jeder jeden, und deswegen war es auch ein Problem für Djum, dass wir hier, streng genommen zu dritt, unser Gesicht verloren hatten. Ein Ereignis, das die Runde machen würde, vom Webstuhl zum Marktstand, und von da zu den Anglern am Flussufer.

Wir kauften dann das Bier und redeten nicht mehr darüber, auch nicht abends vor dem Stelzenhaus, auf der Steinbank unter der Kokosnusspalme, als Djums Vater mit mir anstieß, »chook dii«, und wir uns gemeinsam mit Djums jüngerem Bruder betranken. Sie übten sich, zumal ich ja nur ein paar thailändische Vokabeln kannte, in small talk, »what is your job«, »how much you pay for travel to here«, »you how many children« und all das Geplänkel, zu dem wir wissend zum glühenden Grillrost nickten und alle eigentlich gar nichts wussten und nur unsere Vorurteile bestätigen wollten, während ich mir einbildete, sie lächelten besonders nett, weil das ganze Dorf längst wusste, was vorgefallen war. Oder glaubte, es zu wissen.

Ich mich ließ mich dann dazu hinreißen, zum Klebreis mit scharfer, grüner Chilisauce eine geröstete Schmetterlingsraupe zu essen. Ich probierte mit langen Zähnen, sie schmeckte salzig und ich fühlte mich ein Stück weit akzeptiert und wieder etwas erfahrener, während Djum und ihre Mutter in ihren Schürzen mit aufgedruckten Kochlöffeln vom Hackblock herüberlachten. Ich spülte mit Bier nach.

Am nächsten Morgen war mir wieder alles fremd. Djums Vater spazierte im Hof grußlos an mir vorbei, mit einer Angelrute auf dem Rücken. Erst Wochen später erklärte mir Lehnert, dass es nicht üblich war, sich einen guten Morgen zu wünschen. Man war einfach da, einfach akzeptiert. Woher sollte ich das wissen?

30

In der Zeit als Nok zurückgekehrt war, saß Lehnert manchmal an seinem Schreibtisch mit Blick nach draußen über das Brokkolifeld, auf dem der Strohhut des Alten seit Wochen nicht mehr tief über dem Gemüse hin- und herschwang, wenn er es gebückt mit dem Hackmesser an den Strünken abschlug. Die Brokkolikörper lagen nun ausgetrocknet über der verkrusteten Erde, die Blätter fielen verfault und schlapp wie graue Flügel erschöpfter Vögel, und die dünnen Stangen der Sprinkleranlage standen angerostet und regungslos in der Sonne. Lehnert grübelte manchmal darüber nach, wie es Nok all die Jahre in Deutschland wohl ergangen war. Sie selbst erzählte nichts. Einmal hatte er sie, nachdem sie miteinander geschlafen hatten, danach gefragt, weil er glaubte, das sei in dieser intimen Stimmung der passende Moment für eine solche Frage. Nok hatte sich nur zu ihm umgedreht und »mai samkhan« gesagt, dass es nicht wichtig sei. Sie hatte sogleich das Thema gewechselt und zur Decke geschaut: Dass sie am Morgen ihrer Mutter auf dem Markt helfen wolle, frische Schweinekrusten würden angeliefert.

Vielleicht hatte Nok ja recht, und es war völlig belanglos, ob sie während der vier Jahre in Deutschland mit jemandem zusammengelebt hatte. Oder ob sie viel Alkohol getrunken hatte. Lehnert kannte die Geselligkeit der Thai Community auch in der Diaspora, wie er es immer genannt hatte, aus ihrer gemeinsamen Zeit in Deutschland, wenn die Frauen (meist waren es ja Frauen) manchmal schon morgens mit Bier im Thai-Imbiss an den Tischen saßen und laut palaverten. Wenn sie Karten oder am Automaten spielten – aus irgendwelchen Gründen waren asiatische Menschen in ziemlich hohem Maße für Spielsucht anfällig. Und wenn die Frauen sich gegenseitig übervorteilten, indem sie die finanzielle Schieflage ihrer Landsfrauen ausnutzten und Kredite mit 10%igen Zinsen vergaben oder die Louis-Vuitton-Handtasche der Schuldnerin an sich nahmen? Hatte auch Nok an diesen Geschäften teil? Hatte sie Schulden?

Die Zeit ihres Aufenthaltes in Deutschland war für Lehnert wie eine Leerstelle in seiner Biografie, auch wenn es ja eigentlich eine Leerstelle war, die er in Noks Biografie sah, immer war da diese farblose Tiefe, dieses Loch, auch wenn er in seinem Haus und im Kreis von Noks Familie gelebt hatte, sein Dasein als Privatier gepflegt, Verwandte Noks besucht, Spritztouren mit dem Tuktuk über die Hochebene in der Umgebung unternommen und im Café der Tempelanlage über der Stadt gesessen hatte. Und auch diese Blicke über die weißen Häuser, die sich allmorgendlich aus dem Dunst hervor zeigten, schienen ihm hohl, es war, als sei es hinter den Bildern, die sich da auftaten, leer, ohne Rahmen, ohne Halt. Bilder aus dünnem, durchsichtigem Pergament, die bei einem geringen Anflug von Zweifel zu zerreißen drohten. Zweifel, ob er hier überhaupt bleiben solle. Ob er sich etwas vorgemacht hatte. Ob er sich all die Jahre etwas vorgemacht hatte, in den Jahren mit Nok.

Bis sie dann zurückgekehrt war, schweigend, einfach nur wieder da war. Vordergründig um den Alten zu pflegen, der nicht mehr aus dem Stuhl hochkam und aus der oberen Etage herummeckerte, ohne dass jemand zuhörte. Lehnert machte sich nicht allzu viele Gedanken darüber, was der wirkliche Grund für Noks Rückkehr sein mochte. Weil der Versuch, in Deutschland ein neues Leben aufzubauen, doch schiefgelaufen war? Weil sie dort wegen lauter

Schulden das Weite suchen musste? Weil die familiären Bande doch so stark waren, dass Nok sich verpflichtet fühlte, ihrem Vater beizustehen und ihn zu pflegen, trotz allem, was vorgefallen war? Oder etwa doch wegen ihm, Lehnert?

War das wichtig? Er sah Nok vom Fenster aus, wie sie in der Abenddämmerung im Kräutergarten gebeugt über den Basilikumsträuchern stand und Blätter pflückte, mit einem Korb am Arm. Oder wie sie mit dem Motorrad des Alten schwungvoll die Rampe aus dem Schuppen nahm, den Kiesweg entlangfuhr und unter dem Helm mit hochgeklapptem Visier sehr stark dem Alten ähnelte: die dunkle Haut, die vollen Lippen, das strenge Gesicht. Er sah, wie sie abends mit Cousinen vor dem Haus ihrer Eltern saß, eisgekühltes Bier trank, Suppe aus dem elektrisch beriebenen Wok in ihre Schale löffelte, wie sich die Frauen über die Ereignisse des Tages unterhielten, über den treulosen Fischhändler mit seinen schmierigen Pfoten, über die Nachbarschaft, die Chinesen, die sich hinter der Mauer ständig etwas zubrüllten, auch wenn sie nah beieinander standen, über Burmesen, vor denen man alles wegschließen müsse, und wenn es behaglich wurde und man sich Unbehagliches leisten zu können glaubte, flüsterten sie über Geister, die der Bäuerin von drüben nachts an den Nacken gepackt, die einem Cousin dritten Grades in die Speichen seines Fahrrades gefasst hätten, sodass der auf der Straße auf den Kopf fiel, und dass die Geister überhaupt schon zuvor dafür gesorgt hätten, dass der es unterließ, einen Helm aufzusetzen. Von Amuletten und ihren Kräften war keine Rede.

Lehnert sah dann Nok vom Fenster aus unter den Neonröhren, die von Mücken umschwirrt und von lauernden, an der Mauer klebenden Geckos belagert waren. Er sah Nok wie zuvor, als sie ihn noch nicht verlassen hatte, wie sie zufrieden dasaß, geborgen in ihrer Gemeinschaft, und damit war es gut für Lehnert. Dann lehnte er sich zurück, öffnete eine Flasche Bier und saß selbst in seinen Korbsesseln geborgen.

31

Lehnert erwachte von einem Traum, bei dem er unsicher war, ob er ihn als Bedrohung empfinden oder sich im Nachhinein darüber freuen sollte, wie über einen Film, den er am liebsten gespeichert hätte, um ihn zu einem späteren Zeitpunkt noch einmal abzuspielen, oder mehrmals. Und während draußen unter dem schmalen Fenster der Pension laotische Marktfrauen ihre Bollerwagen mit Chilisaucen, Bananen und frittiertem Gebäck, mit klappernden Töpfen und Schalen zum Markt in der Stadtmitte von Luang Phabang rumpelten, versuchte Lehnert, möglichst viel von diesem Traum, der ja noch eben erst im Schlaf gespielt hatte, zu retten, um ihn später Revue passieren zu lassen: Da stiegen meterlange Drachen mit runzligen Häuten und bunten Zacken auf ihren Rücken vom Flussgrund auf, der mit offen stehenden Schatztruhen übersät war, über deren Ränder Perlenketten und goldene Armreife hingen, von weißen Seepferdchen lieblich umtanzt. Die Drachen aber hinterließen knapp unter der Wasseroberfläche riesige Luftblasen zwischen dunkelgrün wabernden Algen. Sie schwammen umher und alberten mit dumpfen Stimmen miteinander herum, sodass über ihnen die Fischer von den Booten ins Wasser purzelten. Röhrendes Gelächter schwallte über die Wasseroberfläche und wühlte die Wellen auf. Die Drachen schnappten sich mit ihren fleischigen Vorderpfoten die spindeldürren Angelruten und schlugen in einem Ausbruch von Albernheit damit aufeinander ein. Gierige Strudel bildeten sich und die Fischer verschwanden kopfüber. Dann sah Lehnert, der, so wie er das nun unscharf erkennen konnte, am Ufer stand, wie die Drachen eilig zur Flussmitte schwammen. Sie hielten auf eine Sandbank zu, lange Furchen bildeten sich hinter ihnen im Wasser, und sie legten sich dort ans Ufer, machten es sich bequem und grinsten wie satte Krokodile, um einem höchst betagten Musiker mit dünnem, zauseligen Kinnbart zu lauschen, der seiner Schalmei gegen den Sand gebeugt quäkende Töne entlockte, bis er in einem flirrenden Tremolo endete.

Das war der Moment, als Lehnert den Film im Wachwerden auslaufen sah und noch bevor sich die Drachen gegenseitig feixend Farbpulver in die Nacken schmierten, so wie es für die Menschen zum alljährlichen Bun Pii Mai, dem Wasserfest Tradition war, wenn sie mit Booten zu den Sandbänken ruderten, um dort zu feiern.

Später unternahm Lehnert einen ersten Spaziergang durch Luang Phabang, der altehrwürdigen Königsstadt mit weitläufigen Tempelanlagen, den Markthallen, den engen Gassen und dem Boulevard entlang des Mekong mit französischen Villen aus der Kolonialzeit, zweigeschossig mit grünen Schlagläden und Holzschnitzereien an den Balkonen. Eine Stadt, die zwischen all den Tempeln und Grünanlagen mit niedrigen Palmen und Heliconiapflanzen mit scharlachroten, fingerähnlichen Blüten Bedächtigkeit verlieh, eine selbstsichere Ruhe, die aus dem Erleben der Jahrhunderte herüberstrahlte. Hier wehte immer noch der lange Atem der Vergangenheit, der Monarchie mit all den Schnörkeln in den Tempeln, und Lehnert vergaß alles, was ihm erst vor Tagen geschehen war, angesichts dunkel schimmernder Säulen aus Stein, verziert mit geometrischen Symbolen, die sich hoch bis unter die rotlackierte Decke zogen. Da standen vergoldete Statuen auf Podesten, Buddhas mit nach oben geöffneten Händen, die auf den Knien ruhten. Davor ein Stupa mit der darin aufbewahrten Asche des Königs Sisavang Vong, einem der letzten laotischen Könige, von Gnaden der französischen Kolonialmacht.

Kerzenschein flackerte über den Fußboden. Draußen lehnte ein alter Mönch an einer Säule, und Lehnert fragte ihn nach Sayasaat, viel zu voreilig und geradezu unhöflich, zumal er in diesem Moment noch auf den Tempelstufen über dem Mönch stand, was per se ungehörig war. Lehnert ärgerte sich über seine Unachtsamkeit und entschuldigte sich, »kho thoot« – erbitte Strafe! Er stieg eilig die Stufen hinab und wiederholte den Begriff: Sayasaat, was wiederum ungehörig war, weil über Sayasaat, und das wusste Lehnert ja eigentlich, die Mönche nur sehr ungerne redeten. Schon gar nicht, wenn ein Farang daherkam und dieses Wort ungelenk in den Mund nahm, als habe er es gerade aufgeschnappt und wolle aus einer albernen Laune heraus dessen Wirkung prüfen. Der Mönche nickte und lachte und zeigte mit langem Arm in Richtung Markt. Er wollte Lehnert abwimmeln. Er wedelte ihn weg, indem er die Geste mehrmals wiederholte.

Immerhin ein erster Versuch, dachte Lehnert. Ihm war klar, dass die Suche nicht einfach werden würde, falls sie überhaupt gelang. Der kürzlich verstorbene, dickleibige Abt in Mae Sai hatte ihm einmal verraten – unter dem Mantel der Verschwiegenheit –, dass Sayasaat weit über buddhistische Lehren hinausreiche, »pen lüang yaan üün, khai maak«, hatte der Abt ihm erzählt, indem er weit, weit hinter sich auf die Berge von Burma wies. Sayasaat gehe auch über Aberglauben hinaus, bis in die Welten der Magie, und das Weiß stand groß in den Augen des Abtes. Lehnert wusste, dass es zwischen Buddhismus und Geisterglauben immer fließende Grenzen gegeben hatte, und wo sollte er sonst fündig werden, wenn nicht in dieser Stadt, in der schon im 12. Jahrhundert Mönche in den Tempeln auf marmornen Böden beisammengesessen und Glaubensrichtungen vorgegeben hatten, während sie Dinge für sich behielten, die sie selbst nicht einmal wussten, sondern nur ahnten, in Momenten, da selbst sie ehrfürchtig wurden. Geblieben waren, aber auch das nur in den hinteren Winkeln der Tempel, Wahrsagerei, Heilkräuterbehandlung, Prophezeiungen für Geld, für reichlich Opfer.

Lehnert verließ die Tempelanlage. Er schlenderte an knatternden Tuktuks vorbei, mit Fahrgästen im Heck, die stapelweise Schuhschachteln oder Bananenkartons auf ihren Schößen hielten, schlenderte zum Markt, der mitten in der Stadt unter schwerem Holzgebälk all das auszubrüten schien, was an Essbarem anzubieten war: Da stiegen Dämpfe von gerösteten Kastanien auf, von scharf gewürzten Nudelsuppen und der schwere Geruch von gegrilltem Schweinefleisch waberte aus den offenen Seiten des Marktes hervor über die staubigen Straßen. Neonröhren leuchteten das Dunkel aus und gaben Metzger frei, die hinter ihren blutverschmierten Hackblöcken standen, ehemalige Hühner hingen goldgelb von Lattenrosten herab und Akhafrauen saßen in ihren schwarzen, knielangen Röcken im Schneidersitz am Boden und boten auf bunten Baumwolldecken wilde Kräuter aus den Bergen an, während drüben junge Hmong-Frauen, ebenfalls am Boden, frische Baguettes aus Mehlsäcken heraus verkauften.

Lehnert wich einem blinden Bettler aus, der schnurgerade durch die enge Gasse kam, mit einem Verstärker im Rucksack vor der Brust und einem Mikrofon in der Hand. Er sang einen zackigen, thailändischen Schlager. Lehnert warf ein paar Münzen in den Plastikbecher, den der Blinde in der anderen Hand hielt. Der nickte und sang weiter die Gasse entlang.

Lehnert hatte das Gefühl, sich hier verirren zu können, ja, zu wollen, wie in einem Traum, aus dem er erst nach vielen Wochen wiedererwachen würde, an einem völlig fremden Ort mit nie zuvor gesehenen Gestalten.

Irgendwann nahm er die hölzernen Stufen vom Markt herab, wo an den Rändern im Straßenstaub Frauen saßen, die sich keine Standgebühren leisten konnten: eine Alte im langen Kleid mit frischen, grünen Algen aus dem Mekong, ein paar Schritte weiter boten Akha-Mädchen Fledermäuse an, die sie zu fünft im Bündel in den Händen hielten.

An der dem Mekong zugewandten Seite des Marktes lief Lehnert ein junger Mann in blau-weißer Schülerkleidung hinterher und bot ihm aus der hohlen Hand einen fingerdicken, rotbraunen Würfel an: »You smoke? very cheap, very fresh, good quality.« Ein Hmong-Junge? Lehnert wusste im Nachhinein selbst nicht mehr, ob er das Opium im Schatten des Holzdaches eilig gekauft hatte oder nicht. Ohne sich umzuschauen, überquerte er im gleißenden Sonnenlicht die Straße und versuchte sich darauf zu konzentrieren, was er eigentlich suchte: Sayasaat. Lehnert ahnte, dass da mehr war als Aberglauben, Götzenglauben an ein Amulett, mehr als Wahrsagerei über eine vage Zukunft. Viel mehr. Hatte ihm bereits wer was prophezeit? War schon alles vorbestimmt?

32

Sie kamen traditionsgemäß wie an einer Schnur gezogen zum neuen Haus des Bauern Kamon. Vorn spazierte der Abt gemütlich lächelnd mit einem Phatrong, einem seidenen Fächer mit weißen Insignien, den er an einem langen Ebenholzstiel vor sich hertrug. Ein Novize hielt beflissen einen schwarzen Schirm gegen die Sonne über den kahlen Kopf des Abtes, indem er ihm hart auf den Fersen blieb. Es war derselbe Abt, mit dem sich Lehnert Jahre später gelegentlich auf beinahe freundschaftliche, also standesunübliche Art unterhalten sollte, und der dann, weil er den Opferspeisen immer nur schwer entsagen konnte, eines Tages im Türrahmen seiner Mönchszelle zu Boden sank und an Herzversagen starb. Als Kamon und Inkäo die Mönche des nahen Tempels gebeten hatten, den Neubau zu segnen, war der Abt noch nicht so beleibt. Ein stämmiger Mensch, der weltlich gesehen auch als attraktiver Mann hätte gelten können. Puk, der braun-weiße Mischlingshund der Familie, (alle Hunde der Familie waren nun, nach dem Vorfall mit dem zerbissenen Hahn, über die Jahre braun-weiß und alle hießen Puk), bellte die eintreffende Reihe der Mönche an und war nur schwer zu beruhigen.

Kamon und Inkäo standen mit vor der Brust gefalteten Händen neben dem Aufgang zur Veranda. Daneben Bun, Nok, ihr Bruder Ton und Kuei, die jüngere Schwester Noks, allesamt in traditoneller Kleidung. Kamon mit steifem Hemdkragen, unter dem er ständig mit dem Zeigefinger nestelte, während er den Hals hin- und herbog. Inkäo trug ein selbst genähtes Seidenkostüm, ein dunkelgrüner Stoff mit spiralartig verlaufenden, gelben Ringen. Die frische, weiße Farbe des Hauses blendete in der Sonne. Kamon stand stolz, Inkäo ließ sich nichts anmerken. Dünne Kerzen flackerten im Meterabstand auf dem Sockel, der das Haus umgab, und die Mönche nahmen zunächst den schmalen Weg links am Schuppen vorbei und umrundeten das Haus. An jeder Ecke gingen sie in die Knie. Einer der barhäuptigen jungen Mönche reichte dem Abt eine Reisstrohgarbe, die er zuvor in eine mit Wasser gefüllte Schale getaucht hatte. Der Abt benetzte den Sockel des Hauses, indem er mehrere Male die Garbe gegen die karmesinroten Fliesen und die Außenwand schüttelte. Dann setzte er zu einer Litanei an, in die die Mönche einfielen, ein Chor kehliger, tiefer Stimmen, die beinahe synchron übereinanderlagen, was die einzelnen Töne ein wenig in die Breite zog. Puk folgte ihnen mit wedelndem Schwanz, dann die Familie, die sich in respektvollem Abstand hinter die Mönche kniete, die Hände nun hoch vor dem Gesicht, die Blicke gegen den Fliesenboden gesenkt.

Im Haus war alles gerichtet: Im Esszimmer glänzten schwere Teakholzmöbel, dahinter erstreckte sich die Wohnhalle, von der Türen zu den einzelnen Zimmern führten. Hier wie auch in der oberen Etage standen auf Bastmatten Teller und Schüsseln mit Speisen am Boden, mit allem, was die thailändische Küche anzubieten hatte: frisches Gemüse, Kohl, Brokkoli, gehacktes Schweinefleisch, Schalen voller Reis, gebackene Bananen, Kiwifrüchte. Nachdem die Mönche die Innenecken der Wohnhalle gesegnet hatten, nahmen sie die Stufen, ebenfalls aus Teakholz, zur oberen Etage, erteilten auch dort Segen und nahmen schließlich vor dem Hausaltar Platz, auf dem zwei schwere, goldfarbene Buddhafiguren sitzend dominierten und stoisch über das Parkett schauten. Sie waren mit Orchideen geschmückt, gelbe Gebetsschals mit runden, braunen Ornamenten hingen an den Seitenwänden des Altars herunter, neben ihnen flackerten Kerzen, und Räucherstäbchen entließen graue Dämpfe. Links davon der Geldbaum, an den Inkäo – zur Animation der Gäste – bereits einige blaue 50-Baht-Noten geheftet hatte.

Allmählich trudelten die Gäste ein. Onkel, Tanten, nahe und entfernte Verwandte, zunächst die Älteren, die ihre beste Kleidung aus den Schränken gezogen und übergeworfen hatten. Sie überreichten Geschenke an Inkäo, kleine Statuen aus Jade, Bildnisse aus dem Heldenepos Ramakien, da waren Königssöhne mit grünen Gesichtern, dunkelhaarige Affenfürsten und Abbilder der Glücksgöttin Nang Sida Nonglak, in Silber eingefasste Amulette mit vor Ungemach schützenden Halbgöttern und Nagaschlangen, die mit breiten Zungen drohten. Devotionalien, die später allesamt in Schalen auf dem Hausaltar weilen würden, um Wirkung zu entfalten. Die Gäste hefteten Banknoten an den Geldbaum, manche tuschelten und fragten sich, wie man aus dem Verkauf von Schweinekrusten ein solch großes Haus bauen konnte.

Die Gäste verteilten sich rund um die Speisen, auf beiden Etagen stieg mit dem Qualm der Räucherstäbchen dumpfes Gemurmel die Decken auf. Oben machte sich der Abt vergnügt über die Teller her, und seine Mönche taten es ihm nach. Inkäo und Nok, an der Schwelle zur aufblühenden, jungen Frau, schafften weitere Speisen heran, dampfende Schüsseln mit gekochtem Reis und Schalen mit Hühnerkeulen in dunkler Sauce. Alles war stimmig, alles war dem Segen des neuen Hauses zugetan, bis auf die winzige, gelbe Kerze, die unbemerkt in Schräglage gekommen war und einen der Gebetsschals im Rücken des Abtes entzündete. Wie aus dem Nichts, und doch vermutlich irgendwoher. Gesteuert und bestimmt.

Die Flammen leckten bereits am dunklen Holz des Altars, hastige Rufe züngelten unter dem dumpfen Gemurmel hervor. Kamon fackelte nicht lange und schnappte sich wütend die Wasserschale, aus der heraus das Haus gesegnet worden war und die neben einem der Mönche am Boden stand. Er schüttete den Inhalt rüde über den Altar, was man als unhöfliche Geste hätte werten können – aber was sollte er tun? Einen Moment erstarb das Gemurmel, es stand mit der Hitze des Tages lauernd unter der Decke, die meisten Kerzen waren im Wasserschwall erloschen. Kamon zog mit einem Ruck den versengten Gebetsschal vom Altar und warf ihn mit einer flinken Bewegung in das nächste Zimmer, damit er aus den Augen war, während Inkäo mit blassem Gesicht im Haus umherlief und Schubladen aufriss, um irgendwo einen neuen Schal aufzutreiben. Nok schielte in eine der frisch gesegneten Ecken, als könne sie den Vorfall dorthin umleiten, während sie neue Kerzen und Räucherstäbchen aus den Packungen zog. Da hatte das Gemurmel längst wieder eingesetzt, und nur Lästermäuler behaupteten, es habe dumpfer als zuvor geklungen. Der Abt lächelte den Vorfall weg, und mit ihm die Mönche, und mit ihnen all die Verwandten und mit ihnen Inkäo, die es ebenso schaffte, das Gesicht zu verziehen. Nur Kamon verdrückte sich für eine ganze Weile mit versteinerter Miene in sein Zimmer gleich neben dem Altar. Er fürchtete, was alle klammheimlich glaubten: Dass diese Flammen am Gebetsschal nicht ohne Grund aufgelodert waren. Der Abt schraubte sich bald darauf aus dem Schneidersitz hoch und mit ihm die Mönche. Das Haus war gesegnet, der Geldbaum abgeerntet, und sie verließen wie an einer Schnur gezogen eilig das Grundstück. Die jungen Mönche stritten später im kahlen Gang zwischen ihren Zellen darüber, ob sich der Vorfall womöglich deswegen ereignet hatte, weil der Novize dem Abt, bevor man vom Tempel losgezogen war, den Phatrong in die Hand gedrückt habe, da er glaubte, dass dieser Fächer zur Zeremonie des Haussegens gehöre, und dass der Abt ihn versehentlich entgegengenommen habe, wo er doch gewöhnlich nur zur Ordination oder zu bestimmten Bestattungsriten gebraucht werde. Bei der Vielzahl der verschiedenen Zeremonien, die der Abt abzuleisten habe, sei das ein Fehler, den man verzeihen konnte. So sah man das und legte sich früh auf die Matratzen.

Das Fest ging bis in den späten Abend hinein, die Besprechung des Unglücks mit dem Gebetsschal sparten sich die Verwandten auf, bis auch sie müde in ihren Betten lagen: »pen baab«, das sei als Schicksal zu betrachten, das komme dabei heraus, wenn einer auf Schweinekrusten baue, und gelb floss der Neid aus den Plappermäulern über die Bettdecken: »pen khwaam mai«, wenn das kein Zeichen sei, der Haussegen hänge also jetzt schon schief, aber Zeichen für was? Man schlief darüber satt und zufrieden ein, weil es nicht das eigene Haus getroffen hatte.

33

Es war eine Phase des wirtschaftlichen Aufbruchs. Politiker der Demokratischen Partei Phak Prachathipat mit einer traditionellen Nähe zum Königshaus regierten das Land, das Militär hielt sich im Hintergrund, Thailand entwickelte sich zu einem der so genannten Pantherstaaten Südostasiens. Global Player begannen zu investieren. Vor allem aus Japan, Südkorea, Hongkong und Singapur strömte Geld ins Land, aber es kam auch viel schwarzes Kapital aus dem Handel mit Opium und Amphetaminen und aus sonstigen dunklen Kanälen in Umlauf, was zusätzlich zu einer Überhitzung der Märkte beitrug. Die Grundstückspreise schossen in die Höhe und mit ihnen die Bürotürme in Bangkok, die in Kolonien wie Fingerstäbe in den Himmel zeigten und von riesigen Gerüsten aus Bambus umstellt waren, während zu allen Seiten überflüssiger Betonstaub auf die Straßen herabrieselte.

Die Zeitungen – jedenfalls die, die man noch verhaltene Kritik schreiben ließ – berichteten von der Rückkehr des Religionsgelehrten Sulak Sivaraksa, der einige Jahren im Exil in Großbritannien verbracht hatte. Sogleich machte er wieder auf die wachsende Schere zwischen arm und reich aufmerksam und ermahnte in dünnen Heftchen, die unter der Hand kursierten, die Mächtigen, die Menschen in den Slums – die »Grassroots«, wie er sie nannte, obwohl es überhaupt keine entsprechende Bewegung gab, sondern er sie sich herbeiwünschte – die Menschen der unteren Schichten nicht zu vergessen, die an den Klongs, den Wasserkanälen in ihren Wellblechhütten hausten, aus denen nun immerhin, als Zeichen eines auch bei ihnen angekommenen Aufschwungs, die Fernsehbilder schwarz-weiß flimmerten: Doku Soaps, Serien mit begüterten Familien wurden gegeben, zumeist spät abends, wenn die Männer von den Baustellen der Stadt oder vom Lumpensammeln zurückkehrten und sich von Mücken umschwirrt über Teller mit Klebreis und Gemüse beugten, das an den Rändern bereits schwarz war. Ihre Frauen hatten es für kleines Geld vom nahen Markt in Klong Töi, einem der Armenviertel Bangkoks, mitgebracht. Die Kinder spielten derweil an der braunen Brühe der Klongs, im Grunde genommen an den eigenen Abwässern, die ungeklärt in die Kanäle liefen.

Sulak prangerte die Korruption in der Armee und unter den Politikern an und lief aufs Neue Gefahr, wegen Majestätsbeleidigung angeklagt zu werden, obwohl davon nicht im Geringsten die Rede war. Aber solche Anschuldigungen waren nach wie vor ein bewährtes Mittel der Staatsmacht, Kritiker zum Schweigen zu bringen.

Nok hatte in der Grenzstadt Mae Sai einen jungen Feuerwehrmann kennengelernt, einen lebenslustigen, hoch aufgeschossenen Mann mit lockigen Haaren, der nur selten daran vorbeikam, zu allen möglichen Gelegenheiten seinen Durst mit Reisschnaps zu löschen. Nok und er versuchten sich nebenbei im Gartenbau, um das spärliche Salär aufzubessern. Auch in der Provinz hatte sich ein Bauboom entwickelt, die Vorgärten wollten gestaltet werden.

34

Mir war bald langweilig. Djums jüngerer Bruder und seine beiden Freunde hielten stundenlang die Angelrute über das braune Wasser des Weihers. Nichts geschah, außer dass die drei sich die ganze Zeit angeregt unter einem großen roten Sonnenschirm unterhielten, dessen Untersatz fehlte. Den Stab hatten sie in die lehmige Erde gesteckt. Ich verstand natürlich nichts. Djum hatte mich bei den Dreien geparkt, mich ihnen zugeschoben, und der Bruder ließ mich grinsend auf dem Sozius seines Motorrades Platz nehmen, um die paar Kilometer zum Weiher zu fahren. Wahrscheinlich wollte Djum mal ungestört mit ihren Eltern sein, ohne sich um mich kümmern zu müssen. Was eigentlich nicht nötig war, aber sie hatte ja stets das Gefühl, es zu müssen. Nun lungerten wir also zu viert unter dem Schirm, obwohl die Sonne sich den ganzen Vormittag hinter einem milchigen Schleier verbarg. Die Angelschnur wurde alle halbe Stunde neu ausgeworfen, sie hing schlaff ins Wasser des Weihers hinein, während Chayaphon, der Bruder Djums, ein kräftiger Mann mit kantigen Gesichtszügen, lässig und breitbeinig auf seinem Klappstuhl saß und darauf wartete, dass sich etwas tat. Ich hockte daneben auf dem schrägen Grasboden am Ufer. Seine beiden Freunde hatten mir lächelnd zugenickt und ließen mich in Ruhe, weil sie nichts mit mir anzufangen wussten. Anfangs behielt ich die Angelschnur im Blick, aber da spannte sich nichts. Dann versuchte ich eine Weile ein paar Worte aus ihrer Unterhaltung zu filtern und herauszufinden, ob sie womöglich über mich redeten, den Farang, der sich eigenartig verhielt, der die Schwester unterhielt, wieviel er wohl verdiente und was er ihren Eltern mitgebracht hatte. Zehn Hühner. Ich war mit Djum gleich am ersten Tag mit dem Motorrad zur Markthalle in der Dorfmitte gefahren, wo sich die wackligen Stände der Gemüse, Fisch- und Fleischhändler unter Planen aneinanderreihten. Sie hingen schwer bauchig über dem Marktgeschehen durch, als laste noch jede Menge Wasser vom letzten Monsunregen auf ihnen. Djum ging gezielt zwischen den Bastkörben der Geflügelhändler hin und her, schaute gebückt hinein und zeigte mit dem Finger auf den einen oder anderen Korb. Ich weiß nicht, worauf sie achtete, wahrscheinlich auf die schwarzen Körper, die Brüste, oder die Schnäbel, die Krallen? Keinen blassen Schimmer. Wenn ich in Deutschland Hühnchen kaufe, gehe ich in den Supermarkt.

Frauen in langen Schürzen und Männer in verblichenen Jeans standen in Flipflops herum. Sie beäugten mich neugierig, vor allem, als ich mein wohlweislich nicht zu dickes Bündel Banknoten aus der Tasche meiner Shorts zog, um die Hühner zu bezahlen. Kommt nicht so gut, wenn man in der Dritten Welt auf dicke Hose macht.

Die Hühner flatterten kopfüber mit zusammengebundenen Füßen aufgeregt herum und ein Junge mit dürren Beinen stopfte sie in einen leeren Drahtkäfig, den er dann mit einem dehnbaren Seil auf den Sitz unseres Motorrades band. Die Rückfahrt erlebte ich mit weit abgewandtem Kopf auf dem Sozius. Die Häuser an der Dorfstraße flogen an mir vorbei, der Staub wehte mir ins Gesicht. Die Fahrt zurück zum Haus der Eltern dauerte nur fünf Minuten. Die Hühner palaverten zwischen Djum, die vorne Gas gab, und mir, hinter dem Käfig sitzend, herum. Federn flogen an meinem Kopf vorbei, und ich lachte laut. Das waren Szenen, in denen man als Fremder glücklich ist. Zumindest im Nachhinein. In der Erinnerung.

Jedenfalls war das meine Gabe an die Eltern, mein Gastgeschenk. Und ich war sicher, dass die drei am Weiher, während die Angelschnur nichts tat als silbrig in der allmählich sich aus dem Dunst hervorschälenden Sonne zu glitzern, die zehn Hühner und deren Preis bereits besprochen hatten: Mir war wahrscheinlich nur die entsprechende Stelle entgangen: 1800 Baht. Alle zusammen.

Viel spannender aber war, was nach dem Hühnerkauf passierte. Ich stand mit Djum an der staubigen Hauptstraße, die direkt an der Markthalle vorbeiführte, während sie in ihrer Handtasche nach dem Zündschlüssel des Motorrades suchte. Plötzlich wurde ich durch Geschrei abgelenkt. Eine etwa 40-jährige Frau balgte sich mit zwei Verkehrspolizisten. Sie machte, ich weiß nicht warum, einen geistesgestörten oder betrunkenen Eindruck auf mich. Vielleicht einfach, weil sie sich dieses Gerangel mit den Polizisten leistete, sich nicht nur wehrte, sondern mit der Faust zuschlug, auf die Arme der beiden, und am grauen Uniformhemd des Älteren zerrte. Dann ließ sie ab und versuchte mit stierem Blick ihren Motorroller vom Straßenrand zu ziehen. Der Verkehrspolizist aber trat einen Schritt vor und griff ebenfalls an den Lenker, um sie aufzuhalten. Sicher, der Roller stand selbst für mich klar ersichtlich in der Parkverbotszone vor den rot-grauen Markierungen der Bürgersteigkante. Aber deswegen solch eine Rangelei? Ich hatte das Gefühl, dass es im Grunde um etwas anderes ging. Ich wusste ja, dass der Isaan Hochburg der Rothemden war, einer politischen Bewegung der ärmeren Bevölkerungsschichten, die mit dem ehemaligen Ministerpräsidenten Thaksin erheblich an Einfluss gewonnen hatte, bis das Militär dem ganzen sozialen Spuk wieder ein Ende bereitete. Dennoch waren die Menschen hier im Isaan mehrheitlich immer noch rot angehaucht und nicht nur gegen die Armee, sondern auch gegen Polizisten eingestellt, die allzu rüde auftraten. Und dann also das: Diese Aggressivität hatte ich in Thailand bislang noch nicht gesehen. Beide hielten sich gegenseitig wie Judoka an den Hemden, zerrten, versuchten sicheren Stand zu halten, drängelten, bis sie mitsamt dem Motorroller zu Boden fielen, während immer mehr Menschen herankamen, gafften und lachten, als seien sie Zuschauer bei einem Hahnenkampf. Vielleicht fingen sie sogar an und riefen sich Wetteinsätze zu, ich verstand ja nichts. Der Polizist versuchte sich wieder aufzurappeln, während die Frau, ohne einen Laut von sich zu geben, im Liegen weiter nach ihm schlug, er zurückschlug und auch wieder zu Boden ging, während sie wiederum mit einem flinken Griff der linken Hand und mit zusammengepressten Lippen nach seiner Pistole grabschte, die an der Hüfte im Holster steckte. Neben der Pistole quakte es aus einem Sprechfunkgerät, und gleichzeitig kamen aus dem halb geöffneten Mund der Frau dumpfe Laute. Da begriff ich, dass sie stumm war.

Sie ließ von der Pistole ab, weil sie nicht richtig herankam, stemmte sich wieder hoch, er schrie, was einerseits für ihn als Mann, der sich nicht durchsetzen konnte, ein Armutszeugnis schien, und gleichzeitig einige der Motorradtaxifahrer, die bisher gelangweilt in ihren orangefarbenen Westen an ihren Maschinen gelehnt hatten, anlockte. Sie eilten die paar Schritte herbei und umklammerten die Handgelenke der Stummen, die wütend zappelte, aber nicht mehr loskam, bis die eigentliche Polizei eintraf, die »richtige« in brauner Uniform, wie ich sie von Lehnerts Aufenthalt in der Gefängniszelle her kannte. Die beiden »echten« Polizisten legten der Frau Handschellen an und drückten sie in ihren Pickup. Sie schaute auf dem Rücksitz dumpf und stumm vor sich hin. Sie tat mir leid, und irgendwie taten mir auch die Umstehenden leid, die sich bald vor dem Markt mit ihren Flipflops schlurfend in verschiedene Richtungen verteilten. Worauf hatten sie gewettet? Sicherlich waren viele unter ihnen, die rot dachten, so dachte ich mir das, und die gegen die Uniformierten waren, sich aber nicht getraut hatten, einzugreifen. Im Gegenteil: Sogar die Motorradtaxifahrer hatten den Polizisten geholfen. Von Bangkok wusste ich, dass gerade Taxifahrer Anhänger der Rothemden waren, weil sie mehrheitlich aus dem Nordosten stammten, aus dem Isaan. Verwirrend all das.

Und nun die endlosen Stunden am Weiher. Der Schwimmer flog erneut an der Angelschnur im hohen Bogen ins Wasser, die Leine blieb schlaff, und ich raffte mich zu einem längeren Spaziergang im welligen Hinterland des Mekong auf, das auf rissigem Lehmboden spärlich mit ausgetrockneten Büschen bestanden war. Gelegentlich ein Gehöft, hier und da ein Schuppen, an dem leere Bierflaschen im Staub lagen, ein paar Nassreisfelder, aus denen aufgereiht grüne Setzlinge hervorlugten. Niemand war zu sehen. Seit Tagen hatte ich nichts von Lehnert gehört, und so wie ich ihn kennengelernt hatte, war das nicht unbedingt ein Grund, sich Sorgen zu machen. Der Typ schien mit jedem zurechtzukommen, nur nicht mit sich selbst. Auch er tat mir leid, ähnlich wie die Stumme.

Am späten Nachmittag kam Djums Vater mit dem Motorrad, ein knochiger Mensch mit gegerbter Haut, Fischer, Profi. Er stieg ab, machte einige Bemerkungen zu den Jungs, zog die Angelschnur ein, fingerte ein wenig am Kork des Schwimmers herum, möglich auch, dass er einen frischen Fliegenköder anheftete, ich konnte aber von der tiefstehenden Sonne geblendet nicht viel erkennen. Jedenfalls warf er die Leine weiter, als die drei es getan hatten, in die Mitte des Weihers, hockte sich neben uns und wir warteten. Tatsächlich nicht allzu lange. Die Leine straffte sich, der Alte sprang auf. Habe vom Angeln genauso wenig Ahnung wie von Hühnern und weiß nicht, wieso es ausgerechnet bei ihm funktionierte. Jedenfalls zappelte ein dickleibiger, grau-brauner Fisch über dem Wasser, sicherlich ein paar Kilo schwer. Der Alte zog ihn ein, nahm ihn mit einem kurzen Ruck vom Haken und schlug auf einem Stein mit der Breitseite eines langen Hackmessers auf den Kopf des Fisches, ein zwei Mal, bis der das Zucken aufhörte. Weiter schaute ich nicht mehr hin. Abends gab es Karpfen gekocht, mit scharfer, grüner Chilipaste, Bambussprossen und schmalen grünen Bohnen – und Bier.

Es waren harmonische Tage für mich. Ich verstand immer noch nicht allzu viel, aber es passierte wenig, was mich verstörte. Und das war ja schon was.

35

Der alte Mönch sah aus wie aus einer der vielen Schwarz-Weiß-Fotografien ausgeschnitten, die im weiten Rund des Tempels über den schmalen Bänken aufgehängt waren, Porträts längst verstorbener Mönche, verblichen sowohl die Fotos als auch sie selbst, Heiligen gleich, die wie Untote aus dem Dunkel an den Wänden hervorschauten und schon, als sie abgelichtet worden waren, nicht mehr von dieser Welt gewesen zu sein schienen. Er hockte zwei Stufen über Lehnert. Die safrangelbe Robe hing schlaff von den spitzknochigen Schultern herab, die spindeldürren Arme lagen in seinem Schoß, während er im Schneidersitz die Fotografie betrachtete, die Lehnert ihm überreicht hatte, das Abbild des Amuletts: Die goldumrandete Nagaschlange aus Elfenbein, und Lehnert bemerkte, wie der Alte, als er sich leicht vorgebeugt hatte, um besser sehen zu können, zurückgezuckt war, kaum merklich, sich sogleich wieder unter Kontrolle bekam, und wie er dann mit seinem zigarettendünnen Zeigefinger auf das Foto tippte und mit schmaler Stimme, die in der weiten Halle des Tempels merkwürdig hohl und gleichzeitig scharf klang wie eine dünne Klinge, sagte: »ruu tjak, ruu tjak an nii«, was so viel bedeutete, dass ihm dieses Symbol bekannt sei. Lehnert las in den dunklen Augenhöhlen des Alten, in denen die geheimnisvolle Tiefe des Sayasaat, des im Buddhismus offiziell verpönten Geisterglaubens zu liegen schien, (aber das war wieder Lehnerts Interpretation), dass er sich fragte, wie Lehnert an das Foto gekommen war. Lehnert sagte nichts, der Alte legte das Blatt vor sich auf den Boden, er räusperte sich, suchte ein wenig Zeit zu gewinnen, um sich zu sammeln, und wechselte in einen belehrenden Sprachmodus, der Lehnert an ein Referat erinnerte: dass diese Nagaschlange über eine besondere spirituelle Kraft verfüge, und dass sie, so wie sie sich auf dem Amulett darstelle, mit schlängelnder Zunge und seitwärts aufgerolltem Schwanz, klar als ein Symbol einer alteingesessenen Shan-Dynastie der Tai Lüü zu erkennen sei, die seit Jahrhunderten in Sipsongpanna im äußersten Südwesten Chinas siedelten, aber auch in kleineren Verbänden in Burma an der Grenze zu Thailand und Laos, »pen khwaam rääng«, und dass ebendiese Schlange vermutlich noch heute sehr viel Kraft ausströme.

Er selbst sei vor etwa zwanzig Jahren – und dabei warf er sich in die Brust – dort in Sipsongpanna gewesen und habe die ehemaligen Pilgerstätten besucht, die leider in einem bedauerlichen Zustand gewesen seien, wegen der Kommunisten in China, die lange Zeit aus politischen Gründen alles hätten verkommen lassen, was auch nur im Entferntesten nach Religion gerochen habe, und die in den Anfängen ihrer Herrschaft sogar Schweine in die Tempel getrieben hätten, um sie dort hüten zu lassen. Ja, er selbst sei vor Ort gewesen, mit einer Delegation des obersten Mönchsordens der Phasoong Lao, und ja, dort habe er an den Wänden auch abblätternde Malereien von Nagaschlangen gesehen, die exakt denen auf diesem Foto entsprachen, es sei, genauer gesagt, ein Paar gewesen, zwei Nagaschlangen, und er drückte leicht mit den Fingerspitzen gegen seine Schläfe, um der Erinnerung nachzuhelfen, zwei Schlangen, wie in einem Spiegel, aufrecht mit weit aufgerissenen Mäulern, die Zungen gegeneinander schlängelnd, und dabei mit einem eigenartigen, ja gefährlichen Lächeln, und dabei verzog er das Gesicht in einem Fehlversuch der Nachahmung zu einem schiefen Lächeln: so wie diese hier, und wieder tippte er mit dem Zeigefinger auf das Foto. Woher er es denn habe? Lauernd diese Frage und Lehnert lauerte zurück und hatte irgendwie das Gefühl, sich nicht zu früh in die Karten schauen lassen zu dürfen.

Der Mönch fuhr fort, holte mit dem rechten Arm weit aus, in die Dämpfe der qualmenden Räucherstäbchen hinein, die von den Rändern der letzten Stufe zum Altar herüberwehten. Dem Besitzer dieses Amuletts sei Glück verheißen, Mut und Zuversicht würden seinen Körper vor Krankheiten schützen, indem es Selbstheilungskräfte aktiviere. Außerdem schütze es generell vor jeglichem Unglück. »Boo khöi dja mii ubatti heet boo khöi.« Lehnert schwankte zwischen Ehrfurcht vor unerklärbaren Phänomenen in einer Welt voller Unerklärlichkeiten, denen er bereits jetzt in Luang Phabang begegnet war, in dieser laotischen Stadt buddhistischer Glaubenslehren, ja, aller Geistesströmungen, die über Jahrhunderte in den Sitzungen altehrwürdiger Mönche zirkuliert waren, schwankte dazwischen und dieser vagen, ja geradezu schwammigen Formulierung: jegliches Unglück, das immerfort zu drohen schien. Ja, wo denn? Zumal doch eigentlich von Sipsongpanna im Südwesten Chinas die Rede war. Was strahlte wohin aus?

Lehnert wagte den Einwand, dass dieses Amulett seit Jahren schon in einem Safe eines Mannes liege, der nicht gerade von Glück gezeichnet sei, sondern eher Unglück verströme, beziehungsweise es auf seine nähere Umgebung strömen lasse, »sai hai«, versuchte in gebrochenem Laotisch zu formulieren und mit einfachen Worten zusammenzufassen: »pen khon boo dii« – der sei kein guter Mensch.

Der Mönch horchte auf, hakte nach, nahm Lehnert in seinen Tiefenblick, und der fühlte sich wie in einer Beichte und berichtete, als habe er Mitschuld, vom Schicksal des Amuletts, von dem wenigen, was Bun ihm erzählt hatte, von der Herkunft des Amuletts aus dem Clan der Thai Lüü-Familie, von der Vergewaltigung Inkäos, während der ihr Bruder das Amulett bei sich getragen, und dass es der Mann, dieser »khon boo dii« ihm abgenommen, worauf es seine Wirkung möglicherweise verloren habe und so weiter und so fort »pen bääb nii« – das sei nun einmal so, offensichtlich, und zuckte mit den Schultern.

Dann schob er mit kurzen Worten nach, dass Bun ihn habe drängen wollen, dass Amulett dem Alten zu entwenden, und wieso das überhaupt so sein solle, dass er sich als Außenstehender nun darum zu kümmern habe, ob das nicht merkwürdig sei. Und vergaß auch nicht das Orakel des Mönches in Mae Sai zu erwähnen und die Lage der Hühnerknochen zueinander, er habe den Eindruck, dass das alles verlorene Liebesmühe sei, man versuche sich in Vorstellungen hineinzuretten, weil man nicht wahrhaben wolle, dass …

Der Alte schüttelte energisch den Kopf, um Lehnerts Redefluss abzuwehren, ruckte vor und seine Grabesstimme hallte von den Seitenwänden wider: dass das so nicht sein dürfe, niemals! Schaute noch einmal auf das Foto, schaute sehr lange, hielt es mit geschlossenen Augen, bis er dann mit seinem knochigen Finger auf Lehnert zeigte: »Khun – Du!« Lehnert erschrak. Du wirst das Amulett aus dem Tresor holen. Du! Weil die Schlange durch die Umstände, wie er sie soeben geschildert habe, alle Kraft in sich gekehrt habe, sie gewissermaßen in ihrem Körper speichere, »kjep khang nai«, bis sie von jemandem entfesselt werde, der vordergründig überhaupt nichts mit all dem zu tun habe. Das ströme hier ganz klar von diesem Amulett aus, auch wenn es nur ein Foto sei, vielleicht gerade deshalb. »Hen hen«, und der Alte reckte rechthaberisch den Schädel und unterstrich seine Feststellung mit erhobenem Zeigefinger, gab Lehnert in Basta-Manier das Foto zurück mit dem eindringlichen Hinweis, es möglichst sofort zu verbrennen, das Feuer werde den Prozess der Reinigung beginnen und alle weiteren Entwicklungen einleiten, unabänderlich. Er ruckte sich wieder in seine kerzengerade Ruheposition, wodurch er wieder sehr stark den Untoten auf den Porträtfotografien an den Wänden ähnelte. Zu Sayasaat wolle er nichts sagen, aber war nicht die ganze Zeit die Rede davon? Die Sitzung war für ihn beendet. Er schaute an Lehnert vorbei, betont leer und betont weit, und der fühlte sich weggewedelt.

Lehnert legte stumm eine 500 Baht-Note auf die Messingschale vor ihm, stand auf, verbeugte sich und hörte seine eigenen Barfuß-Schritte über den Fliesenboden patschen. »Khwaam satsanaa plian thii phuu khao pen.« Der Glaube könne Berge versetzen, glaubte er die Stimme des Mönchs hohl in seinem Rücken zu hören, sie schob ihn geradezu vorwärts, vorbei an vergoldeten Säulen und an den Wänden mit Jataka-Malereien, die von kriegerischen Scharmützeln erzählten, so martialisch, wie man es von den Fabeln des Buddhismus nicht erwartete, von Dämonen die sich riesig in dunklem Grün über den Wäldern auf die Lauer legten, um die schöne Nang Sida Nonglak zu entführen, die von Hanuman erzählten, dem unsterblichen Affen, der mit seinem diamantenen weißen Fell über den zehnköpfigen Thotsakan kam, um die Schöne wieder zu befreien.

Draußen schlüpfte Lehnert wieder in die Sandalen, die er auf den Stufen abgestellt hatte, ging hinüber in den Schatten des Stupas, der sich türkisfarben und schlank und spitz himmelwärts zog. Er kniete nieder, klaubte vom Sockel ein Feuerzeug, das für das Anzünden von Räucherstäbchen bereit lag, entzündete es und hielt es unter die Fotogafie, sah, wie die Flammen an den Schlangen züngelten, hielt das Foto, bis es ihn an den Fingern schmerzte, ließ die verkohlten Reste auf den Ascheweg fallen und zerrieb sie mit den Sandalen, bis nichts mehr davon zu sehen war, während der schwarze Rauch sich über den Stupa hinweg verflüchtigte und mit ihm womöglich Kräfte entfesselt waren, die sogleich mit den Winden in Richtung Sipsongpanna wehten.

Dann irrte Lehnert geistesabwesend durch Luang Phabang, oder waren auch diese Wege vorbestimmt und nichts war Zufall? Gar nichts. Nicht einmal, dass er Nok überfahren hatte? Irrte durch die schmalen Gassen zwischen den Tempeln, er nahm die Stufen zur Anlage des Wat That Chomsi, um sich oben auf der Plattform mit einem freien Blick auf die Berge und die Wälder zu beruhigen und auf den Mekong, auf die sprudelnden Wasser, Strömungen und Strudel, und er fragte sich, wann Nok dort unten in der Schale vorbeigekommen sein mochte. Stand dort wie lange, und nahm erst, als die Sonne sich über die Berge senkte, die Stufen hinab, vorbei an pubertierenden Novizen, die in kleinen Gruppen kichernd in chinesischen Sexmagazinen blätterten, und hielt wie ferngesteuert auf die Pension zu. Schnell hatte sich die Nacht über die Stadt gelegt und die Ruhe über den Tempeln noch vertieft.

Lehnert saß eine Weile untätig auf dem Bett, dann nestelte er aus einem kleinen Zellophanstreifen Opium hervor, knipste mit dem Fingernagel aus der rotbraunen, zähen Masse ein Kügelchen ab und schluckte es, weil er nicht wusste, wie er es hätte rauchen können. Saß weiter da, den Blick durch das schmale Fenster auf den großen Fluss gerichtet, der im Dunkel glitzerte, auf Noks Schale, die niemals mehr vorbeikommen würde, auf Fischerboote, die mit kleinen Lichtern in Ufernähe schaukelten, auf die Sandbank, auf der mitten im Fluss an einer baufälligen Hütte eine

Neonröhre mit fahlgelbem Licht die schnellen Wellen bestrich. Lag dann irgendwann und wusste nicht mehr, dass er sich unpassenderweise wie in einem Mafiafilm fühlte, wenn sich einer der Bosse vor den Verfolgern in die Chinatown einer amerikanischen Großstadt verflüchtigte und sich zwischen Chinesen, die im Opiumrausch neben ihm mit ihren dürren Kinnbärten auftauchten, auf eine Matratze legte, und in all dem Qualm von jemandem mit bodenlangem Bart eine Pfeife überreicht bekam.

Der alte Mönch schob sich aus dem Opiumnebel dazwischen, und war nicht er es, der ihm die Pfeife überreichte und ihn ausdrücklich mahnte, zuallererst den Weg über Sipsongpanna zu nehmen? Und schon schwebte wieder der Zeigefinger des Mönches über ihm, ein Untoter, der aus den brennenden Porträtfotos hervortrat und wie aus einem Konzil kommend längst vorgegebene Glaubenslehren aller Jahrhunderte neuerlich vortrug, und ihn anwies, unbedingt noch vor dem Amulett im Geldschrank des »khon boo dii«, des schlechten Menschen, das Zwillingsamulett in Sipsongpanna, dort wo Inkäo geboren sei, aus der Erde zu holen. Es sei dort vergraben, es werde ihm die nötige Kraft für seine weiteren Vorhaben verleihen und ihm Schutz bieten. Und überhaupt sei er nun endgültig dazu bestimmt, den verschlungenen Wegen der Amulette nachzureisen, den gesamten Weg. Woraufhin Lehnert ihn aus dem Blick verlor und sich stattdessen goldfarbene Felder dazwischenschoben.

Da strich der Wind über das Meer von Schlafmohnblumen hinweg, erzeugte Wogen, die sanft den Abhang hinabrollten. Feucht schimmernde Blütenblätter zitterten im Morgenlicht, und ihr trübes Violett lief dunkel im Kelchinneren aus, darin ein Strauß aus gelben Staubfäden, der sich über die Kapsel wölbte. Da vermittelte allein der Anblick Seelenfrieden, wenn aller Geist auf der Lagerstätte abgelegt war, in angenehmer Wunschlosigkeit. Dahinter ein ausgedehntes Ruhetal.

Da zitterten junge, frisch entrollte Blätter, um die schwarz-grün schimmernde Fliegen summten. Da stieg der Nektar in gelben Kräuseln empor, opiumbraune Harze quollen dick aus den Baumrinden, und in all den Düften reihten sich schwungvoll die Gedanken zu Prozessionen tanzender Gespinste zu Bildern hin, die überhaupt jemals möglich schienen, wenn alle Leidenschaft sich im Atem des Baumes, im den festen Stamm umschwirrenden Vogel manifestierte, wenn feuchtheiße Luft über den Wäldern waberte und seufzte und sich über dem braungelben Laub am Boden in Wollust auflöste.

Dann wieder sah Lehnert sich als Heiland im weißen, wallenden Gewand über den wilden Wassern des Mekong zwischen allen Lüften dahintreiben, vor dem Mond, der ihm breit grinsend Geleit gab, während tief unter ihm Drachen ihre Köpfe aus den Wellen hervorstreckten und ihre diamantbesetzten Zungen synchron auf den Wellen ritten. Bis dann eine der Nagaschlangen, das Leittier, aus den kreisrunden Windungen ihres Körpers tief unter der Wasseroberfläche Nok freigab, die mit bunten Zacken auf ihrem gepanzerten Rücken zwischen lodernden Flammen nach oben strebte, ihren Körper wand, um schneller emporzukommen, und Lehnert sah, wie ihr Gesicht zwischen all den zerfransten, grünen Algenfäden immer deutlicher erschien und sie ihn mit breit herausgestreckter Zunge anschaute. Lächelnd?

Spät am Morgen erwachte Lehnert und versuchte Träume zurückzuholen, von denen er glaubte, dass sie süß gewesen waren. Doch nichts war geblieben.

36

Die Sonne brannte auf den Hinterhof der Genossenschaftssiedlung, der Verkehr rauschte monoton aus dem Tal herauf. Man saß in geselliger Runde auf den schmalen Holzbänken aus einem schwedischen Möbelhaus. Zwischen dünne, grüne Metallstreben steckten die Männer ihre Füße samt Socken und Sandalen unter den Tisch, mit Krampfadern wie blaue Blutegel. Die Frauen trugen modisch angehauchte Billigschuhe vom Discounter, sie waren Thai und sie übertönten mit ihren lauten Stimmen das schleppende Gespräch der Männer, die noch nicht auf Betriebstemperatur zu sein schienen. An Grillnachmittagen wie diesen wurde gewöhnlich nicht viel ausgelassen, was Klischees über Beziehungen von Thailänderinnen zu Westlern bestätigte: In die Jahre gekommener Weißer heiratet junge Asiatin, weil er ansonsten keine Chance bei Frauen hat. Die Männer waren mindestens fünfzig Jahre alt, die meisten bierbäuchig, und manche von betont rauem Gemüt. Einer mit kariertem Baumwollhemd und liederlich aufgezogenen Hosenträgern, als habe er soeben erst im Vorratskeller den Geschlechtsakt im Stehen hinter sich gebracht, parlierte lauthals darüber, wie seine Frau, die neben ihm stand und mit der Grillzange auf dem Rost Würste hin- und her schob, »dann abgehen würde«. Einige der Ehemänner lachten lauthals, sodass für einen kurzen Moment zerkautes Fleisch in ihren Mündern zu sehen war, andere hatten noch nicht genug getrunken, um sich darüber zu amüsieren, oder sie schauten neidisch zur Seite ins Gras, weil sie glaubten, nicht so viel Potenz aufbringen zu können. Die Thailänderinnen, sofern sie zugehört hatten, lächelten höflich, während die Frau des Hosenträgerträgers mit rotem Kopf eine

Krakauer Wurst wendete. Das Blut stieg ihr immer leicht zu Kopf, sobald sie anfing, Schnaps zu trinken. In diesem Fall war es vermutlich eine aufwallende Mischung aus Alkohol und Scham, weil sie doch einiges von dem verstand, was ihr Mann zum Besten gab.

Nok setzte eine Flasche Bier an den Mund, trank einen Schluck, dann stand sie auf, ging zum Grillrost und legte ihrem Freund, einem schmalen, lockigen Italiener, der noch relativ gesunde Körpermaße aufwies, ein Kotelett auf den rot geblümten Pappteller. Die Thailänderinnen hielten sich an ihre traditionellen, scharf gewürzten Gerichte – Papayasalat und Gehacktes mit Schweineohren und roten Chilischoten – und lärmten weiter, während sie wie Nok mit schnellen Blicken darauf achteten, dass ihre Männer genug auf dem Teller und zu trinken hatten.

Enzo, Noks mondgesichtiger Italiener – ein Mond mit herabgezogenen Augenlidern, die Güte und Treue verkündeten – bildete nicht nur wegen seiner Körpermaße eine Ausnahme in der Runde. Er war so etwas wie ein Neumitglied. Er hielt sich schüchtern zurück, er fühlte sich unsicher in seiner Rolle, weil er noch nicht wusste, wie er mit einer Thailänderin als Freundin umgehen sollte. Er beobachtete mit flüchtigen Blicken das angestrengte Machogehabe einiger Männer, die in ihren Rollen überfordert schienen und zwischen bemüht dominantem Auftreten, linkischem Toleranzgehabe und latentem Unterlegenheitsgefühl gegenüber der scheinbaren Zwanglosigkeit ihrer Frauen schwankten. Die wiederum taten so, als gebe es keine kulturellen Empfindlichkeiten. Zumindest schafften sie es zu ignorieren, dass ihre Männer darauf herumtrampelten.

Über dem Mondgesicht taten sich Fragen auf, so etwa, inwieweit er Nok finanziell unter die Arme greifen solle. Eine der Frauen hatte ihn zu sich herangezogen und ihm bedeutet, dass er Nok ab und zu helfen müsse, während sie Daumen und Zeigefinger aneinanderrieb: »Kann bissken geben, guck ma, hat sswere Arbeit, kann nich allein, hier in Deussland«, und so weiter. Enzo fühlte sich in ein Rollenverständnis zurückgeworfen, in dem der Mann für den Unterhalt sorgte, und das, obwohl er doch erst vor wenigen Wochen Nok in einem Thai-Imbiss kennengelernt hatte, und das nur, weil er auch einmal mit Stäbchen essen wollte.

Nok wurstelte sich durchs Leben. Sie arbeitete als Reinigungskraft in einer Fabrik, die Autolacke herstellte, verdiente einen Mindestlohn, und weil das nicht reichte, kochte sie abends im Imbiss, der der Thai-Community auch als Kontaktbörse diente. Und weil das immer noch nicht reichte, hatte sie das allein an einem Tisch sitzende Mondgesicht angelächelt, gleich mehrere Male, als sie ihm Pad Thai, gebratenen Reis mit Hühnchen und Gemüse, servierte, und ihm dabei einen Löffel anstatt Stäbchen neben den Teller legte.

Nein, Nok war nicht allein. Sie hatte Enzo, der lieb, aber noch nicht auf den Umgang mit einer Thailänderin eingestellt war, sie hatte ihre Freundinnen, und sie war nicht glücklich. Weil das nicht möglich war.

Und dabei war es längst keine Frage mehr, ob sie die richtige Entscheidung getroffen hatte, Mann und Eltern zu verlassen. Sie wusste nur, das ihr nichts anderes übrig geblieben war, bei all dieser Verlogenheit und Verschwiegenheit, mit der kaputte Verhältnisse verdrängt wurden, und in den wenigen stillen Stunden, die ihr blieben, musste sie sich zugeben, dass das hier in der Thai-Community wahrscheinlich nicht anders war. Die Frauen beneideten sich, sie beäugten scheel die teuren, in braunem Design gehaltenen Handtaschen der anderen, und die Tatsache, dass der Mann der Freundin mehr Geld hatte als der eigene. Sie lästerten halblaut über Dritte, die es nicht so dicke hatten, die fremdgingen, obwohl sie das selbst gern getan hätten, sie übervorteilten sich beim Kartenspiel, aber das alles hatte nichts mit Noks Familie zu tun. Es war nichts im Vergleich zu dem, was ihr Onkel Bun nach Jahrzehnten unter der Decke hervorgezogen und ihr wie ein vielen seelischen Verwerfungen ausgeliefertes Embryo mit altem Gesicht präsentiert hatte, wie es kleine Kinder zeichnete, die in ihren jungen Jahren schon mehr erlebt hatten als manch einer im ganzen Leben. Das alles verdrängt war, verborgen unter zurecht gebogenen Missverhältnissen, unter denen es über Jahrzehnte gärte und faulte, weil niemand das Ventil geöffnet hatte. Hier war sie fern davon, so ließ es sich unter ihren Landsfrauen aushalten, von denen sie nicht wusste und auch nicht wissen wollte, was in denen so alles gärte.

Manchmal, wenn sie nachts wach neben Enzo lag, schob sich ihr Lehnert vor die Augen. Er lief über die Bettdecke. Dann sah sie Szenen, wie Lehnert Puk an der Leine über den Hof führte, wie der anfangs zögerte, wenn er ihn durch das Tor auf die Straße zog und die unübersichtliche S-Kurve entlangspazierte, und wie Puk jedes Mal mit einem Satz vor Motorrädern zurückschreckte, die eilig um die Ecke röhrten. Lehnert hatte Mitleid mit Puk und schluckte seinen Ärger über den Alten herunter, der den Hund wochenlang an einem Pfeiler des Schuppens angeleint hatte, nur weil der, kurz nachdem man ihn (warum eigentlich?) angeschafft hatte, in den Kräuterbeeten und auf dem Brokkolifeld herumgestöbert war und der Alte Angst hatte, der Hund werde ihm die Saaten durcheinanderbringen. Puk lag den ganzen Tag über im Schatten und verfolgte das Geschehen auf dem Grundstück, ohne vom Pfeiler loszukommen. Eigentlich geschah fast nichts: Die Beete lagen schwer in der Hitze und weit hinten hackte der Alte wütend im Brokkolifeld herum. Nur gelegentlich, wenn sich Gäste näherten, stand Puk eilig zum Bellen auf, das war es mit der Bewegung. Den Kot sammelte des Abends Inkäo mit dem Kehrblech ein. Irgendwann hatte sich Lehnert die Leine geschnappt, Puk losgebunden und war jeden Tag eine halbe Stunde mit Puk über das Grundstück gestreift. Der zog heftig an der Leine, drängte zu den Beeten, drängte, nachdem er sich an die Spaziergänge gewöhnt hatte, durch das Tor zur gefährlich scharfen Kurve, die ihm später zum Verhängnis werden sollte. Und warum tauchte in Noks Bildern neben dem Tor bereits Lehnerts schwarz glänzendes Tuktuk auf, das er zu dieser Zeit noch gar nicht besaß? Es schaukelte über die Bettdecke bedrohlich auf sie zu.

Erst nach über einem Jahr rief sie nach einiger Überwindung ihre Mutter an. Die beiden führten das Eingangsgespräch, als habe man sich erst gestern unterhalten: »Sabii dii mai, kin aahan lüü yang«, ob es ihr gut gehe, und ob sie schon gegessen habe. Standardfragen aus reiner Höflichkeit. Die beiden plänkelten eine Weile dahin, Noks Vater wurde in dem Gespräch ausgelassen, und nach zehn Minuten wünschten sich beide gegenseitig gute Gesundheit: »sukaphaap dii«. Fortan telefonierte Nok jeden Monat ein Mal mit ihrer Mutter, mit ähnlichem Gesprächsverlauf.

Warum sie niemals Lehnert anrief, hätte sie wahrscheinlich selbst nicht sagen können. Weil er zur Familie gehörte und somit der Kollektivschuld unterlag, obwohl er gar nichts für irgendetwas konnte? Weil man sich doch leidgelebt hatte? Weil Lehnert niemals in der Lage war, Noks jahrelang versteckten Zwiespalt zu spüren und ihre inneren Spannungen aufzufangen, geschweige denn zu lösen? Weil er doch nur ein Farang war?

Und zu einem Amulett hätte sie gar nichts sagen wollen. Das erschien ihr nicht einmal über der Bettdecke. Das verbot sie sich.

37

Hatte der Mönch in Laos richtig vorhergesehen? Hatte Lehnert zutreffend geträumt? Niemand wusste es, aber die Wahrscheinlichkeit war größer geworden, dass er wenige Meter über Schätzen mit Gold und Silber stand.

Lehnert stand schwitzend unter dem Stelzenhaus. Er stützte sich auf die Harke, dessen Blatt im rechten Winkel nach hinten abstand, ein Werkzeug, das in der Landwirtschaft Südostasiens gebräuchlich war. Lehnert musste sich erst daran gewöhnen, mit der Harke über dem Kopf Schwung zu nehmen und dann die Erde zu sich heranzuschaufeln, zwischen seine Füße, nach seinem Verständnis also umgekehrt. Ein metertiefes Loch wie ein Grab hatte sich bereits unter ihm aufgetan. Wenige Schritte entfernt bellte der schwarze Hund der Hausbesitzerin unablässig mit ruckendem Schädel. Er war an einem der Pfeiler angeleint. Lehnert stellte für ihn den Fremdkörper schlechthin dar, er war nicht zu beruhigen. Vielleicht auch weil das, was der Farang hier anstellte, verboten war, streng verboten.

Lehnert klammerte sich fest an die Harke wie an die Überzeugung, im höheren Auftrag unterwegs zu sein. Weiß schimmerten die Fingerknöchel hervor. Immerhin handelte er nach den Vorgaben des laotischen Mönches in Luang Phabang. Hier in Sipsongpanna, chinesisch Xishuangbanna genannt, sah man das ganz anders. Zumindest zeigten sich die vier, fünf Thai Lüü, die in ihre warme Baumwollkleidung gehüllt im Sicherheitsabstand Lehnert und das Loch umstanden, verwundert. Sie hatten die Arme um ihre Körper und die derben, haarigen Jacken geschlagen und kommentierten brabbelnd das Geschehen. »An nii khun krai, bääb pasaat, ii baa«, Lehnert verstand kaum etwas: Was das für ein Mensch sei, ob der nicht ganz richtig im Kopf, und so weiter. Thai Lüü war ein Dialekt, der Lehnert befremdlicher vorkam als laotisch. Allein, dass das O wie ein U gesprochen wurde, sorgte dafür, dass er immer wieder am veränderten Vokal hängenblieb, während die Unterhaltung der Thai Lüü fortlief und ihm entglitt.

Aber das waren Nebensächlichkeiten. Lehnert hatte notwendigerweise, ohne sich um Visaformalitäten zu kümmern, in Luang Phabang ein chinesisches Frachtschiff mit laotischer Steinkohle an Bord bestiegen, sich auf den rauen Holzplanken des Decks zwischen zusammengerollten Seilen und ölverschmierten Werkzeugkisten niedergelassen und ohne Kontrollen die laotisch-chinesische Grenze passiert. Das restliche Opium hatte er in all seiner Verwirrtheit im Zimmer der Pension vergessen, und an Bord duckte er sich dann an der Reling hinter die Schiffswand, als der Kahn die rotweiß markierten Zollanlagen passierte, die an den Ufern des Mekong – ab dort Lanciang genannt – beiderseits provisorisch in den Urwald geschlagen worden waren. Die chinesischen Matrosen taten so, als hätten sie mit nichts etwas zu tun, und das stimmte ja auch irgendwie. Der Kahn passierte unkontrolliert, vermutlich weil er für das Land lebenswichtige Rohstoffe transportierte. Der Kapitän machte zum Ufer hin mit dem Zeigefinger eine zackige Bewegung von der Stirn weg, als habe er eine Schirmmütze auf, und schon hielt der Frachter auf Jianglung zu, die Hauptstadt Sipsongpannas, das »Land der zwölf Gemeinden«, das Land der Thai Lüü auf chinesischem Territorium und südwestlicher Teil der chinesischen Provinz Yunnan. Lehnert schaute, während er wieder aufrecht an der Reling stand, auf eine ähnliche Landschaft wie in Thailand und Laos, eine fast durchweg bergige, subtropische Region: dunkle Wälder, die in dünnen Fäden vom Fluss herüberwehende Nebel weiterreichten. Im Westen lag das Niemandsland von Burma, wiederum mit wehenden Fäden. Und nicht viel weiter im Norden siedelten bereits tibetische Völker in den Bergen, im Schnee.

Lehnert hatte in Jianglung am Busbahnhof sogleich einen klapprigen roten Bus bestiegen und war über Serpentinen nach Müanglung, einer Kleinstadt nahe der Grenze zu Burma gefahren, während chinesische Schalmeienklänge aus verstaubten Lautsprechern in der Fahrzeugdecke plärrten. Zwischen den Baumreihen am Straßenrand glitzerte tief unten der Lanciang, der wild gegen die Fahrtrichtung durch enge Täler tobte.

In Müanglung war Lehnert an einem Platz mit holprigem Lehmboden ausgestiegen, hatte sich radebrechend durchgefragt und bald das Geburtshaus Inkäos gefunden. Der schwarze Hund lag angepflockt da, mit wachen Augen, als wisse er schon Bescheid, und stand sofort auf. Er kläffte heftig die Hausbesitzerin herbei, die sich über ihm aus der klapprigen Holztür des Stelzenhauses schälte und auf pelzigen, rosaroten Pantoffeln die Stiege herunterkam. Unter dem Haus liefen aufgeregt braune Hühner umher. Säcke mit Holzkohle lagen hoch übereinandergestapelt.

Lehnert redete, um sein plötzliches Auftauchen möglichst schnell begründen zu können, Unzusammenhängendes von Inkäo, redete hastig wie zu einem mangelhaft vorbereiteten Bewerbungsgespräch. Ja, nickte Müang, die Hausbesitzerin, eine mittelalte Marktfrau unter ihrer breitrippigen, roten Wollmütze hervor, sie habe von ihr gehört, sie wisse nicht viel, aber dass sie schon lange in Thailand lebe, »naan läo«, seit über fünfzig Jahren, und sie tat dabei, als werfe sie ihre Hände hinter die Holzkohlensäcke. Aber das wisse er doch, entgegnete Lehnert und schaute den Hund wütend an. Es dauerte eine Weile, bis sich die beiden unter dem Gebell des Hundes einigermaßen verständigen konnten. Müang wies über die mit Schlaglöchern übersäte Straße hinweg auf einen braungelben Klinkerbau, in dem angeblich die entfernte Verwandtschaft Inkäos wohnte.

Man empfing Lehnert erstaunt. Eine weißhaarige Alte saß im Hof auf einem Schemel und versuchte, indem sie an ihm vorbeischaute, ihre Überraschung zu kaschieren. Sie spulte Fäden an einem Spinnrad auf, aus denen später Kerzendochte gemacht werden sollten. In einem Verschlag erkannte Lehnert durch den Schlitz der angelehnten Tür einige Männer, die durcheinanderschrien, wie man das von Trinkgelagen dieser Welt gewohnt ist. Eine Reisschnapsflasche stand halb leer auf dem Tisch. Die Menschen hier hatten sich in ihrem Wohlgefallen eingerichtet. Sie konnten sich nachmittägliche Besäufnisse leisten, Steinhäuser aus Klinker bauen und brauchten nur jeweils am frühen Morgen und kurz nach Mittag nach ihrer kleinen Kautschukplantage außerhalb des Ortes schauen, um die Milch von den Bäumen zu sammeln, in Blecheimern, deren Inhalt sie gegen Bares in einen nahebeistehenden Tankwagen schütteten. Rohstoff fürs Land.

Man wies Lehnert, nachdem er sich erklärt und man ihn trotzdem kaum verstanden hatte, lächelnd ein schmales Zimmer zu, darin ein schmales Bett, das mit rosafarbenen Blumen auf dem Laken verziert war. Schon am nächsten Morgen tauchte er wieder unter dem Stelzenhaus Müangs auf, griff kurzerhand die Harke, die in der Ecke zwischen anderen, Spinnweben behangenen Gerätschaften stand, stellte die Säcke mit Holzkohle beiseite und begann mit der Wühlerei im harten, gelben Boden. Die Hühner verdrückten sich flatternd ins Gebüsch.

Müang hatte auf eine Stelle knapp neben der Holzstiege gezeigt und Lehnert die zerschlissenen Handschuhe ihres Mannes gereicht, der wie jeden Tag auf dem Markt Schweinefleisch verkaufte. Sie war mit einer Mischung aus gespannter Erwartung und Fremdscham zurückgetreten und umstand nun mit Freundinnen und deren rotznasigen Kindern das Geschehen. Der Hund hatte sich beruhigt und kringelte sich abgewandt um seine Stammstelze unter dem Haus, als sei er enttäuscht, weil sein Gebell ignoriert worden war. Lehnert begann wie ferngesteuert unablässig die Harke in die Erde zu schlagen, während er mit halbem Ohr der Unterhaltung der Frauen lauschte. Er verstand nur Stichworte: »khun thalog«, »boo antharai, heh«, »boo miii sithi« – ein komischer Mensch sei das, ob das alles nicht gefährlich sei, und ob der das überhaupt dürfe.

Was Lehnert wusste: Dass Inkäo als Kleinkind Anfang der 1950er-Jahre mit ihrer Familie vor den chinesischen Kommunisten nach Burma geflohen war, weil der Vater als Großgrundbesitzer nicht in die Eigentumsvorstellungen der neuen Machthaber passte. Inkäo hatte das einmal erzählt, wie ihre Eltern Hab und Gut auf einen Ochsenkarren geworfen hatten und mit ihr und Verwandten aus dem engeren Familienkreis die Dschungelpfade entlang gerumpelt waren. Bun war da noch nicht geboren. Damals waren Abertausende, vornehmlich begüterte Thai Lüü vor Mao tse Tung geflohen und hatten sich in der Region um das Goldene Dreieck herum verteilt, in einige nördliche, laotische Provinzen bis hin nach Thailand und Burma, wo sie in den östlichen Shan-Gebieten bald die Mehrheit der Bevölkerung stellten.

Lehnert stieß immer wieder auf Steine, nach denen er sich ächzend bückte, um sie zur Seite zu werfen. Ein Mädchen, das aufgeregt am Daumen lutschte, ruckte erschrocken vom Grubenrand weg. So etwa mochte Inkäo damals dagestanden haben, als ihr Vater das Gold und Silber vergrub, weil es zu gefährlich war, den Familienschatz auf die Reise mitzunehmen, in die »wilden Wälder«, als die sie bezeichnet wurden, in denen Bergvölker siedelten und sich Schmuggler und Wegelagerer herumtrieben. Und weil der Vater überzeugt war, dass Mao tse tung und seine Kommunisten, die anderen ihr Eigentum nicht gönnten, bald wieder Geschichte sein würden und man dann wieder heimkehren und den Schatz ausgraben könnte.

Nun also grub Lehnert, und Inkäo stand im Norden von Thailand im Schuppen, zerdrückte mit breiter Messerklinge Knoblauchzehen. Auch das war Geschichte, im Fortgang: Lehnert unter dem einhundert Jahre alten Stelzenhaus aus starken Urwaldhölzern grabend, als habe er irgendwelche Rechte. Und genau so sah er das. Animiert vom Mönch in Luang Phabang, als hätte der ihm höhere Weihen zum Ausgraben des Schatzes verliehen. Und irgendwie schien sein Tun in der aufkommenden Tageshitze bald so selbstverständlich, so berechtigt, dass die Umstehenden und auch die entfernten Verwandten Inkäos, die damals keine Großgrundbesitzer, sondern den Kommunisten genehme Tagelöhner, die nicht fliehen mussten, aber nun Kautschukplantagenbesitzer waren, die Häuser mit Klinkersteinen bauten, ihn, Lehnert, gewähren ließen.

Müang war nicht mit ihnen verwandt. Sie verkaufte nachmittags schmale Küchenmesser auf dem Markt. Vor Jahren, als den Kautschukplantagenbesitzern das ständige Auf und Ab über die Stiege des wurmstichigen Stelzenhauses zu viel geworden war, und das Geld ebenso zu viel und angelegt werden wollte, baute man gleich nebenan über die Straße hinweg das neue Haus, sodass sich fortan Müang in roasfarbenen Pantoffeln die Stiege hinaufmühte und damit offensichtlich auch die Legende, die um das Haus waberte, geerbt hatte.

»Puthaa tham baan nii«, der Großvater habe es damals gebaut, erklärte sie, was alle, auch Lehnert, längst wussten, aber sie hatte das Gefühl, reden zu müssen, und zeigte mit erhobenem Arm zum Haus hinauf. Es sei damals mit seinen steil hochgezogenen Giebeln eines der schönsten und größten im Ort gewesen, und mittlerweile sei es das einzige dieser Art. Das liege wahrscheinlich daran, und sie deutete abgewandt mit schrägem Kopf in die Grube, in der nichts zu sehen war außer gelockertem Erdreich. Was alles daraus an Heil oder Unheil erwachsen sei und weiterhin aufsteige, das könne man ja noch gar nicht abschließend beurteilen. Die Umstehenden duckten sich. Hier habe Inkäos Vater damals das Gold vergraben, und Lehnert hörte angestrengt zu und versuchte, möglichst leise Erde zu hacken, als Müang zu flüstern anfing. Ihre Freundinnen rückten näher an sie heran, die Kinder kuschelten sich an ihre Beine, obwohl alle alles schon längst wussten. »luuk boo sabai«, ihre Tochter sei krank geworden und habe ständig schlecht geträumt: Da habe sie daran gedacht, den Wahrsager um Rat zu fragen, weil sie Angst hatte, dass die Geister der Ahnen immer noch hier in der Erde wohnten, mit dem Gold.

Der Alte von drüben, der Mann von Kham, das sei die, die immer am Spinnrad sitze, habe vor zwei Jahren versucht, das Gold aus der Erde zu holen, dort drüben. Müang zeigte auf eine Stelle hinter dem scharzen Hund, der erschöpft eingeschlafen war, und die Gruppe machte synchron den Schwenker mit: »thii nan«, dort drüben. Er habe es aber nicht gefunden. Lehnert nickte und harkte weiter, fortan vermutlich jeden Tag zwei Stunden, wegen der Hitze am frühen Morgen, so sein Plan.

»Khit mii yüak soong an«, wahrscheinlich seien da wirklich zwei Tonkrüge in der Erde, einer mit Gold und einer mit Silber. Ungefähr zwei Meter tief. Woher sie das wisse, fragte Lehnert lauernd herüber. Vielleicht aber auch nur ein Meter, gab Müang zurück, vielleicht um ihn nicht zu demotivieren. »Meet nüng tham läo«, das könne nicht sein, einen Meter habe er schon gegraben, meckerte er, stieß mit der Harke hart in die Grube hinein und linste unter Schweißperlen hervor immer wieder zwischen die Erdkrumen nach einem harten Gegenstand. Wunschdenken.

Und dann habe ihr Kind auch geträumt, dass es für jemanden, dem es nicht zustehe, dort etwas an sich zu nehmen, gefährlich sei, »haam thi sut«. Lehnert nickte und fühlte sich dennoch berechtigt, kraft der Weissagung des Mönches in Luang Phabang, als seien damit sämtliche Wahrsagungen der Vorzeit hinfällig geworden. Lehnert war nicht mehr aufzuhalten. Auch Bun hatte sehr verhalten reagiert, als Lehnert ihn eilig von Luang Phabang aus angerufen und ihm mitgeteilt hatte, dass er jetzt nach Sipsongpanna fahren werde. »Mai thong, mai thong«, er solle das lieber lassen, so Buns aufgeregte Antwort, da aber hatte Lehnert das Gespräch bereits weggedrückt. Hatte Bun ihn denn nicht selbst auf die Spur gesetzt, und nun, als Lehnert viel weitergekommen war als gedacht, zog der ängstlich zurück?

Erwuchs denn nicht aus dem entscheidenden Hinweis des Mönchs, gepaart mit dem (im Grunde ja doch) dringenden Wunsch Buns, endlich für Gerechtigkeit zu sorgen, die Ermächtigung, die Dinge wieder ins Lot zu bringen? Und nicht zuletzt war das hier ein Abenteuer, das ihn davon ablenkte, dass Nok nicht mehr da war.

»Thii lang chan dai pai mooduu«, daraufhin sei sie also zum

Wahrsager gegangen, so Müang weiter in Lehnerts gebeugten Rücken hinein, und der habe klar gemacht, dass da niemand außer den wirklichen Kindern etwas zu suchen habe: Inkäo und Bun! Starke Betonung, und Lehnert wehrte sich mit einem weiteren Hieb ins Erdreich gegen Zweifel und Warnungen, die ihn von hoch oben herab hätten ereilen können. Woher kannte Müang eigentlich den Namen Buns, der doch erst später, nach der Flucht aus Sipsongpanna, geboren worden war?

Ihr Mann habe jedenfalls das Loch, das der Alte von Kham, das sei die da drüben am Spinnrad, gegraben habe, sofort wieder zugeschüttet. Lehnert grub weiter. Wenig später sei der Alte schwer krank geworden, »bäb maläang«, tiefes Flüstern, geduckte Haltung der Umstehenden, und sei bald darauf gestorben.

38

Der Anruf erreichte Nok gerade, als sie ihrem schwarz gelockten Italiener eine Schüssel mit dampfender Nudelsuppe auf den Tisch schob. Ihre Landsfrauen lärmten an den Nebentischen des Thai-Imbisses, und am Spielautomaten kommentierte ein junger Transvestit, der mit einem deutschen Mittsechziger verheiratet war, lachend seinen Gewinn. Hartes Prasseln in das Münzfach.

»Thong kap maa – du musst zurückkommen!«, tönte es dumpf und schwach aus Noks Handy. Es war das erste Mal, dass ihr Vater sie anrief. Nok fand sich abrupt neben Enzo in der Bewegung gestellt, sie hörte das Schnaufen des Alten, hörte ihn ansonsten nichts sagen, hörte im Rauschen Abertausender von Kilometern das Schweigen und wusste hinter ihm auf der Terrasse ihre Mutter stehen, der er vermutlich das Handy entrissen hatte. Es war ja ihre Telefonnummer, die Nok auf dem Display erkannt hatte, und nun also wieder seine Stimme, die abgehackt aus dem Schweigen hervorbrach. »Pen luuk thong kap thong chuai«, sie müsse zurück, sie müsse helfen, schließlich sei sie ja die Tochter. Die dunkle Forderung eines Schwerkranken. Befehl eines Todgeweihten. Ein Befehl, der Nok wütend machte, und sie schwieg in das Rauschen hinein, in das Schnaufen, in all die Hässlichkeit der vergangenen Jahrzehnte, die da mit einem Mal über Abertausende von Kilometern hinweg zu ihr gekrochen kam, während Enzo mit Essstäbchen eine Fleischkugel aus der Suppe klaubte und sie auf den Löffel legte, den er in der anderen Hand hielt, und während er mit den Stäbchen nach langen, gelben Nudeln fischte, um sie dazuzulegen, und einige zurück in die Suppe rutschten, woraufhin er den Löffel eilig zum Mund führte. Enzo übte seit Monaten, nach Thai-Art zu essen.

Nok drückte das Gespräch weg. Sie wusste, dass ihrer Mutter, neben dem Vater stehend, Angst und Ohnmacht ins Gesicht geschrieben war, das sie nicht hätte verlieren dürfen. Sie wusste, dass ihr Vater vor Schmerzen gekrümmt und ratlos und empört dastand, weil ihm immer noch niemand gesagt hatte, warum sie damals fortgegangen war. Nok sah die verzogenen Gesichter ihrer Eltern, sie drehte sich wortlos von Enzo weg, nahm die Stufen in den Keller, lehnte sich gegen die Kühltruhe und wischte mit dem Unterarm über ihr Gesicht, um es oben im Laden nicht verlieren zu müssen. Nein, sie würde sich nicht zwingen lassen. Sie würde standhaft bleiben, so standhaft wie hier an die Kühltruhe gelehnt, schließlich hatte sie ja nicht den Verzicht auf Familie, auf den Mann, auf ihre Heimat auf sich genommen, um nun zurückzukehren, den Alten zu pflegen, seinen siechen Körper, der das Allerletzte war, zu dem sie eine Beziehung hätte finden können, vor dem sie sich ekelte, der sie wie ein Tier gezeugt und danach gelacht hatte wie eine Hyäne, während ihre Mutter blutend im Dornengebüsch lag.

Und nun? Waren die Anrufe der Mutter in den letzten Monaten immer dringlicher geworden. Hatte sie Nok sogar das Amulett in Aussicht gestellt. Hatte völlig unglaubwürdig am Telefon damit gelockt. Hatte beinahe verschwörerisch geflüstert, was Nok umso unglaubwürdiger vorkam, »dja mii kwaam suk«, es werde alles gut, da sei sie sicher, und Nok hörte das Gegenteil in der zitternden Stimme. Bald werde ihr Vater es ihr zurückgeben, sie fühle es, er werde ja mit zunehmender Krankheit immer zugänglicher, ja, weicher, »dja pen khon oon«, und sie werde es an sie, Nok weitergeben, weil es ihr als älteste Tochter ohnehin zustehe, so viel sei sicher. Das Einzige, was Nok sicher spürte, war die Verzweiflung ihrer Mutter, am Ende vor dem Scherbenhaufen eines zerfallenen Familienverbundes stehen und klar erkennen zu müssen, dass doch zu allem Anfang dieser Scherbenhaufen dagelegen hatte, mit dieser Gewalttat, die alles zerbrochen und zerstört hatte, aus dem ein offenes und friedsames Miteinander hätte erwachsen können. Und da war noch nicht einmal vom Amulett die Rede. Das aber schwebte hinter allem, baumelte träge und untrüglich wie eine Uhr der Vorbestimmung im Hintergrund an einer langen, goldenen Kette, von der nicht loszukommen war.

Nok spürte das, sie sah das, sie verstand, dass ihre Mutter zu diesem letzten Mittel griff, um sie zu überreden, unbeholfen in ihrer Machtlosigkeit, Nok war klar, dass ihr Vater nichts von diesen Versprechungen wusste und gar nicht daran dachte, das Amulett herzugeben. So jämmerlich hätte niemand das Gesicht verlieren können.

Die Anrufe der Mutter wurden dringlicher, und Nok war mit Allgemeinplätzen ausgewichen. »tong roo«, sie möge abwarten, das werde schon, doch immer wieder kam es durch das Rauschen vieler Tausender Kilometer hindurch, dass sie jetzt bei der Familie sein müsse, dass sie gebraucht werde, gerade jetzt, sie, die älteste Tochter, das Kind, das ihr all die Zeit am meisten am Herzen gelegen sei, was sie niemals zuvor gesagt hatte, und was auch einen Gesichtsverlust darstellte, ein Gefühl so ungeschminkt zu äußern, in eine Hörmuschel, in der es technisch verarbeitet, verwässert und beschmutzt wurde, bis zur Unkenntlichkeit. Nok blieb hart: »Tong roo«, sie solle abwarten.

Dass sie dennoch wenige Monate später mit ihren Koffern am

Flughafen stand (ohne sich von Enzo zu verabschieden) und die Abflugzeiten nach Bangkok studierte, woran lag es? Hätte man sie gefragt, sie hätte es nicht beantworten können, oder sie wäre demjenigen, der es hätte wissen wollen, wütend ins Gesicht gesprungen. War es doch Lehnert, ihr Mann, der im Kopf nicht weichen wollte? Was sie sich niemals eingestanden hätte. War es die Fremde, die sie unter ihren Landsfrauen gespürt hatte, die wiederum selbst in der Thai Community ihr Fremdgefühl zu verdrängen suchten? Oder die Vertrautheit der Hässlichkeit in dieser Fremde, wenn sie in den Frauen all das sah, was sie in ihrer Familie damals abgestoßen und vertrieben hatte? Weil es in diesen Landsfrauen wiederkehrte wie eine ständige Rückblende, sodass es letztlich nicht darauf ankam, ob sie diese menschlichen Debakel in der Diaspora oder in ihrer Heimat erlebte? Oder war es banaler, viel banaler? Ein geradezu lächerliches Ereignis, das ihr den letzten Schub gab, als sie mit Enzo durch den Stadtwald spazierte, worauf der sonntags immer bestand, und sie mit einem Mal den Druck verspürte pinkeln zu müssen. Sie bat Enzo, auf dem Weg zu bleiben und aufzupassen, übergab ihm die Handtasche und verzog sich ins angrenzende Gebüsch, streifte die Hosen herunter und hockte sich über den Waldboden, als sie eine Walkinggruppe mit ihren Stöcken heranklappern hörte und sah, wie einer der Männer sich aus der Gruppe schälte und sich, ohne Nok zu bemerken, in den angrenzenden Rhododendron schob, um sich dort stöhnend zu erleichtern. Seine beiden Stöcke, die er eilig unter den Arm geklemmt hatte, klackten aneinander. Nok hockte stumm, versuchte selbst einzuhalten, um kein Geräusch zu verursachen, duckte sich noch tiefer wie ein scheues Reh, wartete, bis der Mann mit einem Ruck den Reißverschluss hochzog und übers Laub seiner Gruppe hinterherraschelte.

Kurz entschlossen streifte Nok die Hosen über, brach durch das Gebüsch, wobei die Stacheln einiger Brombeersträucher lange Striemen in ihre Unterarme ritzten, sodass Blut in dünnen Fäden hervortrat, drängte zurück auf den Weg, wo Enzo tief gebeugt seine E-Mails studierte, während das Klappern der Walkinggruppe sich im Wald verlor. Nok riss ihm die Handtasche von der Schulter, die beiden gerieten in einen heftigen Streit, in dem Enzo, eigentlich ein lieber, zuvorkommender Kerl, sich nicht als Wachhund für Frauen sah, die ihre Blase nicht unter Kontrolle hatten. Nok ließ ihn zwischen stämmigen Buchen und ausgedorrten Fichten stehen und eilte geradewegs nach Hause, während sie an Lehnert dachte, wie der, eigentlich nicht unbedingt ein besonders lieber, zuvorkommender Mensch, in solchen Fällen doch stets brav, ihre Handtasche geschultert, am Wegesrand gewartet und seine Pflicht erfüllt hatte, denn die Frau im Wald zu schützen gehörte zu den Aufgaben eines Mannes.

War dieser Eklat im Wald womöglich der entscheidende Auslöser? Die Dinge nahmen manchmal seltsame Wege, und so war es wohl auch hier.

39

Der kleine Markt lag nur einen Steinwurf vom Geburtshaus Inkäos entfernt. Nach drei Stunden vergeblichen Grabens hatte Lehnert die Harke pünktlich wie ein Bauarbeiter fallengelassen. Die Gruppe der zuschauenden Frauen und Kinder sah tuschelnd zu, wie Lehnert wortlos das Grundstück verließ. Er hatte Hunger. Auf dem unebenen Marktplatz von Müanglung war gegen Mittag nicht mehr viel Betrieb. Unter grauen Wellblechdächern reihten sich die Stände der Chinesen mit Haushaltswaren und Tand aus Plastik aneinander. Bunt bemalte, winkende Katzen grüßten unablässig zwischen Nagelbürsten und Haarklammern. Vor den Hallen hockten Thai Lüü-Frauen in bunten Strickjacken am Boden. Sie verkauften auf Decken Äpfel, wässrige Birnen, Spitzkohl und schwarz-fleckige Bananen.

Einige Thai Lüü teilten sich einen Metzgerstand für Schweinefleisch, das in großen Stücken auf einem roh gezimmerten Tisch ausgelegt war. Fliegen schwirrten über dem rot-weißen Fleisch. Zwischen tiefen Schlaglöchern saßen drei kleine Kinder mit chinesischen Gesichtern in einem niedrigen Anhänger, den ein dreirädriger Traktor dort abgestellt hatte. Sie schubsten sich, weil sie auf der Ladefläche nicht genügend Platz fanden, ließen aber voneinander ab, weil sie plötzlich Lehnert bemerkten, der als Farang sofort auffiel und sich schwitzend und abgehetzt umschaute. Sie lehnten sich von innen gegen die Bretterwand des Anhängers und staunten Lehnert hinterher, wie er über die erdverschmierte Straße auf die wackligen Holzbuden zuhielt, die Suppenküchen, in denen im schummrigen Licht Chinesen saßen und mit Stäbchen eilig Nudeln aus kleinen Schüsseln fischten. Sie hielten sie knapp unter das Kinn und schauten aneinander vorbei. Hinter ihnen glaubte Lehnert, als er eintrat, im diffusen Licht einer winzigen gelben Neonröhre so etwas wie eine schmutzstarrende Küche zu erkennen. Ein paar Männer drängten sich zwischen riesigen, dampfenden Kochtöpfen, und Lehnert fühlte sich an seinen Traum in der chinesischen Opiumhöhle erinnert, dachte aber gleichzeitig an Ratten, die sich wahrscheinlich in der Küche inmitten der gelagerten Nudelpakete und Reissäcke tummelten. Er wedelte seine Gedanken beiseite, fand auf dem Rand einer langen Holzbank noch ein wenig Platz neben den löffelnden Chinesen, die unwillig ein wenig zur Seite rückten. Ungeduldig bedeutete er einem umherwuselnden Männlein, indem er in die Schüssel des Sitznachbarn zeigte, was er haben wolle, und wartete. Schaute sich um, und Bilder taten sich auf, die er eigentlich nicht so gerne sehen wollte. Er musste angesichts der schmutzigen, beuligen Kalkwände an den Aufenthalt in der Gefängniszelle in Mae Sai denken, wedelte auch dieses Bild beiseite und beobachtete stattdessen das Marktgeschehen: Einen Thai Lüü, der mit einem langen Messer auf dem Hackblock rotes Fleisch zerteilte und die beiden Hälften zum Verkauf auf einen mit Zeitungspapier ausgelegten Tisch platschen ließ.

Das Männlein in der Suppenküche schob eilig im Vorbeigehen die dampfende Schüssel vor Lehnert hin. Der langte nach braungelben Stäbchen, die mikadoartig aus einer Vase hervorlugten und verdrängte die Frage, wie sie gesäubert worden waren, und ob überhaupt. Er hielt die Schale knapp unter das Kinn und versuchte – warum eigentlich? – so schnell zu essen wie die Chinesen, die neben ihm schwatzten und rülpsten.

Lehnert hielt sich nicht allzu lange auf. Nachdem er bezahlt hatte, trat er zurück auf die Straße und nahm den Weg in Richtung Ortsausgang. Ein paar letzte, schmale Läden säumten die Bürgersteige. Die Händler versuchten sich in Fashion und hatten Schilder mit Logos von Markenanbietern in ihre staubverschmierten Schaufenster gestellt. Die Moderne hielt Einzug. Die Straße führte leicht aufwärts, und schon von weitem bemerkte Lehnert hinter einem weiten Feld, auf dem ausgedörrte Maispflanzen standen, schmutzig-weiße Ruinenspitzen, die zackig in den grauen Himmel zeigten. Er nahm den schmalen Pfad zwischen den Stauden, die über braunen Maiskolben ihre Köpfe hängenließen, als wollten sie Lehnert auf die traurige Vergangenheit des Tempelgeländes einstimmen.

Die ehemals goldfarbenen Köpfe der Nagaschlangen lagen abgeschlagen neben dem Aufgang, immerhin zeigten die gerollten Zungen noch zueinander. Die bröckeligen Körper der Schlangen waren mittlerweile farblos, sie lagen kraft- und machtlos auf den Mauern seitlich der Stufen, ihre grauen Schuppen waren beinahe vollständig zerbröselt. Zeugnis eines Racheaktes wütender Kommunistenhorden, die mit dem Sieg der roten Armee schließlich auch den Südwesten Chinas erreicht hatten und über die Tempel hergefallen waren. Über dem Eingang behaupteten sich immer noch Gipsfiguren zweier Elefanten, die mit ihren Rüsseln aufeinander zeigten und sich in einem Kreis vereinten, dem Rad des Lebens. Darunter nicht mehr goldfarbene Ornamente rund verlaufender Zweige und Blätter. Der junge Baum einer Karambola hatte sich zwischen dem Mauerwerk der Außenwand verirrt und wartete darauf, seine gelben, fünfkantigen Sternfrüchte loszuwerden, die schwer an den Zweigen hingen. Dahinter Bambuskolonien, die sich immer dort breit machen, wo Urwüchsiges verwest ist.

Lehnert nahm zögernd die brüchigen Stufen. Drinnen erschrak er vom Hall seiner Schritte, den er im Schutt erzeugte. Er blieb nicht lange, schaute sich nicht allzu lange um, beinahe verstohlen oder bockig, angesichts der verblassenden Malereien an den Wänden, angesichts der Ahnungen von Nagaschlangen, die er in einigen blau-grünen Windungen hätte erkennen können, und ja, er hätte sich einbilden können, dass sich neben dem Altar die beiden Zwillingsschlangen gefährlich mit spitzen Zähnen zulächelten, wie es der Mönch in Luang Phabang beschrieben hatte. Vielleicht bildete Lehnert es sich auch ein, das herauslesen zu können und verdrängte es sogleich wieder, es hätte genauso gut der edle, grüngesichtige Königssohn Phra Ram sein können oder Thotsakan mit noch wenigstens einem seiner insgesamt zehn Köpfe, während die anderen in Farbresten gesplittert am Boden lagen. Alles war verblasst, abgeschabt, zerkratzt, zunichte gemacht, und Lehnert erinnerte sich spöttisch daran, wie ihm am Busbahnhof von Jianglung ein Fahrgast mit aufgeregten roten Wangen erzählt hatte, dass die yunnanesische Provinzregierung neuerdings den Bau neuer, mächtiger Tempel auf breiten Hügeln vor den Städten der Region unterstütze, um von der Kultur der Thai Lüü mit ihren runden Ornamenten und Giebeln zu künden und somit den Tourismus anzukurbeln. Der Schutt raschelte höhnisch, als Lehnert die Halle verließ. Er fragte sich, wie das geklungen haben mochte, als dort Schweine gehalten worden waren.

Am nächsten Morgen stand Lehnert wieder, wie zu Schichtanfang, an seiner Baustelle, die aber nun eine andere war, ein paar Meter abseits, näher am Gebüsch, hinter der Treppe und dem Hund, der diesmal nicht allzu lange kläffte.

Müang hatte, warum auch immer, ihre Meinung geändert.

Gold und Silber lagen demnach nun wohl nicht dort, wo Lehnert bereits gegraben hatte, und er konnte sich aussuchen, ob sie das tat, um ihn abzulenken, oder um ihn nicht zu enttäuschen, da ja der Vortag nach einem Loch von einem Meter Tiefe ergebnislos verlaufen war. Oder wollte sie das Schauspiel für sich, ihre Freundinnen und deren Kinder in die Länge ziehen? Viele Deutungsmöglichkeiten, aber keine Wahl: Lehnert musste graben.

»Atjaa boo tong yuu nuun, khit yuu nii«, das Gold liege wahrscheinlich nicht genau unter dem Haus, wie der verstorbene Mann der Frau am Spinnrad gedacht hatte, sondern ein wenig abseits. Eher dort drüben, und Müang zeigte unter ihrer roten Wollmütze lächelnd auf die Stelle hart am Gebüsch, weiter von der Straße weg, und Lehnert beschlich das Gefühl, sie wolle ihn, den urplötzlich aufgetauchten und wie besessen grabenden Farang fern von öffentlichem Aufsehen halten. Aber warum dann die Freundinnen, die sich pünktlich zum Schauspiel, zur Morgenschicht eingefunden hatten, erwartungsvoll ihre Jacken strafften und die Beine in das Erdreich stemmten, um einen sicheren Stand zu haben. Die Kinder drängten sich wie zuvor zwischen die Beine der Frauen und bohrten gespannt in den Nasen oder kauten an Phaa Tong Khoo, den knochenförmigen, frittierten Gebäckstangen, die ihre Mütter aus den Jackentaschen gezogen hatten. Eventstimmung unterm Stelzenhaus.

Müang wiederholte die geänderte Ortsangabe noch einmal, eindringlich, fast wie eine letzte Warnung. Sie gestikulierte und stach nachdrücklich mit den Fingern auf die Stelle neben dem Gebüsch ein: »Inkäo kap Bun thaonan, lüü boo.« Nur Inkäo und Bun dürften graben, oder nicht? Warum dieses nachgeschobene »oder nicht«? Wie ein Zweifel, möglicherweise angesichts eines Farang, der daherkam und sich eigenmächtig über ungeschriebene Regeln hinwegsetzte. Immerhin hatte der Wahrsager sie verkündet.

Müang flüsterte nun wieder: Und nur gemeinsam dürften Inkäo und Bun die beiden Tonkrüge ausgraben, sonst niemand, auch keine fernen Verwandten, das bringe Unglück »boo dja mii khwaam suk«. Und schon gar kein Farang, stand in ihrem Blick geschrieben, mit dem sie argwöhnisch auf Lehnert schielte und den sie dennoch gewähren ließ. Lehnert hatte längst wieder zur Harke gegriffen. Das Wesentliche hatte er verstanden, ließ sich aber nicht beirren. Er handelte nach den Anweisungen seines laotischen Mönches. Abgesehen von den Stellenangaben Müangs.

Am vierten Tag stieß Lehnert in etwa zwei Metern Tiefe auf eine harte Stelle im Erdreich, und das war diesmal kein Stein. Die Frauen drängten hart an den Grubenrand, ein Kind rutschte aus und wurde im letzten Moment am Arm gehalten, sodass es mit dem Rücken quer über der lehmigen Schräge lag. Selbst der Hund sprang auf und kläffte kurz und heftig.

Lehnerts Kopf, der in den letzten Stunden kaum noch über den Grubenrand hinausragte, verschwand. Er bückte sich und kratzte mit den Fingern ein rechteckiges Päckchen in zerfallenem Tuch aus dem Erdreich, von den Ausmaßen eines kleinen Buches. Er hörte das unterdrückte Murmeln der Frauen über sich, kratzte weiter, bis er das zerlumpte Rechteck in Händen hielt. Er wickelte es eilig aus, die Stoffreste zerfielen und segelten auf die umgewühlte Erde. Lehnert drehte mit offenem Mund eine Silberschatulle vor seinem Bauch, während die Frauen über ihm am Grubenrand knieten, ebenfalls mit offenen Mündern, und mit den Armen hinter dem Rücken die Kinder wegwedelten.

Und dann lag es darin, weich und dick gepolstert in dunkelrotem Samt: Schwer und golden und oval, und darin eingefasst die züngelnde Nagaschlange aus Elfenbein, das Zwillingsamulett. Dass sie zur anderen Seite züngelte wie ihr Gegenstück auf dem Foto, fiel Lehnert da noch nicht auf, wenn es überhaupt wichtig war. Lehnert wusste nicht, wie lange er in der Grube stand, er wusste nicht, wie lange die Frauen über ihm geflüstert oder geschwiegen hatten, was mit den Kindern war und ob der Hund kläffte. Als er wieder etwas wusste, klappte er die Schatulle zu, stemmte sich gegen das Erdreich und aus der Grube hervor. Er fischte, ohne auf irgendetwas anderes zu achten, nach seinem Rucksack, kramte versteckt ein T-Shirt hervor und wickelte die Schatulle darin ein. Schulterte den Rucksack und schaute stumm auf die Frauen und die Kinder, die stumm zurückschauten. Eine merkwürdige Stille war, auch wenn ein klappriger Lastwagen, den niemand hörte, über die Straße rumpelte. Sogar Müangs Mann, ein kantiger Typ mit Bürstenhaarschnitt, der inzwischen vom Markt gekommen war, stand in seiner blutigen Metzgerschürze dabei und rieb sich wortlos die Hände daran ab.

Der Rest ist schnell erzählt: Während die Kinder sich längst spielend im Gebüsch verteilt hatten, weil ihnen das Schauspiel zu langweilig geworden war, schienen die Frauen ängstlich zu Lehnert Abstand halten zu wollen. Auch der Metzger in seiner Schürze ging auf Distanz, ebenso der Hund, der sich hinter seinem Stammpfeiler verbarg. Die Verwandten, die Lehnert beherbergt hatten, benahmen sich sehr reserviert. Sie traten nickend zurück, als er im Haus die Treppe zu seinem Zimmer nahm und zeigten sich am nächsten Morgen heilfroh. Sie gestikulierten mit Abstand und ausgestreckten Armen in Richtung des Vorgartens und lächelten erleichtert, als Lehnert den Rucksack schulterte und das Anwesen verließ. Die alte Kham lächelte ihm am Spinnrad sitzend lauernd zu wie einem Todgeweihten, und lächelnd standen die Verwandten vor dem Haus. Lehnert wusste, dass sie sich, kaum dass er außer Sicht war, mit heruntergefallenen Gesichtern über ihr Tagwerk beugen würden: die alte Kham würde Wolle auf das Spinnrad spulen, die Frau des Hauses im Schuppen bei fließendem Wasser den Kautschukeimer mit einer Bürste säubern und die Männer im Verschlag mit ernsten Mienen nach der Reisschnapsflasche langen. Im Rückwärtsgehen schaute Lehnert noch einmal auf das Geburtshaus Inkäos, wie zu einer Ehrbezeugung. Müang lugte hinter der Treppe hervor, vom Hund war nichts zu sehen. Die beiden Gruben lagen offen wie entblößte Mäuler, und alle außer Lehnert dachten an die beiden Tonkrüge mit dem Gold und dem Silber. Gab es sie überhaupt? Lagen sie unter der Schatulle vergraben? Oder waren es Gespinste? Waren die noch wichtig?

Später, Stunden später entdeckte Lehnert, als er am Busbahnhof von Jianglung sicherheitshalber in seinem Rucksack kramte, ein großes Loch im T-Shirt, in das er die Schatulle gewickelt hatte. Es hatte angesengte Ränder, goldfarbene.

40

Zerrspiegel in Thailand, wie eine Offenbarung! Dachte, ich sehe nicht richtig, und hätte wahrscheinlich zum Lachen in den Keller gehen sollen. War aber keiner da. In Thailand baut man ohne Keller. Was immer das heißen mag.

Djum und ich waren auf Tour. Ein Abstecher in die Provinzhauptstadt Chiang Rai, wieder ganz im Norden. Warum gerade dorthin, wusste ich nicht genau. Vielleicht suchte ich die Nähe zu Lehnert, obwohl ich ja gar nicht wusste, wo er war. Er ließ weiterhin nichts von sich hören. Vermutlich war er immer noch in Laos oder sonst wo und grübelte, wie es für ihn weiter gehen könnte.

Ich überredete Djum zu einem kleinen Ausflug zu einer Tempelanlage ein paar Kilometer außerhalb der Stadt. Diese Anlage war im Reiseführer vermerkt.

Hatte noch nie so viel Weiß gesehen. Das blendete in der Sonne, die gnadenlos auf den Tempel schien. Und der reflektierte ohne Ende. Heilige Schneeweiße in den Subtropen! An allen Wänden. Kitschig verschnörkelt mit allerfeinsten Verzierungen an den spitzen Giebeln, an den Mauern der Terrassen, an den Aufgängen zum Tempel, überall! Davor immerhin sattgrüner Rasen und ein Teich, aus dem Wasser sprudelte. Komischerweise nicht weiß. Das war mir alles zu lieblich. Im untiefen Teich stand doch tatsächlich ein weißer Thron, verschnörkelt, wie auch nicht, und wem zu Ehren? Dem Bauherrn, einem ausgedienten, schwerreichen Schauspieler kitschiger Family-Soaps gewidmet? Oder jemandem aus der Königsfamilie? Freigehalten jedenfalls, das Stühlchen. Neben dem Teich reckten Alabaster-Schwäne mit langen Hälsen ihre Schnäbel zum Wasser hin. Und zwei Hunde, natürlich auch aus Alabaster, lagen unschuldig weich und weiß und friedlich daneben, mit heraushängenden, roten Zungen, als hätten sie gerade aus dem Teich getrunken. Schauten mich mit dunklen Augenpunkten an.

Sogar die Anbauten bis hin zur Bedienstetenkammer und dem Geräteschuppen strahlten weiß in der Sonne. Und erst drinnen: ein weißer Buddha, sitzend, riesig, ruhig und aus der Glätte des Marmors hervorlächelnd. Dass die Gemälde innen an den Seitenwänden nicht weiß waren! Erzählten bunt aus dem Heldenepos Ramayana, wo es ziemlich aggressiv gegen die Bösen, die Drachen und ungeheuerlichen Affen mit ihren hassverzerrten Gesichtern zuging und wo die reinweißen Seelen strahlend siegten. Meine Güte! Damit wieder Unschuld einkehren konnte, bis in alle Ewigkeit. Musste man aufpassen, dass man nicht ablästerte, bei so viel Kitsch. Oder dass man das zumindest für sich behielt.

Trotzdem, es blendete, und das sollte es wohl auch: einem den Atem verschlagen, damit man sich sogar innen reinweiß fühlen konnte, als ureigentlich sündiges Wesen.

Ich nicht. Djum blieb noch im Tempel, aber ich ging wieder raus in die Hitze und fand drüben hinter den Zweiflügelfruchtbäumen, die wie deplatzierte Urwaldriesen um den Tempel herumstanden, diese Zerrspiegel. Ein kleines Kabinett unter freiem Himmel, im Rechteck zusammengestellt, die Spiegel auf hölzernen Standfüßen, die Rahmen aus dunklem Palisander. Hier war wenigstens Schatten unter den Bäumen. Und schon, als ich herankam, sah ich, wie eine Thaifamilie die Spiegel abschritt, feiertagsadrett gewandet. Das Kind, warum auch immer, in Schülerinnenuniform: weißes Hemd, weiter blauer Faltenrock, die Eltern in mit silberfarbenen Ornamenten verzierter Traditionskleidung, die immer so steif aussieht, wie gestärkt. Ein Familienausflug halt, und ich fühlte mich sogleich an meine Kindheit erinnert, wenn meine Eltern mich sonntags an irgendeine Burgruine schleiften, und ich mich in der Sommerhitze in meinem gestärkten Nyltesthemd herumquälte, das am Körper klebte und am Kragen mittels eines Schlipses mit Gummizug fest den Hals umschloss.

Was mir aber auffiel: dass die Mutter das Kind, das gerade anfing, ihr Zerrbild im Spiegel komisch zu finden und Faxen machte, vom Spiegel wegzog und sanft, damit es niemand mitbekam, mit schiefem Mund zurechtwies, während der Mann versuchte, alles zu ignorieren und unwillig in die Spiegel schielte. Das machte mich erst recht neugierig. Ich ging also hin, stellte mich vor den nächsten Spiegel, der hochkant vor mir stand, und bog mich bald vor Lachen: Mein Kopf war so schräg nach links in die Länge gezogen, dass ich laut losbrüllte, sicherlich unpassend zum würdevollen Ambiente einer Tempelanlage, ich weiß, aber sowas sieht man nicht alle Tage. Ich ging um das Kabinett herum, lachte und schwitzte im Schatten und fand mich bald allein um die Spiegel herum. Einige junge Frauen entfernten sich zum Teich und schauten befremdet herüber.

Wechselte von einem runden Spiegel, der meinen Bauch abstrus wölbte und gleichzeitig meine Arme verkürzte, zum nächsten Spiegel. Da schob ich das Gesicht nahe heran und sah verbeult aus, wie jemand, der sich beschweren wollte, aber nicht wusste wie und wo, woraufhin sich alles noch mehr verzerrte, sodass ich in etwa so aussah wie die Fratze auf dem Plattencover von King Crimson *In the court of the Crimson King*. Selbst die Bartstoppeln wuchsen krumm hervor und ich wunderte mich, dass sie nicht weiß waren wie sonst alles hier.

Djum fand mich auf dem weitläufigen Gelände wahrscheinlich, weil ich so laut lachte. Ich winkte sie heran, und dann bekam ich eine eindrucksvolle Vorführung, was es hieß, das Gesicht zu verlieren. Djum schaute in den rechteckigen Spiegel, ich stand dahinter, lachte laut über ihren gebogenen Körper und die verschobene Gesichtspartie, erst recht, als Djum immer versteinerter in den Spiegel schaute, der zu allem Überfluss mit Vogelkot befleckt war. Ich lachte völlig unkontrolliert wie auf einem LSD-Trip, schlug mir auf die Knie, was im Spiegel auch wieder unglaublich verdreht aussah, dazu mein offener Mund, der verzerrt auf den schräg himmelwärts führenden Asphalt lachte. Ein sattes schneeweißes Fragezeichen über meinem Kopf bog sich mit der Rundung breit und quer nach rechts unten, als Djum mit bitterbösem verzerrtem Gesicht zur anderen Seite aus dem Rechteck verschwand. »Confusion will be my epitaph«, die Lyrics von King Crimson schwebten mir vor, und mein Gesicht begann sich zu verziehen, ohne dass ich in einen der Spiegel schaute.

Hatte später Mühe, Djum wieder zu beruhigen. So wütend hatte ich sie noch nie erlebt. Ich brauchte mindestens eine Stunde – da waren wir schon wieder zurück in der Stadt am Uhrenturm, um dort das abendliche Lichterspiel in allen erdenklichen Farben zu betrachten –, um ihr zu erklären, warum das für mich alles so lustig war. Djum hörte mit ausdrucksloser Miene zu, als habe sie immer noch Angst, sich vor irgendeinem Spiegel zu blamieren, und sagte nichts. Da wurde mir klar, was es hieß, das Gesicht zu verlieren. Jedenfalls für Thailänder. Wir schauten weiter zu, wie der Uhrenturm angestrahlt wurde: rot, grün, blau, nicht weiß!

Fragte mich dann noch, warum dieses Spiegelkabinett, wenn es solche Reaktionen auslöste, überhaupt aufgestellt worden war. Aber ich musste ja nicht alles verstehen.

»But I fear tomorrow I`ll be crying, yes, I fear tomorrow…«. Was war eigentlich mit Lehnert?

41

Es war das erste Mal, dass er genau dort stand, wo Jahre später sein Haus stehen würde. Ein grüner, undurchsichtiger Tümpel, etwa fünfzehn mal zehn Meter groß, trübte in der Hitze vor sich hin. Daneben war noch einer angelegt, und am Ende des Grundstücks noch einer. Gelegentlich bogen sich die schwarz glänzenden Rücken von Schlangenkopffischen aus dem Wasser.

Nok hatte Lehnert auf seinen Wunsch hin hergebracht, und er spürte ihre Nervosität, weil sie nun gezwungen war, ihn den Eltern vorzustellen. Die Mutter war noch auf dem Markt und verkaufte Schweinekrusten. Ihr Vater kniete hinter seinem Haus am Boden und werkelte unter einem großen, dreieckigen Strohhut an einer blauen Kunststoffwasserleitung, die knapp über den Fliesen die Außenwand entlangführte. Er drehte ein kurzes, rechtwinkliges Verbindungsstück in der Hand und schien zu überlegen, wie es einzusetzen war. Lehnert hatte gesehen, dass er ihn und Nok schon längst unter seinem Strohhut hervor bemerkt hatte, aber so tat, als ginge ihn das alles nicht an. Dabei hatte er seine Tochter, die in der Provinzhauptstadt Chiang Rai lebte, Monate nicht gesehen.

Lehnert war verunsichert, ging trotzdem ein paar Schritte auf Noks Vater zu, der schaute kurz auf. Lehnert sah sich mit einem dunkelhäutigen, sonnengegerbten Gesicht mit tiefliegenden Augen konfrontiert. Dieser Blick, unverwandt und grußlos, ließ Lehnert geradezu auflaufen. Keine weitere Reaktion, dann konzentrierte er sich wieder auf das Verbindungsstück. Auch Nok, die hinter Lehnert stand, sagte nichts. Sie verzog sich in den Schuppen und stellte den Gaskocher an, als sei sie nur mal eben beim Friseur oder auf dem Markt gewesen.

Lehnert zuckte mit den Schultern, ging zur Terrasse und setzte sich dort auf einen der Campingstühle, mit Blick auf die Tümpel. Was sollte das werden? Mochte der keine Fremden? Und schon gar nicht, wenn sie gemeinsam mit seiner Tochter vorstellig wurden? Er fragte Nok, die mit einer Schüssel grüner Bohnen aus dem Schuppen kam, um sie zu schälen. »Mai ruu«, keine Ahnung, zuckte sie mit den Schultern. Oder war das Thai-Mentalität? Abseits des ewigen Lächelns. Das wahre Leben. Lehnert war noch unerfahren.

Er hatte Nok auf dem Blumenmarkt von Chiang Rai kennengelernt, der gleich hinter dem lärmigen Busbahnhof in der Stadtmitte lag. Ihr Feuerwehrmann war längst Geschichte. Manchmal hatte er mit Freunden in irgendeinem Schuppen gesessen und Reisschnaps getrunken, während seine Kollegen Brände zu löschen versuchten. Für die Vorgärten der neu errichteten Häuser des Baubooms kaufte er falsche Setzlinge oder gar keine, weil er das Geld für Bier ausgegeben hatte. Also hatte Nok ihre Sachen gepackt.

Einige Monate später hatte Lehnert mittags in einer der Pensionen in den Seitenstraßen eingecheckt und schlenderte zu einer Ersterkundung ziellos umher, schnupperte in die Stadt hinein, entdeckte die Reihen der Blumenstände, auf denen in dicken Bündeln bunt die Ware auslag. Entdeckte eine Frau in blauer Schürze, etwa fünfunddreißig Jahre alt, die Haare streng zu einem Pferdeschwanz zusammengebunden. Sie musterte Lehnert skeptisch, der unschlüssig vor ihrem Stand herumtrödelte. Sie schaute ihn frech, ja provozierend an, mit der Attitüde: »Was willst du denn? Was glaubst du, wer du bist?« Was Lehnert wiederum neugierig machte, weil das kein Geziere gegenüber angeblich überlegenen Westlern war, wie es ihm auf seiner Reise häufig begegnete.

Er trat an den Stand, um seine Thaikenntnisse auszuprobieren, die er sich aus einem schmalen Band *Thai for Globetrotter* mühsam angeeignet hatte, darin die üblichen Floskeln »How much – an nii thaorai«, »How are you – sabai dii mai« und »Where do you go – pai nai«.

Warum Lehnert ausgerechnet mit »pai nai« eröffnete, wo die Frau doch auf Kunden wartend hinter ihren Blumen stand, wusste er vermutlich selbst nicht. Sie lachte zu den Nachbarständen hin, wo die anderen Frauen neugierig die Szene zu verfolgen begannen.

Es folgt ein Radebrechen in einem Thai-Englisch-Gemisch: »Where you come from«, »pen khon Jöraman«, während dem sich Lehnert als Deutscher zu erkennen gab, und dass er nur auf der Durchreise nach Laos sei. Thailand interessiere ihn eigentlich gar nicht. »Not interesting.« Die Frau entgegnete »pai«, mit einer entsprechenden wegwerfenden Handbewegung, dann solle er doch gehen, es entwickelte sich ein witziges Palaver, bei dem die beiden gehörig aneinander vorbeiredeten und die Frau höhnisch lächelnd lästerliche Kommentare, die Lehnert nicht verstand, über die Blumen hinweg zu den Nachbarständen schickte.

Lehnert ließ sich kurz entschlossen einen Blumenstrauß zusammenstellen. Er deutete mit dem Finger zunächst auf rote Rosen »haa an«, fünf Stück, dann auf zwei orangefarbene Orchideen, und, nachdem er eine Weile mit dem Finger im Mund überlegt hatte, auf eine fleischige Helikonie und drei weiße Engelstrompeten, deren Blüten noch kaum geöffnet waren. Schließlich entschloss er sich für ein wenig Grün, die Frau band den Strauß mit einem schmalen Band zusammen, wickelte ihn in Zeitungspapier mit schwungvollen Schriftzeichen und überreichte ihn Lehnert, herausfordernd mit vorgeschobenen Lippen »au pai lööi pai lao«, er solle es nehmen und dann könne er ja nach Laos gehen. Lehnert nahm den Blumenstrauß entgegen, hielt ihn einen Moment weit vor sich und reichte ihn an die Frau zurück. »You take it, it`s for you.« Schnitt sich, weil er die Hand fest geschlossen hatte, durch das Zeitungspapier hindurch an den Dornen der Rosen, fischte gleichzeitig in der Hosentasche nach Geld und legte 150 Baht auf den Tisch. Die Frau schaute sich überrascht um, sie schien nicht sicher, ob sie spöttisch reagieren sollte, die Nachbarinnen lachten und Lehnert lutschte am Finger, der zu bluten begann. Dann floh er, selbst überrumpelt von seiner spontanen Aktion, in die engen Seitenstraßen hinein.

Am nächsten Morgen trat er aus der Pension, um einen Ausflug in die Umgebung zu machen. Im Reiseführer hatte er von einem Tempel gelesen, der von einem reichen Schauspieler ganz in Weiß gebaut worden sei. Er erkannte auf der anderen Straßenseite sofort die Frau vom Blumenstand wieder, mit halbem Gesäß auf einem geparkten Motorrad. Sie schaute betont gelangweilt in der Gegend herum, und erst später, viel später war Lehnert klar geworden, dass sie nicht zufällig dort gesessen hatte. Alles Weitere erzählte sich von selbst.

Wiederum viele Monate später – die beiden waren lange Zeit in Laos unterwegs gewesen – stand Lehnert vom Campingstuhl auf, und beschloss, Noks Vater direkt anzusprechen, mit seinen immer noch dürftigen Sprachkenntnissen. »Pen arai yuu«, ob etwas nicht stimme?, was durchaus im doppelten Sinne zu begreifen war: einmal hinsichtlich dessen Antihaltung, zum anderen wegen der Wasserleitung. Lehnert fragte es über den Strohhut hinweg und wies mit seitlich verzogenem Mund zur Wasserleitung hin. Das dunkle Gesicht lugte unter dem Hut nur kurz überrascht hervor, das immerhin, und tatsächlich begann Noks Vater Lehnert zu erklären, was er reparieren wolle, redete drauflos, Lehnert verstand praktisch nichts und nickte, froh, dass eine erste Verständigung erreicht war. Er fragte sogar noch einmal nach, vermutlich hart am Thema vorbei, erhielt eine längere, anscheinend ausführliche Antwort, vermutlich dahingehend, dass das Rohr verstopft gewesen sei oder auch nicht. Lehnert nickte und ging zufrieden zurück zu Nok, die auf der Terrasse mit einem kurzen Messer grüne Bohnen schnitt. Er erklärte ihr stolz seinen Erfolg. Nok nickte.

Es war die Zeit eines großen Umbruchs im Land. Thaksin Shinawatra, ein ehemaliger Polizeioffizier chinesischer Abstammung und milliardenschwerer Unternehmer der Telekommunikation war Ministerpräsident geworden. Die Asienkrise Ende der 1990er-Jahre war vorüber, und Thaksin, der selbst aus dem Norden des Landes kam, war es gelungen, mit Versprechen einer für alle bezahlbaren Krankenversicherung und mit Aussichten auf Mikrokredite bei den Wahlen die ärmere Bevölkerung für sich zu gewinnen. Das Erstaunliche war, dass er seine Versprechen tatsächlich einhielt. Die Wirtschaft kam voran, weil nun auch die kleinen Leute konsumierten, das Land erholte sich, in den Dörfern begann man, die Dinge selbst in die Hand zu nehmen, was wiederum den abgewählten Eliten des Adels und des Militärs ein mächtiger Dorn im Auge war, die ihre Felle davonschwimmen sahen. Thaksin kümmerte sich nicht um alte Pfründe, er knüpfte eigene Netzwerke. Dass er dabei auch in die eigene Tasche wirtschaftete, störte das einfache Volk nicht. Es betrachtete ihn als einen der ihren.

42

Ein Regen in rosarot! Dass das eine Bougainvillea war, wusste Lehnert nicht. Er hatte ja keine Ahnung von Pflanzen. Also stand er und staunte mit angelegten Armen vor dem zweimannshohen Baum. Die Blüten wirkten in weitem Bogen wie aus dem Blätterwerk katapultiert und streckten sich an langen, dünnen Zweigen über den kleinen Hof. Und was sich dahinter auftat, war nicht minder atemberaubend: eine wellige Berglandschaft, die mit grünen Teesträuchern wie ein Teppich überzogen war. Dazwischen wand sich die Straße grau ins Tal hinab, um sich sodann den nächsten Berg hochzuschlängeln. Niedrige Häuser standen wie an einer Schnur über den Abhängen. Mae Salong, auch Santhikiri genannt, das Städtchen ehemals flüchtiger Chinesen, auf thailändischem Hoheitsgebiet.

Als ein paar Jungs Lehnert hergeführt hatten, hockte der alte Chanchau bereits auf einem Schemel vor seinem kleinen Haus aus unverputztem Backstein. Es schien, als habe man ihn eilig angezogen: ein weißes Unterhemd und eine alte graue Hose, die im Wind um seine Beine schlotterte. Saß da wie einer, der fertig war, der alles erledigt hatte mit seinen mindestens neunzig Jahren, einer, der nicht einmal mehr sein Alter wusste, aber viel von früher. Er kratzte sich verlegen in den letzten weißen Haaren. Der Sohn saß bei ihm und übersetzte sein Chinesisch, das er mit hoher Stimme und ruckartig mit vielen, scharfen S-Lauten zischte, ins Thailändische: »Tahaan Mao tse tung rääng khön pai«, so der Sohn. Die Armee Mao tse tungs sei einfach zu stark gewesen, und beide lächelten, als wollten sie sich entschuldigen, weil sie zu schwach gewesen waren. Dabei konnte der Sohn damals noch gar nicht gelebt haben.

Lehnert nickte und hörte gar nicht mal richtig zu. Er war immer noch von dem Ausblick hinter dem alten Chinesen gefangen, wo auf dem nächsten Berg ein großer Tempel über der Landschaft thronte und weiß in der Sonne leuchtete.

Und dann seien sie erst mal nach Burma geflohen, der Alte wies mit dem Kopf seitlich über die Berge hinweg. Viele Thai Lüü seien mitgekommen, von Sipsongpanna, auf Ochsenkarren, auf denen sie all ihr Habe verstaut hätten. Das meiste sei ihnen ja gestohlen worden, von irgendwelchen Banden, und der Alte versuchte ein linkisches Lachen. Die Schultern ruckten, und Lehnert konnte sich ebenso vorstellen, dass er und seine Kumpane die Thai Lüü beraubt hatten. Sie aber, die Kuomintang, so der Alte weiter, hätten sich zu wehren gewusst. Waffen hätten sie schließlich genug gehabt. »Awut phoo dii.« Und so hätten sie sich erst einmal drüben in Burma niedergelassen. »Rao khit pai kap reo reo«, übersetzte kopfnickend der Sohn, ein breitschultriger junger Mann, der auf der schmalen Begrenzungsmauer über dem Abhang saß. Sie hätten darauf gewartet, dass ihr Anführer Chiang Kai Chek von Taiwan aus, wohin er geflohen war, das Signal geben würde, um zurückzuschlagen. Aber da sei nichts gekommen. Also hätten sie zunächst neben den Thai Lüü gesiedelt, östlich von Kun Hing. Da hätten alle möglichen Shan-Völker gelebt, was auch irgendwie Thai seien, das verstehe ja niemand, dieses Durcheinander. Mit denen sie aber ansonsten nichts zu tun hatten. Nur ein paar Frauen hätten sie sich geschnappt. »Djap phuu ying«. Die Schultern ruckten, auch die des Sohnes. Sie seien ja schließlich aus Sipsongpanna ohne welche geflohen.

Lehnert fand, auch er sei ohne Frau auf der Flucht, und schämte sich sogleich für den schrägen Vergleich. Bun war schuld. Er hatte ihn hierher gelotst, eigentlich, nachdem der doch zunächst erschrocken und ängstlich reagiert und ihm am Telefon schon in Luang Phabang eindringlich von einer Reise nach Sipsongpanna abgeraten hatte. Von dort aber hatte Lehnert ihn angerufen, ihm stolz und hastig erzählt, dass er das Amulett gefunden habe, und Bun hatte am anderen Ende laut aufgejault, als habe man ihm auf die Füße getreten. Er müsse verdammt gut aufpassen, verdammt gut das Amulett verstecken, und wenn das alles so sei, müsse Lehnert dorthin zurück, wo er, Bun geboren sei, wohin die Familie seinerzeit mit seiner Schwester Inkäo und dem älteren Bruder geflohen sei. Der sei ja während der Flucht im Dschungel an Malaria gestorben. »Pai lööi pai thii nuun«, brüllte Bun weiter, und Lehnert hielt das Handy vom Ohr weg. Wo das denn genau sei, brüllte er zurück und tätschelte mit der Hand auf die Brusttasche seines Hemdes, in der knapp über dem Herzen das in dickes Wachstuch gewickelte Amulett steckte. Das versengte T-Shirt hatte Lehnert noch am Busbahnhof von Jianglung mit spitzen Fingern weggeworfen.

Da müsse er erst mal nach Mae Sarong, zu den Chinesen, den Kuomintang, die wüssten genau Bescheid. Und dass er das machen müsse, habe der Mönch in Luang Phabang ja anscheinend deutlich genug gemacht. Lehnert nickte. Er, Bun, werde ihn von Mae Sai aus unterstützen. Wie auch immer, dachte Lehnert.

»Lää khoo, lawang, lawang thii sut«, er müsse aufpassen, verdammt gut aufpassen! Lehnert hielt das Handy noch weiter weg. Und wenn er das geschafft habe, solle er sofort zurückkommen, »thantii«, und wenn es gelänge, die beiden Amulette zusammenzubringen, ja dann … war die Leitung unterbrochen. Zu viele Berge zwischen Sipsongpanna und Mae Sai.

Lehnert hatte also wieder an der Reling auf einem chinesischen Lastkahn gestanden, der diesmal leer unterwegs war und deshalb für die Zöllner an der laotischen Grenze uninteressant. Er ließ sich gegen einen Aufpreis von ein paar Hundert Baht an der Mekongschleife bei Baan Xiang Kok mitten im Niemandsland absetzen, allerdings am burmesischen Ufer, weil er sonst später am Goldenen Dreieck über Thailand und dann mit dem Bus nach Mae Sai hätte fahren müssen. Das schien ihm zu riskant, ohne Pass und ohne Visum und zu nahe an der Gefängniszelle, die er ja bereits kannte. Er hangelte sich an der Bordwand über eine dünne Strickleiter hinab ins Wasser, watete durch Untiefen über eine Sandbank zum Ufer und stieg in die burmesischen Bergwälder auf, hielt sich dabei über engen Pfaden möglichst in Richtung Westen, bis er irgendwann auf eine breitere Lehmpiste stieß. Dort wartete er auf einen klapprigen Kleinbus, der vor ihm scharf bremste und roten Staub aufwirbelte. Lehnert wechselte vom Kleinbus in ein Tuktuk und wieder in einen Kleinbus, ruckelte tagelang über Dorfstraßen, überquerte heimlich nachts die Nationalroute 4 zwischen Tachilek und Keng Tung, quälte sich mit seinem Rucksack auf den nächsten Berg, fragte sich mühsam in einem Kauderwelsch bei Shanleuten durch, zerlumpte Bauern und hohlwangige Frauen, deren Thaidialekt er kaum verstand, und war schließlich zu Fuß durch die Bergwälder ins thailändische Mae Sarong aufgestiegen, zu den Chinesen. Was für ein Aufwand! Möglicherweise doch nur für ein Hirngespinst. Das Amulett pochte. Oder war es sein Herz? Wegen der Anstrengung.

Chanchau wand grinsend den Kopf hin und her. Er war gerührt, dass jemand aus dem Westen herkam und etwas von damals wissen wollte. In Burma habe es dann Kämpfe mit der dortigen Armee gegeben, die die Kuomintang als Bedrohung gesehen hätte. Daraufhin seien sie weiter nach Laos gezogen, aber auch dort habe man sie nicht haben wollen. Und so seien sie hierhergekommen. Hier sei niemand gewesen, der sie hätte nicht haben wollen, nur ein paar Banden und Bergvölker, und mit denen seien sie schnell fertig geworden. Die Thai Lüü aber seien fürs erste in Burma geblieben. »Thai Lüü yuu noon«, zeigte er über die Berge im Westen und sein Sohn in der Übersetzung mit ihm. Sie glaubten sich unter ihren Shan-Völkern sicher. Da hätten sie sich aber gewaltig vertan, krächzte der Alte. Niemandem sei zu trauen gewesen, auch nicht den thailändischen Milizen. Lehnert pflichtete ihm bei und dachte kurz daran, dass dieser Vergleich definitiv nicht hinke, während die Blüten der Bougainvillea über ihm im Wind nickten.

Mohn angebaut hätten sie nicht. »Mai khöi tham fin.« Nur Geschäfte damit gemacht, Waffen gegen Opium getauscht, Wegezoll genommen und gleichzeitig darauf geachtet, dass niemand Opium anbaute. Schließlich seien sie ja diejenigen gewesen, die in der Gegend für Sicherheit gesorgt hätten. Klar, so der Alte gönnerhaft weiter, der ins Plappern gekommen war, sodass der Sohn mit der Übersetzung kaum nachkam, »baang khraang dai chuai«, manchmal hätten sie auch Opiumtransporte bewacht und über die Grenzen geleitet. Aber Anbau, nein!

Die Blüten bogen sich, und Lehnert wusste, dass der Alte log und dass die Kuomintang sehr wohl Opium angebaut hatten. Erst nach Jahrzehnten, als die Straße hinauf in die Berge gebaut worden war, konnte die Thai-Armee diese Region allmählich unter Kontrolle bringen. Sie setzte die Kuomintang unter Druck, ihre Felder zu roden und statt Opium Tee anzubauen, nichts als Tee, über zig Kilometer. Das ließ sich ja nicht übersehen. Wozu brauchte Lehnert eigentlich den Alten?

Was aber sei mit den Thai Lüü gewesen? Lehnert wippte ungeduldig mit einem Bein, das er über das andere geschlagen hatte. Jaja, er wisse schon, lachte der Alte dünn und meckernd, er werde ihm den Weg schon zeigen. Er wisse ja, was er wolle. Lehnert duckte sich. Was wusste der denn, außer vielleicht, dass Lehnert den Weg wissen wollte, und was wusste er von wem? Von Bun? Das Amulett pochte. Oder das Herz.

Das sei drüben zwischen Wan Pong und Möng Pu, da müsse er über den Hsin-Fluss und über ein, zwei Zweitausender, so genau wisse er das ja nun auch nicht mehr, winkte er ab, »Lüüm«, alles sei vergessen. Schmale Pfade, Dauernebel, untem im Tal Matsch und oben lauter Geröll. Nur vor den Soldaten müsse er sich in Acht nehmen, egal vor welchen. Am schlimmsten seien die Burmesen. Da könne er ja die Shan und die Thai Lüü fragen. Da sehe man ja auch hier einige traurige Gestalten von denen herumlaufen, als Flüchtlinge, die ausgenutzt würden.

Wer ihm den Weg denn zeigen könne? fragte Lehnert lauernd vorgebeugt. Ob man ihn hinbringen könne?

Ja, wovon er denn die ganze Zeit geredet habe? Der Alte zog die Brauen hoch, drehte sich von Lehnert weg und schaute über die Mauer auf die Berglandschaft, stolz, als habe er das alles in die Welt gesetzt, und Lehnert konnte sich aussuchen, was die Reaktion des Alten bedeuten sollte: genug erzählt, ein Scout kostet sehr viel Geld, alles zu gefährlich, oder war grundsätzlich schon die Frage, wer ihn dahinbringen könnte, zu riskant. Die Landminenopfer auf Krücken bestimmt nicht, so der Alte mit bitterem Lachen über die

Mauer hinweg, als wäre Lehnert an allem schuld. Und warum hatte er das mit einem Mal auf Thai gesagt? Der Sohn schaute Lehnert stumm an.

43

Wenige Wochen bevor Nok zurückgekommen war, wurde Puk überfahren. Vermutlich hatte er auf dem warmen Asphalt in der Sonne gelegen, als ein Pickup die enge Kurve vor dem Grundstück nahm, in sehr langsamem Tempo. Er schnarrte in tiefem Ton gemächlich heran, sodass Puk ein paar Sekunden zu lange liegenblieb.

Lehnert, der auf dem Grundstück am Vergaser seines Tuktuks herumschraubte, weil es ständig beim Anfahren ruckelte, hörte ein langgezogenes Jaulen, das abrupt abbrach, als sei es auch dafür zu spät. Der Fahrer des Pickups hielt nicht einmal an, er bog im selben Tempo weiter durch die Kurve, bis er auf der kurzen Geraden zum Markt Gas gab.

Lehnert stand neben dem Tuktuk, den Schraubenzieher in der Hand und schaute zur Straße auf den leblosen Körper.

Was war da zu erzählen?

Puk wurde im Garten zwischen den Brokkolireihen verscharrt, an denen er jahrelang nicht hatte herumschnüffeln dürfen, weil der Alte Angst um seine Aussaat hatte. Am Tag darauf wurde, wie es Usus ist, wenn Familienmitglieder einem tödlichen Unfall erlegen waren, ein Foto des toten Körpers in seiner Blutlache auf eine der Ablagen des breiten Wohnzimmerschrankes gestellt, in einem silberfarbenen Rahmen. Gelegentlich zog der Alte langsam in seinem Rollstuhl daran vorbei, mit schrägem Seitenblick, während er düster an seine Tochter dachte, die gefälligst herzukommen hatte.

44

Noch in der Dämmerung schlurfte Lehnert zum Morgenmarkt am Fuß des Berges. Unter einem Wellblechdach boten Händler, die sich wegen der Kälte tief in ihre Jacken duckten, frisches Gemüse an: Brokkoli, dunkelviolette Auberginen, kurze Gurken und grüne Tomaten - und paa thong koo, das frittierte, knochenförmige Gebäck, das Lehnert so gern mochte. Ein Gemisch aus Chinesisch und Nordthaidialekt waberte über die Stände. Die Händler redeten zu dampfendem Instantcafé mit kondensierter Milch und zusätzlichem Milchpulver aufeinander ein. Lehnert setzte sich hinzu, bestellte zwei paa thong koo und einen Becher Kaffee, in dem dick die Milch stand, hörte schlaftrunken zu und verstand ohnehin nichts. Lauschte nur dem Singsang hinterher, der ihn aus seinen letzten Träumen führte und die er ohnehin vergessen hatte. Saß da und schaute auf die Akha und Lisu-Frauen, die mit ausgestreckten Beinen vor dem Markt auf Wolldecken saßen, Wildkräuter mit gelben Blüten aus Zeitungspapier wickelten und die einzelnen Büschel sortierten.

Der Tempel hoch über dem Markt war über genau siebenhundertdreizehn Stufen zu erreichen, ideal in der morgendlichen Kühle. Die Nebel lagen noch vage über den Tälern, als wüssten sie nicht, ob sie aufsteigen oder sich fallenlassen sollten.

Lehnert musste aufsteigen. Allein, um sich abzulenken von dem, was ihm bevorstand, möglicherweise, denn der alte Chinese hatte sich ja nur sehr vage geäußert. Die etwa fünf Meter breiten Treppenstufen waren aus altem, grauem Stein, aber trotzdem in ziemlich gutem Zustand, mit nur wenigen Brüchen. Lehnert fand bald im Schatten der Rhododendren und Frangipani mit ihren länglichen Blättern und weiß-gelben Blüten ein gleichmäßiges Tempo. Die Sträucher bildeten einen Tunnel mit einem fernen himmelblauen Lichtpunkt, weit oben. Gelegentlich schaute Lehnert sich um, auf das, was er bereits geleistet hatte, lauschte der zunehmenden Stille nach, die sich über das Knarren der Motorräder im Tal zu legen begann. Bis er über sich ein leichtes Wischen vernahm, rhythmisch, in sekundenlangen Abständen. Er schaute auf und sah eine Frau über sich, hochgewachsen, gertenschlank, etwa Mitte Sechzig. Sie fegte mit einem Reisstrohbesen das wenige Laub von den Stufen. »Tham thuk wan«, jeden Morgen mache sie das, und nachmittags gleich noch einmal, erklärte sie, als Lehnert herangekommen war. Sie sei eigentlich aus Bangkok, komme aber jedes Jahr für ein paar Monate her, und tue das, um Glück zu haben. »Phüüa mii khwaam suk.« Sie sagte das wie eine, die etwas gutzumachen habe, lächelnd zwar, aber mit der Haltung: Wie trage man am besten seine Lasten, dachte Lehnert. Vielleicht glaubte auch sie, Mitschuld am Unglück eines nahen Menschen zu haben. Vielleicht war sie unheilbar krank, obwohl sie in ihrer kerzengeraden Körperhaltung und mit ihrer frischen Art gesund zu sein schien. Vielleicht büßte sie für andere: Kinder, die Schwester oder für den Weltenlauf, fegte den Abfall der Menschen schlechthin zur Seite, welkes Laub, die Vergängnis, die Vergangenheit?

Lehnert erklärte nicht, was er hier wolle, weil das ja ohnehin keine Frage schien: Ein Tourist möchte hoch zum Tempel, und weil das so nicht stimmte, und er nicht korrigieren wollte, wie *er* nun seine Schuld zu tragen gedachte, lächelte er zurück und fand bald wieder zu seinem gleichmäßigen Tempo.

Oben stand er minutenlang vor der goldglänzenden Pagode

unter einem Himmelblau, das jedes Postkartenmotiv in den Schatten stellte. Die Rundbögen auf den blendend weißen Tempelmauern waren goldfarben verziert. Die Nagaschlangen warfen weiß ihre auf den Scheiteln scharf gezackten Köpfe auf, und aus dem Inneren des Tempels lockte helles Karmesinrot fast wie zum Eintritt in sündige Gemächer.

Lehnert trat ein, nahm wie gezogen die enge Wendeltreppe, die ihn über mehrere Etagen hinauf zu einem Stupa aus weißem Marmor mit bläulichen Adern und gesichtslosen Figuren auf ihren Absätzen führte. Er fingerte eine 10-Baht-Münze aus der Hosentasche, um sie, indem er durch eine rechteckige Maueröffnung nach innen langte, vorsichtig zu anderen Münzen zu geben, die innen auf einem mit Blattgold drapierten Schrein auf ihren Rändern standen. »Phüüa mii khwaam suk.«. Lehnert stellte die Münze auf, ganz vorsichtig, damit sie nicht abrollte und nicht fiel, versicherte sich noch einmal mit einem Seitenblick und patschte barfuß und geduckt wieder abwärts, schlüpfte draußen in die Sandalen und schlurfte zur Mauer der weitläufigen Tempelanlage. Was für ein Ausblick! Lehnert hatte das Gefühl, die aufrechtstehende Münze habe sogleich ihre Wirkung entfaltet und Glück schleiche ihm die Haut am Rücken empor. Santhikiri! Allein der Names dieses Städtchens unter ihm klang heilig und nach Verheißung. Lehnert fühlte sich wie auf dem Dach der Welt. Er schaute mit dem Gehabe von Machthabern mit hinter dem Rücken verschränkten Armen auf die umliegenden Berge und weit darüber hinaus, durch den Dunst ins Tal und auf die Nebel, die wie milchige Seen zwischen den Hängen lagen, auf die Hochebene zwischen der Provinzhauptstadt Chiang Rai und Mae Chan. Und weit, ganz weit hinten witterte er Mae Sai, und dort irgendwo im Häusermeer die hellgelbe Fassade seines Hauses.

Tief unter ihm bot sich die Landschaft wie auf einem Präsentierkessel dar: innen das saftige Grün der Teeplantagen, nachträglich in eine Schüssel dunkler Berglandschaft gesetzt. Lehnert stellte sich wogende Mohnfelder vor, die bis vor wenigen Jahrzehnten die Produktion von Rohopium sichergestellt hatten. Nun waren die Wege zwischen den Feldern mit flammend-roten Weihnachtssternen geschmückt, die an ihren Sträuchern meterhoch hervorzüngelten, und zwischen den Wäldern nahe den Dörfern der Bergvölker blühten japanische Kirschbäume rosarot.

Unten im Städtchen erschienen die kurzen Seitenstraßen wie schmale Stäbe, so steil angelegt, dass man mit dem Fahrrad keine fünf Meter bergaufwärts schaffen würde. Selbst die Motorradfahrer, manchmal mit der gesamten Familie auf dem Sitz, nahmen Schwung, um die Steigungen zu meistern. Die eng aneinandergeschmiegten Häuser standen wie Spielzeugbausteine da, die sich um Tempel, Moscheen und Kirchen scharten. Lehnert war überrascht von dieser Harmonie, die sich da aufzutun schien. Die Gebetshäuser wirkten wie eine gelungene Interaktion zwischen allen Religionen dieser Welt: Da waren kleine buddhistische Tempel mit roten Verzierungen zwischen den engen Gassen. Hinter dem Markt stand eine Moschee mit kurzem Minarett für die chinesischen Muslime im Ort, und gleich daneben die Kirche der Baptisten für die bekehrten Akha und Lisu, die sonntags zur Messe kamen, wenn sie nicht gerade an ihre Ahnen glaubten, und manchmal glaubten sie im Verbund, zur Sicherheit. Damit die Krankheiten fernblieben, damit die Kirschen sich gut verkauften, und die Kräuter aus den Höhenwäldern. Damit er Nok noch einmal begegnen würde, dachte Lehnert, und wusste nicht, woran er glauben sollte. Hauptsache, die Münze stand.

Drüben im Dunst lag Burma, wie eine Drohung, ein trotziges Geheimnis hinter den Wäldern. Weit hinter den Bergvölkern, den Akha in ihren schwarzen Trachten und Röcken, die am Tage herabkamen, um Kräuter mit gelben Blüten aus ihren Schultertaschen hervorzuholen und in den Yunnansuppenküchen zu verkaufen, wo die Chinesen Schüsseln knapp unter ihr Kinn hielten und mit Stäbchen eilig zappelnde Nudeln herausfischten.

Ein Schatten näherte sich, und Lehnert fiel, noch bevor er sich dem Mann zugewandt hatte, dessen Hinken auf. Der rechte Fuß schleifte über den Boden, als er herankam und mit dem Finger direkt auf Lehnert zeigte. »Pai burma mai«, ob er nach Burma wolle, zu den Thai Lüü? Den zerstörten Dörfern? »Muu baan, thii siaa naan läo«, den längst zerstörten Dörfern? Und Lehnert schaute in ein sonnengegerbtes, vernarbtes Gesicht, das selbst seit Langem zerstört zu sein schien. Nai En, stellte er sich mit einem kurzen Nicken vor. Mitte fünfzig der Mann, klein und gedrungen, unter einem Cowboy-artigen Lederhut, wie ihn viele in der Gegend trugen. Er musterte Lehnert von oben bis unten, als wolle er prüfen, ob der überhaupt in der Lage sei, zu Fuß in die Berge und so weiter.

Lehnert bejahte: »Yaak pai burma«, alles schien vorherbestimmt. Er folgte dem Mann, da ja ohnehin alles ferngesteuert war. Folgte ihm, der in seinen Latschen erstaunlich flott vor ihm her die andere Seite des Berges hinabhumpelte, bis die beiden am Rande eines Dorfes zu einer leerstehenden, an der breiten Vorderseite offenen Halle kamen. Sie wurden bereits erwartet, und Nai En erklärte Lehnert beim Herankommen in kurzen Worten, wen er da vor sich hatte: Fünf Männer, mit Gesichtern ähnlich verbrämt wie die des Hinkenden, allesamt Thai Lüü, und allesamt Vertriebene, allesamt

Veteranen einer in alle Winde zerstreuten Shan-Armee in zerschlissenem Militärgrün. Nai En winkte Lehnert hinein.

Da saßen sie am langen Tisch wie zum konspirativen Treffen eines Politbüros im Exil. Die Schale Obst, die vor ihnen stand – kleine Bananen, chinesische Birnen, Orangen – rührten sie nicht an, und sollten es die ganze Zeit nicht tun.

Und dann ging es los, einer nach dem anderen, hinter gelben Zahnstummeln hervor, im Thai Lüü-Dialekt, und Lehnert hatte das Gefühl, gar nicht mehr da, völlig unwichtig zu sein, als redeten sie mit sich selbst, klagten ihre Erlebnisse monoton über ihn hinweg in die Wälder hinein, aus denen es jeden Abend von Neuem herausschallen mochte. Hatte Lehnert irgendwelche Probleme? War da was mit irgendeiner Münze? Die noch auf ihren Rändern stand? Fraglich. Aber *das* war, und Nai En musste nicht einmal übersetzen:

Freunde hätten ihm erzählt, wie jemand von betrunkenen Soldaten so lange geschlagen wurde, bis er tot war. Das geschehe immer wieder. Das sei alltäglich. Auch jetzt noch. Und wenn die Angehörigen später zum Armeeposten der Burmesen gingen und nach dem Vermissten fragten, könne es passieren, dass auch sie verhaftet würden.

Der Nächste. Das gleiche verbrämte Gesicht, die gleichen Zahnstummel: Sie kämen in die Dörfer und nähmen das Vieh, die Ochsen und Rinder, Schweine und Hühner. In jedem Dorf geschähen solche Dinge. Oft gingen sie her und vergewaltigten die Frauen.

Der Dritte, der in der Mitte, gleiches Outfit, Wollkappe auf dem Kopf: Man zwinge sie, als Lastenträger zu arbeiten und sogar die schweren Waffen zu tragen, manchmal zwei bis drei Monate lang, quer durch den Dschungel. Sie alle hätten Angst vor den Soldaten. Und oft würden die Dorfbewohner gezwungen, Gräben auszuheben und Bunker anzulegen. Tag und Nacht.

Ein Verbrämter weiter: Wenn die Soldaten irgendwo Rebellen vermuteten, müssten sie die Uniformen der Burmesen anziehen und die würden ihre Zivilkleidung überstreifen, und sie würden sie dann als Schutzschilde vor sich hergehen lassen. Sie schickten sie auch vor, wenn sie vermuteten, dass Minen gelegt worden seien.

Der Letzte, ganz links: Die Familien, die es auf die Thaiseite geschafft hätten, seien oft nicht viel besser dran. Das sei eine vertrackte Situation für die Flüchtlinge. Man lasse sie nicht weiter auf thailändisches Territorium. Sie seien gezwungen, genau entlang der Grenzlinie zu bleiben. Falls nicht, würden sie von thailändischen Soldaten wieder zurückgedrängt. Die Burmesen warteten nur darauf.

Lehnert stand auf, weil er allein sein wollte. Dringend. Er ging, ohne sich umzuschauen, zur Mauer am Abhang. Er sah über sich die Sonne, die den Nebel im Tal geteilt hatte und nun die Blicke freigab: auf die dunklen Wälder, die silberfarbenen Bergbäche, zerfallene Stelzenhäuser. Er sah kein Schicksal mehr, schon gar nicht seines. Und keine Münze.

Morgen werde man aufbrechen, ganz früh.

45

Habe mich köstlich amüsiert. Auch Djum hatte sichtlich ihren Spaß. Sie lehnte mit ihrer Einkaufstüte an der Mauer des chinesischen Tempels mit seinen roten Ballons und gelben Schriftzeichen und verzog den Mund, um nicht allzu offen zu grinsen.

Wir waren gerade vom burmesischen Markt an der Grenze herabgekommen und standen unschlüssig vor einem der vielen, kleinen Souvenirläden an der Hauptstraße von Mae Sai herum. Die Besitzer des Ladens, ein Thai Yai-Paar oder Shan, oder wie sie heißen, im mittleren Alter, hatten draußen einige T-Shirts und Sommerhüte an einem Kleiderständer aufgehängt. Sie kamen wie viele andere jeden Morgen mit ihrer Ware über die Grenzbrücke, um vornehmlich an Touristen zu verkaufen, die für eine Tagesreise in Bussen herangekarrt wurden. So weit war alles in Ordnung.

Dann aber trieben die beiden zwei ältere Chinesinnen aus ihrem Laden, lauthals: »Fuck you«, »you fuck«, »fuck«, schrie man sich gegenseitig an, wahrscheinlich nur, weil man sich nicht über den Preis hatte einigen können. Was bei chinesischen Touristen wiederum nichts Ungewöhnliches war. Nach allem, was ich so hörte, galten sie als geizig, reisten all inclusive und waren als Kunden nicht so gerne gesehen, das hatte mir auch Djum bestätigt: »Chin no good«. Also ging es weiter: »fuck you«, und »you fuck« zurück, und ansonsten fand man zu keiner gemeinsamen Sprache, »fuck you« kannte hingegen jeder. So ging das bis hart an den Reisebus heran, der mit laufendem Motor am Straßenrand wartete, und mit seinen Auspuffgasen die Waden der auf dem Bürgersteig Vorbeigehenden wärmte, obwohl es ja warm genug war und die Schwüle über der Stadt waberte. Im Bus schauten andere ältere Chinesinnen, die ihre Einkäufe bereits hinter sich hatten, gelangweilt aus den Fenstern auf das Geschehen hinab, während Djum und ich dankbar das Schauspiel verfolgten. Die beiden Chinesinnen nahmen wutentbrannt die Stufen am Einstieg, noch einmal ein letzter Blick im Zorn, »fuck you«, und die beiden Thai Yai, bevor sie mit Siegerlächeln zurück in ihren Laden traten: »you fuck.« Das war's dann mit dem misslungenen Handel, und mit der Völkerverständigung.

Lehnert hatte endlich angerufen. Er sei gar nicht weit von hier und werde morgen mit jemandem über die Berge nach Burma gehen. Klang alles nebulös, und am meisten verstörte mich der Satz, ich müsse mir keine Sorgen machen.

46

Sie hätten seinerzeit eine Jugendbande gegründet, leitete die Alte mit Reibeisenstimme ein. Sie saß im Schneidersitz vor ihrer Bambushütte, die sich hinter ihr wie eine schiefe Wohnschachtel aufrecht zu halten suchte, und redete über die Kronen der Urwaldbäume hinweg in längst verwehte Zeiten hinein, »naan lääo«, weitaus bessere Zeiten, als das Reich der Thai Lüü sich von Sipsongpanna her zu erweitern begonnen habe. Gelegentlich zupfte sie, als wolle sie weitere Erinnerungen abrufen, an den Zipfeln ihres ockerfarbenen Tuches, das sie sich zum Schutz vor der Hitze um den Kopf gebunden hatte. Mit flinken Augen spulte sie die Vergangenheit ab, und ihre Haut schien so dünn und durchsichtig wie das Pergamentpapier, von dem sie erzählte: frühen Thai Lüü-Schriften, die vor etwas mehr als hundert Jahren in einer Tempelruine am Mekong gefunden worden waren. Etwa dort, wo Lehnert an einer Sandbank vom chinesischen Lastkahn gestiegen war.

Diese Jugendbande habe in der Mehrzahl aus Söhnen Adliger bestanden. Sie hätten sich wohl gelangweilt, lachte die Alte kehlig und nahm einen tiefen Zug aus ihrer langen, dünnen Tabakpfeife. »Tham khwaam leo lai« sie hätten allerlei Unsinn angestellt, unter anderem den Bauern Büffel und Kühe gestohlen, bis sogar ihre reichen Eltern eingesehen hätten, dass es nicht angehe, das Volk so sehr zu drangsalieren, dass es womöglich einen Aufstand gewagt hätte.

Kurzes Hüsteln, Ausklopfen der Pfeife am Lehmboden. Die Ältesten hätten also einen Staatsrat zusammengerufen und nach tagelangen Beratungen beschlossen, ihre Söhne ins Exil zu schicken, auch Cao Faa Dek Noi, den Sohn des Herrschers. Nai En nickte.

Man habe ihnen auferlegt, ein Floß zu bauen und sich den Mekongstrom hinabtreiben zu lassen, was eine abenteuerliche Fahrt gewesen sei. Man müsse wissen, und die Alte wies mit ihrem knochigen Pergamenthautarm in einem Bogen nach Osten weit hinter die Berge, dass der Mekong damals wesentlich wilder gewesen sei als heute. Mit riesigen Felsen, von denen nur die Spitzen aus dem Wasser ragten und Strudeln, die man erst bemerkte, als man untergegangen sei. Die Chinesen hätten aber nun allen anderen flussabwärts mit ihren Staudämmen das Wasser abgegraben.

Auch Lehnert nickte, änderte seine Körperhaltung, weil er nicht allzu lange wie ein Schneider dasitzen konnte und streckte die Beine vor. Nai En blieb neben ihm reglos und hörte mit zu Boden gesenktem Kopf weiter zu. Das hier war die Ursprungslegende des Thai Lüü-Reiches, das in seiner Blütezeit von Sipsongpanna bis hierher nach Burma, nach Laos und in den Norden von Thailand gereicht hatte.

Nach Tagen auf dem Floß habe der verstoßene Sohn des Herrschers Cao Faa Dek Noi dann auf einer Sandbank einen weißen Tiger bei der Jagd auf einen weißen Schweinshirsch entdeckt. Er habe das als Glück verheißendes Zeichen genommen, »khwaam mai phüüa mii khwaam suk.« Der Prinz und seine jungen Mitstreiter hätten all ihren Mut zusammengenommen und seien an Land gegangen, um nahe dem Ufer eine erste Gemeinde zu gründen: Chiang Khääng. »Khääng« betonte die Alte langgezogen, Stadt der Stärke, wo man alle Kraft bündeln und im Exil eine befestigte Siedlung bauen wollte.

Dagegen nahm sich die Siedlung zwischen Wan Pong und Müng Pu jämmerlich aus. Ein liderlich zusammengewürfelter Unort aus Bambuswohnschachteln, auf einer Lichtung, die sich die Thai Lüü provisorisch in den Dschungel geschlagen hatten, um sich vor den burmesischen Soldaten versteckt zu halten. Reste einer Gemeinde, wie Kehricht, der von den Thai Lüü in Burma übriggeblieben war, von ihrem Reich. Ein paar Kinder spielten am schmalen Bachlauf, der Dorfschmied schleifte vor seiner Hütte mit einem nassen Wetzstein Messer. Es gab noch ein paar andere im Dschungel versprengte Dorfgemeinschaften wie diese, mit desillusionierten Bewohnern, die noch Jahrzehnte zuvor weiter unten in schmalen Tälern an Flüssen gesiedelt und an den Hängen Mais und Trockenreis angebaut hatten.

Nai En begann, mit dem kurzen Zweig eines Maulbeerbaums Linien in den Lehmboden zu ziehen, als wolle er Landkarten nachzeichnen.

Das Dorf, wo Inkäos Eltern vor sechzig Jahren Zuflucht aus Sipsongpanna gefunden hatten, weil die Truppen Mao tse tungs keine Landbesitzer duldeten, hatte gleich in der Nähe gestanden, etwas hangabwärts am Hsin-Fluss, dessen Wasser zehn Meter breit mit reichlich Geschwindigkeit aus dem Gebirge dem Salween zustrebte, der eine Weile im Südwesten von China den Mekong als Parallelfluss begleitet hatte. Nai En hatte, bevor sie die Alte oben am Berg aufsuchten, abgewandt und lustlos auf die verbrannten Reste der Stelzenhäuser gezeigt, die auf etwa einem Quadratkilometer verteilt lagen, schwarz verkohlt, als stiegen jetzt noch nach rund fünfzig Jahren Rauchsäulen aus den Trümmern auf. Gräser und junge Bäume wuchsen aus dem Schutt hervor, um das alles wieder dem Dschungel einzuverleiben. Lehnert stellte sich vor, wie die Dorfbewohner, die, die noch nicht umgekommen waren, abermals ihr Hab und Gut auf Ochsenkarren luden, um weiter nach Osten zu fliehen. Die Eltern Inkäos, besser gesagt ihre Asche war da längst in einer Schale dem träge dahinziehenden Salween anheimgegeben worden, was eigentlich eine Schande war, da sie ihrer Herkunft nach mit diesem Strom, der sich viel später in den Indischen Ozean ergab, nichts zu schaffen hatten. Inkäo, damals eine 15-Jährige und dem Kämpfer einer Widerstandsgruppe versprochen, zog mit ihrem Bruder Bun und hunderten anderen Thai Lüü zur Grenze nach Thailand. Der junge Mann aber fiel im Guerillakrieg.

Lehnert hatte verlegen mit den Sandalen im Staub der verbrannten Erde geschabt und nichts gesagt, nur zuhören wollen, aber da kam nicht viel. Wo doch Nai En, der seinerzeit, als das Dorf zerstört worden war, im Dschungel mit der Shan State Army gegen die burmesischen Soldaten gekämpft hatte. Also sagte er kaum etwas, führte nur hinkend über die Dorfreste und wies mit einem angesengten Stock auf die Schutthügel. Das Gemeindehaus, den Tempel, das Haus des Dorfvorstehers, ein etwas größerer Haufen. War das etwa alles, was vom Reich des Prinzen Cao Faa Dek Noi übriggeblieben war?

Die Alte hatte Inkäos Eltern noch gekannt. Als Nachbarkind hatte sie oft mit schwarzen Füßen auf den Stufen des Brunnens gesessen, den Vater Inkäos im Blick, wie der in der untergehenden Sonne am Boden gegen den Türrahmen seines Hauses lehnte, an der Pfeife kaute und über die Baumkronen hinwegsinnierte, vermutlich seine Ländereien im fernen Sipsongpanna im Blick.

Nun war die Alte schon bei der nächsten Legende angelangt. Die Sonne stand hinter den Maulbeerbäumen am Berg und linste zwischen den Blättern hervor, während Lehnert den Eindruck hatte, die Alte sei auf ihrer persönlichen Rückreise, bis ganz an den Anfang, wie eine, die kurz vor ihrem Abgang das Leben noch einmal vorbeiziehen sieht. Die Pfeife war längst wieder gestopft und mit einem billigen chinesischen Feuerzeug nach mehreren Versuchen angezündet. Dünne Rauchfahnen kräuselten aus dem Pfeifenkopf, und Lehnert dachte an die Schutthügel unterhalb am Hsinfluss.

Kurzes Räuspern, dann wieder die Reibeisenstimme: Der Vater dieses Prinzen Cao Faa Dek Noi, der ja im Exil Chiang Kääng gegründet hatte, der eigentliche Cao Faa also, Herrscher der Thai Lüü, sei mit übernatürlichen Kräften ausgestattet gewesen, »rääng thii sut bääb phii.« So habe er unter anderem durch die Lüfte spazieren können, und die Alte zog mit der Pfeife in der Hand am tiefblauen Himmel den Flugweg des Herrschers nach. Ebenso wie der burmesische König und der chinesische Machthaber. Eines Tages aber hätten sich die drei getroffen und beschlossen, dem Gott Indra einen Besuch abzustatten.

Lange Pause. Rauch qualmte wichtig aus dem Mund der Alten dem Flugweg der drei Herrscher nach. Nai En schaute hinterher, Lehnert änderte wieder seine Sitzhaltung und steckte seine Füße seitlich unter das Gesäß.

Als die drei den Himmel erreicht hätten, habe der Gott Indra einen Geruch von frischem Fleisch wahrgenommen, und gefragt, wer von ihnen bereits frisches Fleisch gegessen habe. Die Alte zeigte mit der Pfeife in der Hand abwechselnd auf Nai En, Lehnert und ins Gebüsch, weil sonst niemand da war. Die drei aber hätten im Bewusstsein, dass eine solche Mahlzeit nur den Göttern vorbehalten war, geleugnet. Um ihre Unschuld zu beweisen, hätten sie ihre Münder geöffnet und sich bereitwillig erbrochen. Als aber der Cao Faa sich übergeben habe, sei ein kleines Stück Fleisch aus seinem Mund gefallen. Ein klarer Beweis. Auf dem Weg zum Himmel habe er eine große, wunderschöne Kuh entdeckt und unbedingt wissen wollen, wie köstlich das Fleisch dieses Tieres wohl sei. Lehnert schaute sich nach einem Rind um, das mit hervorstehenden Rippen über den steilen Bachlauf gebeugt stand, um zu saufen. Ein paar Hühner pickten auf dem Lehmboden herum, wie sie das immer taten, auch wenn es nichts zu picken gab. Die Alte machte mit ihrer Pfeifenhand eine abrupte Bewegung gegen den Lehmboden. Als der Cao Faa nun aber gegenüber dem Gott Indra sein Gesicht verloren hatte, sei er aus dem Himmel geflohen und zur Erde zurückgekehrt, während dem chinesischen und dem burmesischen Regenten eine Audienz gewährt worden sei. Seitdem habe man den Chao Faa Herrscher, der vom Himmel floh, genannt.

Nai En mischte sich zum ersten Mal ein. Er holte nach hinten ein wenig Schwung im Schneidersitz, schaukelte wieder nach vorn und räusperte sich, als habe auch er an der Pfeife gezogen: Das sei der Auslöser dafür gewesen, dass die Thai Lüü fortan zwischen den Burmesen und den Chinesen einen schweren Stand gehabt hätten. Zwar konnten sie gelegentlich von den Kriegen zwischen diesen beiden großen Völkern profitieren und ihr kleines Reich erweitern. Grundsätzlich aber sei das Dasein beiderseits des Mekong zwischen Burmesen, Chinesen und auch gegen das thailändische Königreich im Süden ein sehr schwieriges gewesen, ein ständiger Kampf, »lüai mii panhaa tuapai« und man habe sich mit anderen Thai-Völkern und den Bergstämmen der Gegend zusammengetan. Nai En ruckte noch einmal wichtig seinen Körper zurecht, in kerzengerade Haltung. Bis dann mit den Franzosen von Osten und den Engländern von Westen her wiederum andere Mächte aufgetaucht seien und willkürlich am Mekong die Grenzen ihres Einflussgebietes gezogen hätten. Von ihnen, den Thai Lüü sei nicht mehr die Rede gewesen.

Die Alte schaute Nai En an, wie eine Dorflehrerin, die überlegte, wie sie am besten ihrem vorlauten Schüler eins überbraten solle, und klopfte die Pfeife aus.

47

Hockte da auf dem Sandhügel wie ein Feldherr im Wickelrock. Ich sah ihn eher als grausamen Bauherrn. Auf dem Bambusgerüst vor ihm hangelten sich burmesische Wanderarbeiter mit Plastiklatschen entlang, Maurerkellen in der Hand, einer eine Bohrmaschine, Spachtel und sogar ein Lot, damit die Wände nicht schief wurden. Dieser Feldherr, ein neureicher Thai Lüü, wie Djum mir flüsternd erklärte, während sie Daumen und Zeigefinger aneinanderrieb, hockte unter dem Rohbau auf diesem Sandhügel und ließ seine Untertanen nicht aus den Augen, die ja eigentlich über ihm werkelten. Das Schlimmste für sie: Der Mann war vom Fach. Nicht nur einfach ein Architekt, sondern ein preisgekrönter. »kheng maak« kommentierte Djum wieder mit gesenkter Stimme, während wir auf der schmalen Seitenstraße nahe dem Viertel der Rubinhändler standen und gafften. Somit war der Feldherr auch jemand, der es ganz besonders haben wollte: den Rundbogen über dem Eingang, den schmalen Kanal, in dem später mitten durch die nach allen Seiten offene Wohnhalle die Fische der Region umherschwimmen sollten: Karpfen, Schlangenkopffische, an denen man sich dann zur morgendlichen Reissuppe ergötzen würde, wenn sie ihre Mäuler aus dem Wasser spitzten, als wollten sie auch etwas abhaben. Neidisch war ich, klar, und vor allem kam ich mir auch ein wenig dumm vor, als sei ich aus der 3. Welt und habe keine Ahnung, was ja per se schon Unsinn ist. Das alles wirkte wie Design in höchster Vollendung, die geballte und verbaute Intuition, mit der ich hier in der tiefen Prozinz in Mae Sai nicht gerechnet hatte.

Das Kunstwerk stand kurz vor der Vollendung. Die gusseiserne Wendeltreppe wand sich bereits über dem Kanal. Ein ausgemergelter Burmese, dem das Wort Mindestlohn garantiert fremd war, spachtelte mit großer Kelle am Balkon herum. Der sollte nicht einfach nur über der Terrasse kargen, sondern in eigens ausgeklügelten Rundungen, anthroposophisch schwungvoll. Das Ding bauchte bereits in grober Form über dem Eingang.

Der Thai Lüü-Feldherr aber hockte glatzköpfig und mit überbreiten Schultern wie ein Silberrücken auf dem Sandhügel, beobachtete mit einem Zahnstocher im Mund jede Bewegung der Arbeiter, sprang im Nu auf und rutschte mit seinem Wickelrock den Hügel hinunter, sobald im wahrsten Sinne des Wortes etwas schieflief. So auch, als die Kelle an der Unterseite des Balkons antrocknende Krusten hinterlassen hatte, die nur er von unten sehen konnte. Stand breitbeinig da, wies mit langem Arm darauf hin, raffte den Rock und kletterte zurück auf den Hügel. Dann fehlten länge Nägel für die Querbalken am Carpark, und er rutschte wieder runter, schwang sich behende auf sein bereitstehendes, schweres Motorrad, und rauschte an Djum und mir vorbei wie an Störfaktoren, die dort nicht hingehörten und sein Bauwerk bedrohten. Ein Silberrücken, der auf seinem Bock schräg um die Ecke bog, was immerhin den Burmesen eine halbe Stunde Zeit gab, in Ruhe Fehler machen zu können. Wären sie Christen gewesen, hätten sie drei Kreuze geschlagen.

48

Nai En pflückte einen Wurm aus der Achselhöhle hervor, einen etwa fünf Zentimeter langen, wie Lehnert mit krausem Mund feststellte, dick und vollgesogen mit Blut. Nai En schaute nicht genau hin, hielt den Blutegel kurz zwischen Daumen und Zeigefinger und schnippte ihn in den rauschenden Bach, der zwischen den Bambuskolonien aus den Höhen hervorstob.

Die beiden hockten am Boden über knorrigem Wurzelwerk und schabten mit kurzen chinesischen Löffeln Reste aus ihren Plastikdosen: gebratenen Reis mit eilig gedünstetem Gemüse. Die Alte hatte es am Morgen über einer Feuerstelle neben ihrer Bambushütte zubereitet und die beiden angemahnt, nicht zu lange mit dem Aufbruch zu warten. Seit Tagen streiften wieder burmesische Patrouillen durch die Gegend unterhalb der versteckten Siedlung. Manchmal höre man das Klappern ihrer Gerätschaften aus dem Tal und ihr Burmesisch, raunte die Alte und spuckte rot Betelsaft aus.

In der Nacht hatte Lehnert nicht schlafen können. Er lag vor der Hütte auf dem Lehmboden. Drinnen schnarchte Nai En nahe dem Eingang und schnarchte die Alte auf ihrer Liege umso lauter. Lehnert hätte ohnehin nicht schlafen können. Meist lag er auf dem Rücken, verscheuchte mit einer Hand matt das Summen der Mücken und hätte ohnehin auch dann nicht schlafen können, wenn sie ferngeblieben wären. Über ihm geisterten mit atemberaubender Langsamkeit stumm die Sternbilder herum. Der Drachen neigte seinen Dreieckskopf mit grünen und roten Augenpunkten der Erde zu. Mit dem langen, gebogenen Schwanz wirkte er wie ein

Untier, das weit hinter den Sternbildern von Kinderhand an einer Schnur gehalten wurde. Links davon beugte sich der Kleine Bär in den Bogen hinein. Lehnert erinnerte sich dunkel an dessen Mythos, nach dem eine Nymphe von Zeus vergewaltigt worden war und daraufhin schwanger wurde. Die eifersüchtige Gattin Hera aber hatte die Geliebte des Zeus in einen Bären verwandelt, der sich fortan gezwungen sah, tief unten am Boden die Wälder zu durchstreifen. Zeus wiederum verwandelte den Sohn der Nymphe, der seine Mutter jagte, ohne sie zu erkennen, ebenfalls in einen Bären und schleuderte beide an den Schwänzen in den Himmel. Darüber schob sich die Legende der Thai Lüü, nach der ihr Herrscher Cao Faa auf dem Weg zum Gott Indra sträflicherweise das Fleisch einer Kuh gegessen hatte. Was war hier und jetzt sträflich? Auf Erden, in den Dschungeln am Goldenen Dreieck? Das Morden und Brandschatzen der burmesischen Soldaten sicherlich. Und das Morden und die Vergewaltigungen der thailändischen Soldaten, auch wenn das schon länger zurücklag. Auch das Morden der Shan-Rebellen? Die keinen anderen Ausweg mehr sahen, sich gegen die Unmenschlichkeiten zu wehren, die den Alten, Frauen, Kindern seit Jahrzehnten angetan wurden? War das sündhaft? Oder Notwehr? Sündhafte Notwehr?

Lehnert wälzte sich zwischen diesen Gedankengängen unter seiner Decke, die Alte schnarchte weiter, Nai En schnarchte. Der hatte ihm am Abend, bevor man sich niedergelegt hatte, noch erzählt, dass ihm Bun sehr wohl bekannt sei, »ruutjak naan lääo«, von früher her, als er, Nai En, noch in den Wäldern gegen die Burmesen gekämpft habe. Er habe ihn nie getroffen, wisse aber, dass Bun lange Jahre finanziell die Rebellenarmee unterstützt habe, aus Geldern mit dem Handel von Edelsteinen, maßgeblich unterstützt.

Und dass die Zahlungen mit einem Mal aufgehört hätten, weil Bun drüben in Thailand Probleme mit der Polizei oder mit dem Zoll gehabt habe. Genaues wisse er nicht, jedenfalls sei ihre Armee damit erledigt gewesen, finanziell und überhaupt, kein Nachschub an Waffen, keine Munition, keine Medizin, auch nicht für die Familien. Lehnert wusste Genaueres: dass der Alte dahintersteckte, Noks Vater, der Bun an die Behörden verraten hatte, seinen Schmuggel über den Grenzfluss hinweg. Weil er als ehemaliger thailändischer Soldat Freiheitsbestrebungen von Minderheiten rundweg ablehnte, und seien sie noch so berechtigt. Und weil sich die Kämpfe auf der anderen Seite der Grenze zutrugen, sodass er der Meinung war, dass es in Thailand niemanden etwas angehe, dass man sich nicht einmischen solle, auch wenn es mit den Thai verwandte Völker waren, zu denen er ein Gefühl von Gemeinschaft hätte entwickeln können, wenn schon nicht Mitleid, zumal doch seine eigene Frau eine Thai Lüü war und von dort stammte und so weiter. Lehnert grauste es: ein Reaktionär bin ins Mark, dieser Mann, der handelte, als müsse er seine Niedertracht noch zusätzlich unter Beweis stellen, aus reiner Gehässigkeit, weil er es nicht verwinden konnte, dass jemand neben ihm Erfolg hatte. Lehnert war Nai En gegenüber nicht in Details gegangen, wozu? Was hätte es geändert? Immerhin konnte er sich ausmalen, dass Bun mit dem überraschenden Auftauchen Nai Ens am Tempel über Santhikiri zu tun hatte. Dass er das Treffen vielleicht sogar eingefädelt hatte. Aber auch das war nicht wirklich wichtig.

Mit etwas Glück würden Nai En und er morgen die Wälder hinter sich gelassen haben. Lehnert versuchte Bewegungen in den Sternbildern zu erkennen, Veränderungen. Scheinbar still standen die Bilder, doch gelegentlich wischten Sternschnuppen quer hindurch. Lehnert musste nicht nach einem Wunsch suchen. Er hatte ihn längst gefunden.

Er schielte in die Dunkelheit nach seinem Rucksack, den er als Kopfkissen nutzte, schielte genau auf die Stelle der oberen Innentasche, in die er das in dünnes Baumwolltuch eingeschlagene Papier gesteckt hatte, das Testament von Inkäos Eltern, das ihm die Alte am späten Abend geradezu feierlich überreicht hatte, er solle es Bun bringen. Schielte darauf, als könne er es so noch zusätzlich schützend einwickeln, per Geisteskraft. Das Testament bekundete mit blauen und dunkelroten Siegeln, (in alter Thai Lüü-Schrift, die Lehnert nicht entziffern konnte) dass mit den Amuletten die Rechte des Clans auf Inkäo und Bun übergehen würden, und somit (unausgeschrieben, aber nach Thai Lüü-Tradition) auch die Vormachtstellung und die Kraft ihres Stammes. Lehnert war in diesen Tagen mit den Erzählungen der Alten endgültig klargeworden, dass die direkten Vorfahren Inkäos und Buns in der Hierarchie der Thai Lüü sehr weit oben gestanden haben mussten. Die Eltern hatten das Testament kurz vor ihrem fast gemeinsamen Tod, den sie untrüglich erahnt hatten, aufsetzen lassen, von einem Notar, den sie bei einer eilig anberaumten, letzten Fahrt in die nächstgelegene Kleinstadt Wan Pong aufsuchten, woraufhin sie kurz nacheinander das Zeitliche segneten. Er auf der brüchigen Liege seiner Hütte das Leben aushauchend und vor lauter Gram über die Fluchten der letzten Jahre: vor den chinesischen Kommunisten, den Banden aller Arten und den burmesischen Soldaten. Vor lauter Gram auch darüber, dass die Trennung der beiden Amulette sein größter Fehler gewesen war. Wegen der Unglücke, die daraus erwachsen konnten, aber von diesen Befürchtungen erzählte er niemandem, nicht einmal seiner Frau, die vor lauter Gram über das Ableben ihres Mannes und

Großgrundbesitzers, der schon lange keiner mehr war, nachfolgte. Jahrzehnte war das alles her. Was war jetzt mit diesem Testament anzufangen? Es Noks Vater unter die Nase halten?

Lehnert und Nai En waren also schon am frühen Morgen aufgebrochen. Die Alte hatte ihnen den direkten Weg über die Berge empfohlen. Nai En nickte. Er kannte die Gegend ja sehr gut aus seiner Zeit in der Shan State Army, und hinkte bald voraus, einen schmalen, steinigen Pfad den Berg empor, um nicht in die Nähe der Garnisonsstadt Möng Hsat zu gelangen, von der aus die burmesische Armee mit Hubschraubern die Gegend überflog, wann immer es sie gelüstete, die Dörfer der Shan und der Thai Lüü im Dschungel zu attackieren. Stundenlang ging es den Berg empor, im Schatten der Teakbäume, die mit ihren wuseligen, feinhaarigen Blüten in den Kronen und mit breiten Blättern für reichlich Schatten sorgten. Immergrüne Bergkiefern entließen stumm ihre Harzdüfte, Palmblätter wogen schwer über die Hänge hinaus, an denen die Dörfer der Akha und der Lisu lehnten. Hammerschläge schallten herüber. Durch das Farbenspiel der Sonne zwischen Licht und Schatten sah Lehnert das Gerippe von Dachbalken eines Neubaus unter dem Blau des Himmels. Nai En führte auch an diesen Dörfern vorbei, um möglichst ungesehen zu bleiben und schließlich dann nachts im Tal die Straße nach Tachilek und Mae Sai zu überqueren und weiter südlich unterhalb von Mae Sarong über die grüne Grenze nach Thailand zu gelangen, dorthin wo bis in die 1990er-Jahre hinein der Drogenbaron Khun Sa die Region kontrolliert hatte.

So der Plan. Sie hockten da, stopften ihre Plastikdosen in die Rucksäcke zurück, und Lehnert wunderte sich, wie leicht und mühelos Nai En mit seinem Seesack umging, den er noch aus seiner

Zeit in der Rebellenarmee hatte, ein langer, dicker Sack ohne Innen- oder Außentaschen, sicherlich an die zwanzig Kilogramm schwer.

Die beiden nahmen einen Schluck aus ihren Wasserflaschen, füllten sie vorgebeugt im Bach auf, saßen noch einen Moment, schauten sich schweigend an, und Lehnert kratzte unter seinem T-Shirt an Mückenstichen am Bauch und an rissigen Blutstreifen von Dornen, die sich an den Unterarmen entlangzogen, tastete zum x-ten Mal nach dem gläsernen Gehäuse mit dem Amulett, das er sorgfältig in dickes Wachstuch gewickelt hatte und in der zugeknöpften Brusttasche seines Hemdes aufbewahrte. Dachte an das Zwillingsamulett, das der Alte damals an sich gebracht, indem er es Inkäo entrissen hatte, und das Lehnert, das schwor er sich jetzt und hier im Wald, an sich bringen würde, sobald das hier erledigt war. Er war es Nok schuldig und Inkäo und Bun und seinem weiteren Dasein, dort in seinem Haus, in ihrem, ja, auch in Noks Haus.

Die Schwüle hatte zugenommen. Sie lastete trotz des frisch sprudelnden Baches über der Landschaft, dem Christusdorn, der mit kleinen, hellroten Blüten aus harten, tiefgrünen Blättern heraus über dem Wasser stand. Über den Cesalpinien, die gelb darüber wuchsen. Zikaden lärmten aus dem Dickicht hervor wie fortwährende Alarmsignale: vor burmesischen Soldaten, vor fremdem Terrain, vor einer Einmischung in Kulturen, denen Lehnert sich angedient hatte, vielleicht nicht hätte andienen sollen, Alarmsignale vor der Einmischung in eine Welt der Ahnen und der Geister, mit der Lehnert nur überfordert sein konnte, ja, vor einer fortwährenden Anmaßung.

Und dann war da noch Nai En, der, kurz bevor sie wieder aufstanden, gegen den Waldboden murmelte, als spreche er zu sich selbst, dass er Angst vor ihm habe »kua mai ruu pen arai«, irgendeine Angst, die ihm leidtäte und die er nicht genau benennen könne, und Lehnert saß da mit offenem Mund, und verstand das nicht und doch ein wenig und erinnerte sich erst später, dass Nai En den Blick vom Waldboden gehoben und genau auf seine Brusttasche geschielt hatte.

Unmittelbar darauf waren sie weitergegangen, überquerten Bachläufe in schlammigen Senken, nahmen schwitzend den nächsten Pfad, der in engen Serpentinen einen weiteren Hang hinaufführte. Lehnert suchte hinter Nai En seinen Rhythmus, schaute beim Anstieg meist auf den Weg und leierte in Gedanken in Endlosschleife den Song der thailändischen Band *Rap against dictatorship* herunter: *Patheet khoo mii*, in denen die Musiker den Zustand des Landes beklagten und Freiheit von der Diktatur des Militärs forderten, leierte den Song und hinterfragte nicht den Zusammenhang. Hauptsache, das Lied half beim Vorwärtskommen.

Am frühen Nachmittag passierten sie kurz vor dem Gipfel ein weiteres zerstörtes Dorf, mit einer Kirche als größten Schutthügel. Amerikanische Baptisten hatten schon vor einhundert Jahren viele Bergvölker, aber auch Stämme der Shan missioniert, und die burmesischen Soldaten legten es immer auch darauf an, Gebetshäuser anderen Glaubens dem Erdboden gleichzumachen. Das Kreuz war in mehrere Stücke mit scharfen Spitzen zersplittert, Jesus war abgefallen und lag kopfüber im Dornengestrüpp.

Nai En achtete nicht darauf. Er stand neben einem der Schutthaufen und erklärte Lehnert, dass er zur Vorsicht einen kleinen Umweg wählen würde, lieber links anstatt rechts am nächsten Hügel vorbei, er kannte sich ja aus, »pai thii nuun dii khwaa«, das sei ihm lieber, rein vom Gefühl her. Er drehte dabei die gespreizte

Hand vor der Brust hin und her und zuckte leicht grinsend mit den Schultern, als gebe es etwas zu entschuldigen. Ruckte den Seesack zurecht und hinkte voraus, den Pfad entlang, zwischen die Hügel.

Lehnert nickte, nestelte noch eine Weile an den Schnürsenkeln seiner Schuhe herum, bis er schon gar nichts mehr von Nai En sah, nur den Knall hörte, kurz und trocken wie hässlicher Hohn in das Lärmen der Zikaden hinein, es zerreißend, er sah giftgelben Qualm aus den Büschen aufsteigen, und da war es völlig egal, ob eine der Rebellengruppen oder burmesische Soldaten die Mine gelegt hatten. Und es war auch egal, ob Lehnert noch mit stierigen Augen die wenigen Meter zu der Stelle gegangen war und den zerfetzten Körper und den zerfetzten Seesack vor sich sah oder nicht, unter dem Rauch, der sich verzog, achtlos, der sich davonstahl, als habe er mit allem nichts zu tun, bis die Zikaden stotternd wieder die Geräuschkulisse übernahmen.

Klar war: Lehnert musste schnell weg, ganz schnell. Die Explosion war mit Sicherheit kilometerweit zu hören gewesen. Er stieg hastig die wenigen Meter wieder auf die Kuppe zurück und nahm den anderen, den rechten Weg, stürmte voran, blendete das Reißen der Dornen, das Stechen der Mücken völlig aus, versuchte einen weiteren Knall unter seinen Schuhen wegzudenken, der aber doch kurz bevorstehend unter der Schädeldecke zu pulsieren schien. An einen Gehrhythmus war keine Denke mehr, und der Rapsong war längst in alle Winde verflogen.

Allein der Blick Nai Ens auf seine Brusttasche blieb hängen, und der Gedanke, dass dieses Amulett zum anderen musste, zum Zwilling. Dringend.

49

Am 11. April 2009 stiegen Armeehubschrauber vom Dach eines Hotels im thailändischen Badeort Pattaya auf. Viele der fünfzehn Regierungschefs, die sich zum ASEAN-Gipfel treffen wollten, flohen so vor den Demonstrationen, die die Rothemden der National United Front of Democracy against Dictatorship, UDD seit Tagen in der Stadt abhielten und die immer massiver wurden. Die Demonstrationen richteten sich gegen die Regierung des Premierministers Abhisit Vejjajiva, der 2008 nach fragwürdigen Absprachen unter Politikern verschiedener Parteien, ohne gewählt worden zu sein, ins Amt gekommen war. Die Proteste hielten bis zum nächsten Jahr an, sie eskalierten am 12. März 2010, als es in Bangkok zu einer Massendemonstration kam, bei der die Rothemden, die sich aus den ärmeren Bevölkerungsschichten rekrutierten, in das Repräsentantenhaus eindrangen und den Rücktritt der Regierung forderten. Daraufhin wurde in Bangkok und in mehreren thailändischen Provinzen der Ausnahmezustand ausgerufen. Dennoch hielten die Proteste an. Anhänger der Rothemden hielten wochenlang das Bangkoker Geschäftsviertel Silom besetzt, sie errichteten Barrikaden und es kam zu heftigen Straßenkämpfen mit der Polizei und der Armee, während das Militär zeitweise versuchte, die Wasser- und Lebensmittelversorgung im besetzten Viertel zu blockieren.

Scharfschützen schossen gezielt auf Demonstranten, die das Feuer aus improvisierten Waffen erwiderten, bis das thailändische Militär am 19. Mai am frühen Morgen das Viertel mithilfe von Panzerfahrzeugen stürmte. Das Einkaufszentrum Central World am Siam Square wurde daraufhin von wütenden Demonstranten in Brand gesetzt, ebenso die Börse und diverse Bankfilialien in der Nähe. Weiterhin feuerten Heckenschützen vom Bahnsteig einer Skytrain-Station auf Anhänger der Rothemden. Nach den Unruhen verzeichnete man 90 Tote und mehr als 2000 Verletzte. Einen Tag später versammelten sich Einwohner von Bangkok, um die Verwüstungen im Geschäftsviertel Silom und dem angrenzenden Lumpini-Park zu beseitigen.

Mitte August des Jahres 2011 wurde Abhisit Vejjajiva nach freien Wahlen als Premierminister abgelöst. Yingluk Shinawatr, die Schwester des fünf Jahre zuvor aus dem Amt geputschten Medienmoguls Thaksin, der seit dieser Zeit im Exil lebte, wurde mit großer Mehrheit gewählt, vor allem mit den Stimmen aus den ärmeren Bevölkerungsschichten.

50

Lehnert hatte angerufen. Endlich. Klang atemlos und heiser. War wohl auch tatsächlich eben erst über die Grenze gekommen, irgendwo bei Mae Sarong oder wie das Nest hieß. Gar nicht mal weit weg, wie er meinte. Und wieso kam er aus Burma? Hatte sich aber nicht lang und breit erklärt. Wir sollten warten, ich und Djum. Es könne sein, dass er uns brauchen würde.

Als hätte ich es geahnt, wo ich doch mit Djum die Tage in Mae Sai verbrachte. Als hätte es so sein sollen. Höhere Bestimmung, Vorsehung. Man glaubte ja allmählich an alles Mögliche, so seltsam, wie es hier manchmal zuging. Zweierlei trieb mich um: Erstens war ich froh, dass Lehnert überhaupt ein Lebenszeichen von sich gab, und zweitens, dass er mich brauchte. Ich hatte wohl das Bedürfnis, von ihm anerkannt zu sein. Auch wenn ich mir darauf nicht allzu viel einbilden konnte, denn so abgehetzt, wie er klang, konnte er sich Freunde nicht großartig aussuchen.

Djum und ich vertrieben uns die Zeit mit kleinen Spaziergängen, immer gerne über die kleinen Märkte der einzelnen Stadtteile. Wir wohnten in der Nähe des Grenzübergangs in einem unscheinbaren Condo mit schmutzig-weißer Fassade. Morgens gingen wir immer zu einer dürren Thai Lüü-Frau, die an einer Bude frittiertes Gebäck, Phaa tong khoo, verkaufte. Wir saßen bei ihr an wackligen Tischen. Ich trank aufgebrühten, starken Kaffee und Djum gelben Tee aus winzigen Tontassen.

Gleich hinter der Bude erstreckte sich ein kleiner Markt die Straße entlang. Wir schlenderten jeden Tag dort entlang und jeden Nachmittag kam dieser junge Typ mit schwulen Schritten in den

Hüften wiegend an den Ständen mit Obst, Gemüse, Fisch und Fleisch vorbei. Schwenkte eine Plastikblase mit Klebreis und gegrilltem Hühnchen am zum Schwanenhals gebogenen Arm wie eine Handtasche von Louis Vuitton und redete mit sich selbst. Komischerweise nur dann, wenn er von Händlern und Marktbesuchern bemerkt wurde. Natürlich kannten die Händler ihn, schauten aber schnell auf ihre Ware, wenn er in ihre Richtung quasselte. Er war lang aufgeschossen, hatte sich die Haare modisch blond gefärbt, trug ein schlichtes gelbes T-Shirt und dazu eine kurze, himmelblaue Turnhose. Musste sofort an die Trikots brasilianischer Fußballer denken, aber das hier war ein anderes Revier. Ein schriller Schwan, ein aus der Spur geratener Pfau. Man ließ ihn in Ruhe, er tat ja nichts außer Reis und Huhn zu kaufen und vor sich hinzuquatschen.

Habe die thailändische Mentalität in Geschlechterfragen nie verstanden. Einerseits erschienen mir die Menschen sehr tolerant, dann wieder sah man sie tuschelnd, wenn jemand an seiner Kleidung oder am Verhalten als schwul oder lesbisch zu erkennen war. Einmal hatte ich mit Djum in ihrem Heimatdorf einen Abend bei irgendwelchen Verwandten verbracht. Wir hockten beieinander auf der Terrasse und es entwickelte sich eine illustre Runde. Ich wusste, dass die Schwester von Djums Freundin AIDS hatte, (wahrscheinlich wusste das jeder im Dorf, doch niemand redete darüber), neben ihr saß ein Stockschwuler, der zu schallendem Gelächter Reden schwang und stets mit einem langgezogenen »Oh God!« einleitete. Mit am Tisch ein lesbisches Paar: eine dominant wirkende Suppenküchenbesitzerin mit strenger Mine, aber röhrender Lache, und ihre Freundin, eine zierliche Frau mit schnippischem Gesichtsausdruck. Und irgendwie schien ich als Exot aus dem Westen ganz gut in diese Runde zu passen. Jedenfalls akzeptierte man mich.

Das Ganze ging lautstark bis zum frühen Morgen. Mir fielen schon die Augen zu, aber dann kam der Vater von Djums Freundin, ein eigentlich stockkonservativer Bauer, aus dem Schlafzimmer hervor, um zum Feld zu gehen, während der Stockschwule noch einmal vor den letzten Gästen sein »Oh God!« lang über die Terrasse gleiten ließ. Der Bauer tat so, als wäre da nichts, schaute überhaupt nicht hin, streifte seine Gummistiefel über und schlurfte zur Arbeit.

Eine solche Toleranz kannte ich von Deutschland nicht, vielleicht in Künstlerkreisen, aber das hier waren Bauern, Fischer, Marktfrauen. Oder war das Ausdruck eines Nichtzeigenwollens, was sie tatsächlich dachten, die, die sich für normal hielten?

Und so lief dieser Louis-Vuitton-Plastiktüten-Mensch jeden Tag über den Markt, redete vor sich hin, niemand hörte zu und alles schien gut zu sein.

Wäre da nicht Lehnert gewesen und meine Sorgen um ihn. Was kam da noch?

51

»You want more?« Die Frau kniete neben Lehnert und massierte die Innenseite seiner Oberschenkel. Wie aus Versehen glitten ihre Finger ein wenig unter das Badetuch. Heftiger Regen prasselte über ihnen auf das Wellblechdach. Eine bessere Geräuschkulisse hätte Lehnert sich nicht wünschen können. Es lenkte ab, es wischte mit dem fortwährenden Rauschen, das akustisch wie eine Tapete unter dem Prasseln des Regens lag, den Akt weg, der sich soeben an Lehnert zu vollziehen begann.

Die Frau war höchstens dreißig Jahre alt. Sie hatte ein neugieriges Vogelgesicht, das bei der geringsten Bewegung im direkten Umfeld reagierte. Ihre langen schwarzen Haare fielen seitlich über die Schultern herab. Sie beugte sich ein wenig vor, und Lehnert sah unter ihrem weißen T-Shirt feste, große Brüste. Die Haut ihrer Oberschenkel glänzte unter dem kurzen Rock, ihre Hand rutschte weiter unter das Badetuch und hielt schließlich Lehnerts Mitte umschlossen. Sie lächelte und hob das Kinn mit dem Audruck der Überlegenheit, als würde sie sagen: »Ich weiß genau, dass du das willst«.

Lehnert wusste das nicht so genau. Zumindest vorher nicht, als er in der Abenddämmerung um die zwei kleinen Seitenstraßen in der Nähe des Uhrenturms von Chiang Rai herumschlich, scheinbar schlendernd und immer wieder zu den Frauen hinüberschielend, die grinsend vor den Massagesalons saßen und ihm einladend zunickten, weil sie alle genau wussten, was Männer wie Lehnert wollten: »Hello Mister!« Chiang Rai war die Provinzhauptstadt des Nordens. Sie war immerhin so groß, sich einen kleinen Bezirk mit Massagesalons und Bars zu leisten, an denen bunt die Neonlichter blinkten und Frauen in kurzen Röcken ihre Zeit betont lässig mit übergeschlagenen Beinen auf Hockern verbrachten, als hätten sie mit nichts etwas zu tun. Zur dritten Runde blieb Lehnert vor der Frau stehen, die neben ihren Kolleginnen auf einem Plastikstuhl saß und die nicht laut nach ihm gerufen, sondern ihm von der Seite zugelächelt hatte, als spüre sie schon da ihre Überlegenheit, den weiteren Ablauf kontrollieren zu können. »You want massage?« Lehnert nickte und er war froh, schnell an ihren Kolleginnen vorbei im Haus verschwinden zu können. Er streifte die Sandalen ab und nahm barfuß hinter der Frau die schmalen Stufen in die obere Etage. Die Zimmer waren durch dünne Spanplatten voneinander getrennt. Sie schob einen der Vorhänge beiseite und bedeutete ihm, die Kleidung abzulegen, es sich auf der dünnen Matratze bequem zu machen und sich mit dem Badetuch, das sie über dem Arm getragen hatte, zu bedecken, während sie für einen Moment wieder hinter dem Vorhang verschwand. Lehnert warf seine wenigen Sachen in die Ecke, das Hemd, die Shorts, die Unterwäsche und legte sich auf die Matratze, die den Raum ausfüllte, ein Funktionsraum gewissermaßen, in dem ansonsten nur eine winzige Kommode stand. Er zog langsam das Badetuch über, und kurz tauchte das Gesicht Nai Ens an der Sperrholzwand auf, wie er auf den linken Weg abwärts zeigte und mit schaukelndem Seesack vorausging.

Regen setzte ein, mit wenigen schweren Tropfen zunächst, dann aber sehr bald mit heftigem Prasseln, das intervallartig zunahm zu einem Rauschen hin, in dem das stakkato-artige Prasseln der einzelnenTropfen verschluckt zu werden schien, und auch das Bild Nai Ens mitsamt dem Seesack.

Die Frau kam zurück. Ein Plastikkorb mit Arbeitsmaterial

schaukelte wie eine Handtasche an ihrem Unterarm: Massageöl, Reinigungstücher, Wattebäusche, ein kleines Handtuch, vermutlich für das Sperma später, dachte Lehnert, falls Kunden möglicherweise mehr wollten, was er aber nicht wollte oder es noch nicht wusste. Auch eine Flasche Desinfektionsmittel lugte aus dem Korb hervor. Die Frau stellte sich kurz mit Bii vor, ließ sich im Schneidersitz neben der Matratze ab, ruckte ihr Vogelgesicht nach vorn, nickte Lehnert geschäftsmäßig zu und begann seine Füße zu massieren. Die Frau konnte zulangen, stellte er fest. Gelegentlich schaute sie zu Lehnert auf, der mit einem Lächeln seine Angespanntheit zu kaschieren suchte und überlegte, wie man die Atmosphäre ändern konnte. Für sie schien das Routinearbeit: Männer, die massiert werden wollten, und manchmal mehr wollten. Was sie aus ihrer Routine ein wenig herausholte, war, dass Lehnert Thai sprach. Er fragte nach anderen Kunden, als sei er keiner.

»Thuk khon bääb yang üün«, lachte sie und hielt sein rechtes Schienbein knapp über dem Fußgelenk umklammert. Natürlich seien sie alle verschieden, jeder für sich. Die einen lächelten verschämt, lächelte sie, und Lehnert sah sich ertappt, obwohl er sich gar nicht schämte, andere seien verbockt und gar nicht lustig »bääb mai sanuk«. Die Chinesen lächelten überhaupt nicht. »Khon chiin mai khööi yiim.« Sie zögen eher ein Gesicht auf, wie: Nun mach schon und stelle mich hier nicht bloß. Und sie parodierte, indem ihr Vogelgesicht das Kinn vorreckte. Sie sparten sich auch das Öl, dafür seien sie zu geizig. »Khon chiin khi niau.«

Mit den meisten bleibe es bei Small Talk, manche würden tatsächlich nur Massage wollen. Lehnert nickte verständnisvoll, als wolle er vertuschen, was er wollte. Small Talk eben, ganz normal, meinte sie achselzuckend. »What is your name? Where you come from?« und so weiter. Lehnert fragte Bii, ob sie Kinder habe. Eins, eine Tochter, sie lebe bei ihren Eltern auf dem Land. Manche fragten auch, wie alt sie sei, wobei sie natürlich immer zehn Jahre abziehe. Bii schaute Lehnert mit gespitzten Lippen an. Er fragte nicht nach, musste aber lächeln, weil Bii so direkt war. Einen Moment schauten sie sich an, dann kicherten sie, und Lehnert fühlte sich als Insider, der Dinge verstand, die anderen Kunden nicht zugänglich waren. Bii bedeutete ihm, indem sie die Arme vor der Brust übereinanderwarf, sich auf den Bauch zu drehen, und rutschte im Sitzen neben seinen Oberkörper. Lehnert fühlte ihren festen Griff an den Schultern, ihre Haare streiften über seine Haut. Er hatte den Kopf seitlich auf das Kissen gelegt und sah, wie ihr Körper mit den Bewegungen der Hände rhythmisch ein wenig auf und ab schaukelte.

Mit einem habe sie sich unlängst über Kuchen unterhalten, »farang thii tham khanom pen«, der habe selbst backen können, ein Schweizer, und dass Farang Kuchen anscheinend viel süßer machten als Thai. Sie hätten sich gegenseitig Rezepte erzählt und darüber fast die Massage vergessen. Bii hielt einen Moment inne und schaute auf die Sperrholzwand gegenüber, auf die sie vermutlich den Schweizer projizierte. Sie habe auf Knien neben ihm gehockt, genau hier, und er habe auf dem Rücken gelegen und mit den Händen gestikuliert »phuut kap müü«, wie man Käsekuchen backt. Lehnert versuchte, nicht neidisch auf die Sperrholzwand zu schauen und das Thema zu wechseln. Ein Bruch musste her, ein harter Schnitt im Gespräch.

Sie streifte mit dem Zeigefinger über die blutverkrusteten Risse an seinen Unterarmen entlang, die die Dornen im Dschungel hinterlassen hatten. »Döön len thaonan«, wiegelte Lehnert ab. Er sei nur spazieren gewesen, im Wald, und habe sich verirrt, und einen Moment tauchte wieder das Gesicht Nai Ens auf, diesmal hinter dem Vorhang, der sich ein wenig bauschte, weil durch den Eingang im Erdgeschoss der Monsunwind heraufwehte. Lehnert warf kurze Bilder in den sich wellenden Vorhang hinein, wie er, so schnell er konnte, geflohen war, (den Knall der Landmine drückte er auf der Matratze liegend mit zusammengebissenen Zähnen weg), wie er stundenlang einen schmalen Pfad entlanggelaufen war, auf- und wieder abwärts durch einen Wald, in dem die Zikaden weiter lärmten, als wollten sie alles Geschehene übertönen, wie er nach Sonnenuntergang in einer Senke auf eine Ansiedlung gestoßen war, in der ein paar Männer mit einzelnen gelben Zähnen und Frauen mit faltigen Gesichtern sich über ihn wunderten und er feststellte, dass er die Grenze bereits überquert hatte. Der Vorhang war wieder reglos.

»Yüün bon hua pen, yaak hen mai«, er könne einen Kopfstand, ob sie das sehen wolle? Sie hielt mit den Händen, mit denen sie mittlerweile an Lehnerts Hüften angekommen war, inne und kicherte. »Mai thong«, das müsse nicht sein. Lehnert drehte sich auf den Rücken, zurrte das Badetuch an der Hüfte enger, ging in den Vierfüßlerstand, drückte den Kopf auf das Kissen und zog sich mit einem Ruck hoch, hielt sich immerhin zwanzig Sekunden lang, während das Badetuch am Körper abrutschte. So stand er da, mit erigiertem Glied, bevor er sich keuchend wieder abließ. »Diau nii khun tham«, jetzt sei sie dran, zeigte er auf Bii, die errötete. »Tham mai pen«, lachte sie. »Thong tham«, sie müsse aber, »phom dja chuai«, er werde ihr helfen, schubste sie spielerisch auf die Matratze und stellte sie kurzerhand auf den Kopf, nachdem sie beim ersten Versuch viel zu wenig und zu schräg Schwung genommen hatte und leicht mit den Füßen gegen die Sperrholzwand rumpelte. Der Rock rutschte über ihre Hüfte, er hielt sie an den Oberschenkeln, sie kreischte unter ihm, er lachte oben, der Regen prasselte und rauschte am Fenster. Dann ließ er ab, streckte sich wieder auf der Matratze aus, zog das Badetuch über, und sie tastete sich, während sie wieder neben ihm kniete, als sei nichts gewesen, mit den Händen die Oberschenkel aufwärts. Die Frage »You want more?« war jetzt unnötig. Das Badetuch war zeltartig angehoben, und sie rutschte mit einer Hand darunter. Lehnert begann ihren Bauch unter dem T-Shirt zu streicheln, massierte ihre Brüste, einen Moment kam ihm in einem Anflug von Eifersucht der Schweizer in den Sinn, und er verbot sich, an Kuchenteig zu denken. Sie begann an seinen Brustwarzen zu spielen, dann zog sie eine der Flaschen aus dem Korb und ölte betont langsam Penis und Hoden ein. Sie rutschte tiefer, rieb ihre nackte Brust an seine Mitte und zog mit flinken Händen ein Präservativ darüber. Sie kam wieder hoch, rollte sich auf ihn und hielt ihn mit beiden Armen fest umschlungen, als spüre sie, was hinter Lehnert lag. Der küsste sie auf die Schultern, am Hals, wagte nicht, sie auf den Mund zu küssen, um nicht abgewiesen zu werden. Er drehte Bii nach unten, beide lachten, und schon waren sie ineinander, umeinander. Später saß Bii auf ihm und Lehnert sah hinter ihr den Regen in dichten Schlieren am Fenster hinablaufen, dahinter ein Gesicht, sehr verschwommen, und Lehnert wusste, wessen Gesicht das war, ohne es zu erkennen.

Wie lange der Regen dauerte, wie lange sie ineinander waren, Lehnert hatte das Zeitgefühl verloren. Dann lagen sie Kopf an Kopf, alberten herum und zogen mit dem Fingernagel eine gedachte Grenze zwischen ihren Körpern, die fortan nicht überschritten werden dürfe: »Chai dään haam khaam.« Und schritten doch mit

Zeige- und Mittelfinger zum Körper des anderen, um spielerisch schlagend abgewehrt zu werden. Bii fuhr mit gespitzten Lippen an Lehnerts Ohrenrändern entlang, sie flüsterten und mimten Verliebte, sie neckten sich wegen ihrer komischen Augen und seiner langen Nase, die neugierig aus den Kissen schaute. Und sie könne ja nicht einmal einen Kopfstand.

Meist habe sie keine Lust auf mehr, meinte sie auf dem Rücken liegend gegen die Zimmerdecke. Oft frage sie gar nicht erst: »You want more?«. Vorige Woche der Australier, »strong body« ein junger Kerl, der habe so ein verschmitztes Grinsen gehabt, »a little like you.« Da habe es mehr gegeben, eigentlich alles, für 2000 Baht. Es sei lustig gewesen. So wie jetzt, dachte Lehnert und musste grinsen, weil er nicht ein bisschen eifersüchtig war. Der Australier habe von Australien erzählt und von Kängurus, und dass man vorsichtig sein müsse, weil die boxen könnten. »Mai chai bääb müng thai«, nicht wie beim Thai-Boxen, sondern immer gerade, und sie deutete mit ihrer kleinen Faust einen Schlag gegen Lehnerts Gesicht an.

Die Russen seien meist betrunken und ächzten ihre Lust laut heraus, sodass man das in der gesamten oberen Etage hören könne. Auch die Engländer seien betrunken und laut, aber anders laut, sie krakeelten, als seien sie auf dem Sportplatz. »Bääb duu kilaa.« Da sei einer bei ihr gewesen, der andauernd ins Nebenzimmer gerufen habe, in dem sein Freund unter seiner Kollegin lag. Er habe über ihre Brüste geredet, und ihre kräftigen Beine, auch nachdem er gekommen sei. Als ob sie das alles nicht verstanden hätte: »Balls and Pussy.«

»No good«, wedelte sie mit dem Zeigefinger.

Einen Indianer hätte sie mal gern, redete sie weiter gegen die Decke, und es war, als rauche sie eine Zigarette, wie im Film, nach allen Akten. Über die habe sie einen Bericht gesehen, wie sie früher unterdrückt worden und trotzdem stolz und ungebeugt geblieben seien. So einen immer: »choob maak«. Da sei dann auch wieder mehr möglich.

Lehnert erinnerte sich an das Foto von Sitting Bull, das damals in seiner Wohnung in Deutschland eingerahmt im Flur hing: Ausdruck von Unbeugsamkeit, selbst im Schmerz, verbittert und stolz, sowas von stolz, und sowas von verbittert! Lehnert hatte eine Adlerfeder, die er einmal in einem erloschenen Vulkan im türkischen Teil Kurdistans gefunden hatte, hinter den Bilderrahmen gesteckt, sodass sie aus dem vollen, zurückgekämmten Haar Sitting Bulls herausragte. Ungebrochen. Auch noch an der Biegung des Flusses.

Die Monsunzeit hatte begonnen, und noch immer liefen Regenschlieren breit am Fenster hinab. Das Prasseln und Rauschen hörte Lehnert schon längst nicht mehr, und hinter dem Fenster tauchte schemenhaft Nok auf, ihr Gesicht, nass im Regen, jugendhaft, so jung, wie Lehnert sie nie gekannt hatte. Sie lächelte, und war schon wieder weg. Lehnert glaubte, sie müsse traurig gelächelt haben, obwohl sie dazu ja vielleicht gar keinen Anlass hatte. Ihr Fluss hatte keine Biegung, ein breiter gerader Strom, auf den alle anderen Flüsse zuliefen.

Später zahlte Lehnert und ging.

52

Die Abenddämmerung brach schnell über Chiang Rai herein, und als Lehnert am Rand des Wasserbeckens saß, war es bereits dunkel. Der Regen hatte aufgehört. Algengrüne Schlieren hatten sich mit den Blättern der Lotosblüten vereint, die auf den kleinen Tümpeln thronten wie rosarote Verheißungen aus den Tiefen unergründlicher Gewässer. Das kleine Biotop war im hinteren Teil des Wat Phra Kaeo angelegt, einem weitläufigen Tempelgelände mit einem Smaragd-Buddha im Zentrum. Die Statue war etwas mehr als einen halben Meter groß, ein grüner Körper aus Jade, der goldbehangen und mit einer spitz nach oben zulaufenden Haube unter einem Kronleuchter saß. So wurde er über Tage von Besuchern aus aller Welt bestaunt und von den Einheimischen verehrt, die herbeikamen, um ihre Sorgen vorzutragen und Wünsche zu äußern. Der Legende nach war die Statue 1434 nach einem Gewitter entdeckt worden, als ein Blitz den Chedi eines alten Tempels zerstört hatte und man später in den Trümmern eine in goldenen Stuck gehüllte Figur gefunden habe. Als es darunter grün zu schimmern begann, sei man auf den Smaragd-Buddha gestoßen, der sogleich als Heiligtum betrachtet wurde und später nach langen Irrungen bis hin nach Laos endlich seinen Platz im ehrwürdigen Wat Phra Kaeo von Bangkok gefunden hatte. Ungereimtheiten wegen der Bezeichnung: Smaragd erklärte man so, dass die Statue bei der Entdeckung im ersten Überschwang so genannt worden sei, obwohl sie tatsächlich »nur« aus Jade war.

Und was Lehnert hier zunächst bestaunte, als er die Tempelanlage betrat, war also nur eine Nachgestaltung, dennoch zog sie ihn an: eine Buddhafigur, ruhig die Hände im Schoß aufeinandergelegt, die Jade schimmerte, das Gold des Umhangs, ein Gewand der Regenzeit, das eine Schulter freiließ, glänzte im dünnen Schein kerzenförmiger Lichter und reichte Lehnert weiter in die Tiefen der Anlage.

Über den Tümpeln hingen hinter Vorhängen großblättriger Schlingpflanzen schmale Petroleumlämpchen im Abendlicht. Ihr Flackern streifte über die Bewegungen im Wasser: da waren Schildkröten, die wie Anfänger mit vorsichtig ausgebreiteten Gliedmaßen im Wasser schwammen und sich an den weiten ausladenden Blättern der Lotosblumen hielten, als hätten sie Angst unterzugehen, und nicht, als knabberten sie die Blätter mit ihren Mündern an. Weiße und rote Goldfische zackten umher. Ansonsten war Ruhe, genau das, was Lehnert brauchte. Letzte Mönche huschten im hinteren Teil der Anlage zu ihren Zellen hin. Sie patschen barfuß über die steinernen Gehwegplatten, als seien sie soeben aus den Wassern gestiegen.

Lehnert war nach gedanklichem Abtauchen zumute. Die Geräusche der Mönche galten ihm als Hintergrundatmosphäre, die sich langsam entfernte. Er stierte ins grüne Wasser und erkannte die Schildkröten und die Fische als Wächter der Schätze, die individuell für den Betrachter auf dem Grund der Tümpel lagen. Es musste so sein, wo sonst sollten sie sein, wenn nicht hier, nach all dem Erlebten, genau hier hinter dem Smaragd-Buddha, der ein Jade-Buddha war, der womöglich seinen ureigenen Smaragdkörper höchstselbst zur Sicherheit in eines dieser Wasser versenkt und sich stattdessen in Jade gehüllt hatte, weil ihm seit Jahrhunderten magische Kräfte zugesprochen wurden, die es zu schützen galt und die sich nur bei innig und hinwendig gedachtem Wunsch auf den Betrachter übertragen und ihm Legitimität und Wohlstand zu vermitteln mochten. Genau das, was Lehnert doch längst angetragen worden war und er noch zu vollenden hatte. Er vergaß darüber, was in seiner Brusttasche steckte und zu schlummern schien, weil ihm, Lehnert – so deutete er das später – hier die Rechtmäßigkeit seines Tuns noch einmal bestätigt wurde. Er nickte ins Wasser, suchte mit neugierigen Blicken an den Schildkröten vorbei in die Tiefe vorzudringen, die umherzackenden Goldfische nahm er gar nicht mehr wahr, und da taten sich immer klarer am dunklen Grund Schätze von Perlenketten auf, die aus Truhen mit goldenen Beschlägen hervorquollen. Er sah winzige Drachen mit dünnen Gelenken um die Truhen schwimmen, junge Geckos, die im Begriff waren, sich zu echten Drachen mit breiten Rücken und mächtigen Zacken zu entwickeln. Doch noch befanden sie sich im kindlichen Spiel, indem sie sich lustvoll in den Ketten drehten, mit ihnen rangelten, kopfüber schwammen und dabei beseelt dreinschauten und endlich mit den Ketten um die Hälse aufstiegen und an der Oberfläche keck glitzernden Schmuck vorzeigten, mit Rubinen besetzte Silberringe, Halsketten mit smaragdenen Anhängern, Armreife aus Jade. Und dabei lächelten sie Lehnert verführerisch zu, schienen ihm zuzuwinken. All die Smaragde und Rubine lockten ihn mit ihrem dunklen Glanz, ins Wasser zu steigen, zu den Geckos, damit sie mit ihren langen Zungen nach ihm lecken und ihn endlich belehren konnten, was es mit vollkommener Harmonie auf sich hatte: im Buddhismus, als Grundbedürfnis von Thailändern und Laoten, die ohne Harmonie niemals konnten und mit ihnen ihre Ringe und Ketten, all die Geschmeide und Amulette, die niemals voneinander hätten getrennt werden dürfen.

Lehnert sah sein Haus eigentümlich verspielt in den leichten

Wellen wiegen, die die kleinen Drachen erzeugten, er sah es verschwommen und wie in Zerrspiegeln in ständig sich verändernden Perspektiven. Er sah, wie ein Drachenmännchen von hinten ein Weibchen neben den Lotosblättern bestieg, sah ihre offenen Münder und stummen Orgasmen unter der Wasseroberfläche, sah die Blütenblätter zittern und andere Geckos um sie herum lachen, und wenn er wolle, könne er das auch alles haben, er müsse sich nur trauen, in die Wasser zu steigen, in seine ureigenen, »maa lööi maa lööi«, riefen sie mit fetten Stimmen. Er sah, wie alles um die Drachen und die Geckos und die Rubine und Smaragde herumzutoben, aufzubrechen begann, alles Dagewesene, und wie jeglicher Wellengang ausgesetzt hatte vor lauter Erstaunen, vor lauter Ergriffenheit und Demut hier am heiligen Ort, und dass dennoch von irgendwoher leise neues Wasser herankräuselte. Er sah unter den fickenden Drachen in scharfem Grün eine Grenze leuchten, er sah sein Haus in mildem Gelb und wie starke, braune Äste von außen durch die Fensterritzen drangen und an ihnen rosafarbene Blüten einer Bougainvillea hingen, die über dem lindgrünen Fliesenboden wippten, als vergnügten sie sich miteinander und als sei nicht klar, ob sie ihn spöttisch oder ermunternd zum Spiel einluden, zu einem letzten Spiel, da es nicht mehr darauf ankomme, wie es enden werde, am tiefen grünen Algengrund.

Unbenommen von Lehnerts letzten Zweifeln wippten die Blüten weiter, und er sah, wie er von den Zweigen der Bougainvillea aufgenommen wurde und als Heiland in weißen Gewändern mit all den Blüten in sein Bett gelegt wurde, wie die Blüten sanft über seinen Körper streiften, da waren die Gewänder längst abgelegt, und er wusste, dass Nok, die plötzlich in den Wassern erschienen war, das mit ernstem Blick getan hatte, er spürte ein Prickeln auf allen Häuten und neue Knospen öffneten sich über den Laken, über seinem Körper, strichen über ihn hinweg, streiften unter alle seine Häute, und er sah einen weit zum Orgasmus geöffneten Mund, von dem er annahm, dass es seiner war. Er sah das Gesicht Noks aus den Laken hervorsteigen aus grünen Wassern und ihm zu einer letzten Ölung eine Perlenkette hinhalten, an der sie ihn fortzuziehen begann, während die dunklen Wasser anstiegen und alles verschlangen und tief am Grund gelbrote Flammen loderten, die gut waren, nein, nicht böse, die gut waren, so gut, dass Lehnert ihnen vertraute und zulächelte, und mit ihm der junge barhäuptige Mönch, der mit einem Mal neben ihm am Beckenrand saß.

Da wusste Lehnert, dass es Zeit war, zu gehen, und überhaupt, was zu tun war.

53

Lehnert stieß mit dem Bein versehentlich gegen den wackligen Frühstückstisch, während neben ihm ein Tuktuk herknatterte, um Fahrgäste aufzunehmen. Bun steckte das Wachstuch mit dem Amulett sehr langsam und zögerlich in die Brusttasche seines Hemdes. Er schaute Lehnert dabei beinahe vorwurfsvoll an, als habe der ihm mit der Übergabe etwas angetan.

Die beiden hatten am frühen Morgen die Regenpause genutzt und an einem der kleinen Tische Platz genommen, an denen vor einer brüchigen Mauer Western Breakfast angeboten wurde. Lehnert hielt das Frühstück für grässlich, aber es war sowohl unter Einheimischen als auch unter Westlern Kult, es stand in diversen Reiseführern auf der to do-Liste. Bun hatte sich das gewünscht, hier zu frühstücken. Ständig wuselte eine winzige, flinke Frau mit Schürze und roter Kappe an den Tischen entlang und notierte auf einem Notizblock die Bestellungen. Der Morgenverkehr brummte im Schritttempo vorbei zum Uhrenturm hin, der die Stadtmitte markierte.

Lehnert spülte, nur weil es Kult war, den löslichen Kaffee im Plastikbecher herunter. Vor ihm und Bun lagen auf den Tellern ein paar Scheiben Corned Beef, zwei runzlige Spiegeleier, zwei dünne Knackwürste, winzige Streifen Toastbrot und Minisalatblätter, gerahmt von Tomatenstücken.

Bun kaute am zähen Toastbrot und gleichzeitig daran, dass er nun Träger des Zwillingsamuletts war, weil er sich auch dafür als nicht berechtigt ansah. Lehnert verdrehte die Augen, weil er wusste, dass nun das gleiche Lamentieren anfangen würde wie bei dem anderen Amulett, das damals am Fluss der Alte, nachdem er über Buns Schwester hergefallen war, ihm entrissen und das er nicht ausreichend verteidigt hatte, so Buns eigene Einschätzung, wozu er aber als schmächtiger Jüngling gegen einen bewaffneten Soldaten in höchst aggressiver Stimmung niemals im Stande gewesen wäre. Diese Selbstbezichtigungen quälten Bun seit Jahrzehnten, und Lehnert wusste das ja nun spätestens seit dem Treffen vor der Höhle, als Bun ihm das Foto übergeben hatte. Lehnert hatte dieses Jammern satt und kompensierte seine Ungeduld, indem er eine der Knackwürste im Mund zermahlte.

»An nii pen lüang yaang üün«, redete er auf Bun ein und schlürfte eilig am Kaffeebecher. Das hier sei eine andere Geschichte, er sei, warum müsse er ihm das erklären, neben seiner älteren Schwester der rechtmäßige Besitzer, wer denn sonst, und damit sei alles in Ordnung. Das müsse ihm doch klar sein, und Lehnert klopfte sich mit der Faust gegen die Stirn. Er hätte Bun am liebsten angeschrien und hielt sich nur wegen der Gäste an den Nachbartischen zurück. Wen wollte er eigentlich überzeugen? Sich selbst? Dass es richtig und wichtig war, das Amulett nicht Inkäo, sondern Bun zu geben? »Phuu ying kää book hai«, die Alte da im Dorf habe ausdrücklich gesagt, er könne es auch ihm geben. Ausdrücklich, schnauzte Lehnert, auch wenn das so nicht ganz stimmte. Aber Inkäo war zu sehr im Einflussbereich des Alten, fand Lehnert. Wie stark war der noch? Wie sehr konnte der sich noch durchsetzen, obwohl er sterbenskrank war? Und hätte Inkäo verheimlichen können, dass die Dinge sich nun grundsätzlich ändern würden? Womöglich würde sie in ihre alte Rolle des Gehorsams, ja, der Unterwürfigkeit verfallen und dem Alten dieses Amulett freiwillig aushändigen, wenn man überhaupt von freiwillig reden konnte? Und wenn dieses ganze Gerede um die Amulette überhaupt so wichtig war? Vielleicht war ja doch alles überzogen und mystifiziert?

Lehnert stierte an Bun vorbei auf das Straßenpflaster, ließ seine Zweifel schneller als sie ihm in den Sinn gekommen waren, verfliegen, und ebenso die Bilder vom Tod Nai Ens, die ihn immer wieder, so auch jetzt, in Rückblenden heimsuchten. Er verschwieg sie. Vielleicht auch nur, weil er Angst hatte, Bun würde das Amulett gleich wieder zurückgeben, oder es könnte deutlich an Kraft verlieren, wenn er ständig davon redete. Jetzt, wo es darauf ankam. *Wenn* es darauf ankam. Lehnert sah sich doch wieder hin- und hergeworfen zwischen Vernunftgedanken nach westlichen Maßstäben und dem Glauben an Dinge, die er und überhaupt niemand wirklich beurteilen konnte. Dabei hatte Vernunft längst nur noch in ein paar wenigen Gedankengängen Raum. Sie wurde theoretisch.

»Tong kautjai«, Bun solle es doch endlich begreifen. Lehnert schob seinen Oberkörper über den Tisch und schielte auf die anderen Gäste, ob die schon herüberschielten. Um das andere Amulett werde er, Lehnert, sich kümmern, wie vereinbart, das müsse man ja jetzt nicht noch einmal durchkauen. Er klopfte mit den Fingern auf die Tischplatte, als stehe da geschrieben, was der Mönch in Luang Phabang aus dem schwarz-weiß-Foto Buns herausgelesen hatte, was die Marktfrau unter dem Stelzenhaus in Sipsongpanna und die Alte in Burma erzählt hatten. So sei es nun mal, und so sei es in Ordnung! Lehnert zeigte wie zum Beweis unter den Tisch auf Buns Rucksack, in dem nun das Dokument mit all den blauen und roten Siegeln steckte, nachdem Bun es mit spitzen Fingern gehalten und ehrfürchtig studiert hatte. »Tong chüüa«, Bun solle einfach daran glauben. Warum er ihn überhaupt daran erinnern müsse? Es sei doch schließlich *seine* Glaubenskultur. Er, Lehnert habe doch nicht all diese Mühsale auf sich genommen, damit Bun nun kneife. Er solle das Amulett tragen, aufrecht mit dem Stolz eines Thai Lüü und Sohn eines bedeutenden Clanchefs, und dann werde man weitersehen, bald schon.

Bun nickte vor sich hin, und Lehnert fühlte sich wieder einen Schritt weiter, sich selbst überzeugt zu haben, aber Bun? Lehnert vermutete, dass der sich all die Jahre vorgestellt hatte, dem Rebellenführer und Drogenbaron Khun Sa nachzueifern, wovon er aber immer mehr als meilenweit enfernt war, so weit wie der Thai Lüü-Herrscher Cao Faa vom Gott Indra, so weit die Shan und mit ihnen die Thai Lüü von einem autonomen Staat, so weit wie sie alle, und erst recht Lehnert, von allen guten und bösen Geistern, die über allem agieren mochten. Zwischen Khun Sa und den Wünschen Buns lagen Welten. Das waren Vorstellungen aus dem aufgestauten Hass gegen den Alten und aus der Enttäuschung über das Schicksal der Thai Lüü geboren, an dem er aber etwas zu ändern nicht in der Lage war, auch wenn er die Rebellen jahrelang finanziell unterstützt hatte. Dem Mann war schon als Jüngling der Schneid abgekauft worden, spätestens damals am Grenzfluss.

Lehnert aß stirnrunzelnd. Auch Bun hätte nicht ernsthaft behaupten können, dass es ihm schmecke, aber so aß man wohl im Westen, und alles was von dort kam, war bei den Menschen im südostasiatischen Raum im Ansehen immer noch hoch angesiedelt.

»Au tjap yaangrai«, wie er denn am besten an das Amulett im Besitz des Alten herankommen könne, fragte Lehnert. »Man yaak« schwierig sei das, antwortete Bun mit vollem Mund. Wenn der Safe verschlossen sei, ohnehin. Und der Alte verlasse ja kaum noch sein Zimmer. Er sitze nur noch völlig verbittert da und stiere vor sich hin, und das gönne er ihm auch nicht anders. Zeigte mit dem stumpfen Messer auf Lehnert, bevor er sich an dem Spiegelei zu schaffen machte, das verschrumpelt vor ihm auf dem Teller lag.

Aus einem gelben Songtäo am Straßenrand schallten in einem Sprachengemisch aus burmesisch und einem Thaidialekt ständig die Kommandos eines Mannes, der offensichtlich der Chef des mobilen Frühstücksservice war. Der Wagen war mit einem hölzernen Aufbau versehen. Vorn über der Windschutzscheibe prangten Büffelhörner, und am Kühlergrill ein stattliches Geweih. Die Ladefläche war zu einer Küche mit kompletter Ausstattung umgebaut. Der Chef hockte darin und wirkte mit langem grauem Zopf wie ein Althippie. Er trug eine Jogginghose mit weißen Seitenstreifen, immer wieder schaute er über seine Brille hinweg, um mit heiserer Stimme Anweisungen zu geben. Langte um sich und goß aus diversen Kannen Milch und Kaffee zusammen, eine kleine Espressomaschine stand ungenutzt hinter ihm an der Verbindungswand zum Führerhaus, darüber ein schmales Regal mit Bechern, Dosen, Flaschen, noch verpackten Wurstscheiben, Paketen mit Toastbrot und weiteren Kannen. Der Mann regelte alles im Sitzen, unter ihm am Wagenboden lagen Reste von allem: Papierfetzen, leere Becher, Krümel, Kabel und was nicht alles.

Auf der heruntergelassenen Heckklappe war ein riesiger Wok abgestellt, für die knochenartigen Paa Tong Koo, die, wenn er sie mit einer Zange herausnahm, vor Fett trieften. Im Nu drehte er sich zur anderen Seite und kümmerte sich um die Spiegeleier, die in einer Pfanne gleich neben seinem Hocker brutzelten.

Etwa zehn Tische reihten sich an der Mauer entlang, alle waren besetzt, es herrschte reichlich Betrieb, wie immer, sobald die ersten Sonnenstrahlen rot den Uhrenturm bestrichen und nur weil es Kult und in den Reiseführern vermerkt war. Man hockte in Jacken in der Morgenkühle und vor lauter Erlebnishunger, um sich wenigstens einmal in der Stadtmitte von Chiang Rai grässliches Frühstück zu gönnen, so Lehnert im stillen Lästern, während der Berufsverkehr röhrend und qualmend vorbeizog. Über allem hingen, weil es die Sonne an diesem Morgen nicht schaffte, mit ihren Strahlen den Uhrenturm rot zu bestreichen, dunkle bauchige Wolken, die eine geeignete Stelle zu suchen schienen um sich auszulassen.

»Tong roo phom dja book dja too.« Bun kaute und säbelte an der dünnen Wurst herum, bis die Pelle in kleinen Fetzen auf dem Teller verteilt lag. Lehnert solle warten. Er werde ihn anrufen, sobald sich etwas tue. Vielleicht müsse der Alte ja mal zur Untersuchung ins Krankenhaus oder es passiere etwas Unerwartetes. Er spießte mit der Gabel ein Stück Wurst auf und schob es sich in den Mund.

Er habe aber keine Zeit zu warten, bis der Alte sterbe, so Lehnert und bestellte zur flinken Frau herüberwinkend einen weiteren löslichen Kaffee. »Khit mai mii weelaa, yaak kap baan.« Er wolle in sein Haus zurück, endlich und unabhängig davon, wie es um den Alten stünde. Wieso Bun das nicht begreife, als habe der irgendwelche Einwände geäußert. »Tong mii rabiap«, die Dinge müssten ein für alle Mal ins Lot, für ihn, für Nok, und für Bun und Inkäo sowieso, seit Jahrzehnten schon. Basta-Gehabe war das, aber das spürte Lehnert gar nicht mehr.

Die Frau stellte im Vorbeigehen einen Plastikbecher auf dem rotkarierten, bereits von Kaffeeresten durchnässten Tischtuch ab. Lösliches qualmte geschmacklos aus dem Becher vor sich hin, aufgebrühter Kaffee, pulverisiert und aufgebrüht, wie alles, dachte Lehnert.

»Tong roo dja book«, wiederholte Bun. Er werde Bescheid geben, wenn die Gelegenheit günstig sei, und mahlte auf dem nächsten Wurststück herum.

Wieder stoben Anweisungen des Chefs aus dem Wagen heraus und die Angestellten stoben auseinander. Ein junger Burmese trug eine rote Nikolausmütze mit weißem Bommel. Seit Wochen wurden diese Mützen in den Läden ringsum angeboten. Auf der oberen Stufe einer ehemaligen Treppe, zu der irgendwann einmal ein Haus gehört hatte, war der Abwasch eingerichtet. Eine junge Frau mit zottiger Fellkappe reinigte das Geschirr unter fließendem kaltem Wasser. Neben ihr ein Junge, der ständig auf die Frau einredete, während er einen riesigen Reiskocher aufklappte und mit einem Schöpflöffel hineinlangte, für die wenigen Einheimischen, die mit westlichem Frühstück nichts anfangen konnten und Reissuppe mit darin schwimmendem Eigelb und Hühnerfleisch bevorzugten.

Lehnert zahlte. Fürs erste war alles gesagt und wenig schien geklärt. Er wollte Bun zum nahen Busbahnhof begleiten. In ihrem Rücken begann der Chef wie jeden Morgen, wenn sich die Frühstücksschicht dem Ende zuneigte, sein obligatorisches Konzert. Er hatte aus den Tiefen des Wagens eine Gitarre hervorgeholt, stand nun in Trainingshose und mit Kapuzenpullover auf dem Bürgersteig und gab eine melancholische Thai-Ballade zum Besten, während an den Tischen aus den letzten Bechern weiter löslicher Kaffee dampfte.

Lehnert verabschiedete kurz darauf Bun, der in einen der klapprigen, grünen Busse nach Mae Sai stieg. Lehnert liebte diese Busse, in denen während der Fahrt vor den geöffneten Oberlichtern die Vorhänge wild im Wind flatterten, und wo der Fahrer über genopptem Bodenblech hart am langen Schaltknüppel arbeitete und mit energischen Fußtritten das Zwischengas betätigte, wenn er nicht gerade zum x-ten Male anhielt, weil jemand am Straßenrand winkte.

Lehnert wusste, dass er nicht warten würde. Er wusste auch, dass er keinen dieser Busse nehmen durfte, wegen der beiden, fest eingerichteten Kontrollposten, die sich Armee und Polizei zwischen Chiang Rai und Mae Sai teilten. Ein Umweg musste her.

Der Regen setzte wieder ein, mit dicken Tropfen.

54

Lehnert war schon nach einer halben Minute völlig durchnässt. Es nutzte auch nichts, dass er sich an der Mauer des Grundstückes unter einer der Kokospalmen herumdrückte. Die Latschen hatte er achtlos abgestreift, barfuß stand er bis zu den Knöcheln im Wasser. Es war früher Nachmittag, aber dunkel wie zur Abenddämmerung. Der Monsunregen fiel so dicht herab, dass man keine einzelnen Tropfen erkennen konnte. Es schüttete. Seit Tagen schon. Das Land wurde gewaschen, wie jedes Jahr, und wie jedes Jahr fluteten die Wassermassen die Straßen am Grenzfluss, und mit ihnen die Häuser. Lehnert zog sich an einem Mauervorsatz hoch und erkannte Ot und Not, die beiden Neffen Noks, wie sie Sandsäcke von innen gegen das gelbe Eingangstor warfen. Es platschte im Arbeitsrhythmus. Oben im Zimmer des Alten brannte das weiße Licht einer Neonröhre. Von ihm selbst war nichts zu sehen. Wahrscheinlich war er sogar zu schwach, vom Fenster aus Anweisungen zu geben. Welche auch?

Die Fluten rauschten die Straße entlang, vorbei an den ebenerdigen Behausungen der Burmesen, die in Wickelröcken wadentief durch das Wasser stapften und mit ihrer Habe auf dem Kopf das Weite suchten, wie jedes Jahr aufs Neue, wenn die Flut vom Straßenbankett aus durch die schmalen Rampen direkt in ihre Wohnzimmer hinablief. Die Häuser blieben offenstehen und die grauen Metallrolladen hochgezogen über den Eingängen, während sonst die Bewohner nachts sich und ihr Eigentum sicherten.

Lehnerts Kleidung klebte schwer und nass am Körper, gleichzeitig schwitzte er, als er an der Mauer entlang um das Grundstück herumlief. Er musste sich keine Gedanken machen, gesehen zu werden, zu dicht war der Regen, und Wasserdampf stieg aus der Schwüle auf. Außerdem war jeder mit sich selbst und dem Hochwasser beschäftigt. Lehnert fing grinsend an, sich zu loben, weil er diese Überschwemmung als genau den richtigen Zeitpunkt gewählt hatte. Wenige Tage nach Bun hatte er sich für einen Umweg über die Berge an der Grenze zu Burma entschieden, um an den Kontrollposten vorbeizufahren und nach Mae Sai zu kommen. Meist nutzte er Mitfahrgelegenheiten und war in mehreren Etappen auf den Ladeflächen von Pickups zur Höhle gelangt, vor der Bun ihm wenige Wochen zuvor das Foto zugesteckt hatte. Warum Lehnert dem Pfarrer der Baptisten-Geimeinde nebenan einen Besuch abstattete, wusste er selbst nicht zu sagen. Der Mann war freudig erstaunt, glaubte Lehnert wolle seine Habseligkeiten abholen, die dort noch gelagert waren, und erteilte ihm, als der verneinte und nichts weiter sagte, geradezu theatralisch einen Segen, weil er etwas gespürt haben mochte. Er drängte Lehnert vor dem Gemeindehaus auf einen Campingstuhl und zog mit weiten Armbewegungen das Kreuz über ihm nach, murmelte etwas, das Lehnert nicht verstand, außer dass er ihm auf allen seinen Wegen Glück wünschte »chook dii« und fragte nichts. Die letzten Kilometer war Lehnert zu Fuß gegangen, der Regen hatte wieder eingesetzt.

Hinter dem Haus rutschte er mehrere Male im Schlamm der Nachbargärten aus und erreichte schließlich das hintere, verrostete Tor, das Nok und ihm früher gedient hatte, um auf kurzem Weg Verwandte zu besuchen und mit ihnen im Hof an einem steinernen Tisch Bier zu trinken, Garnelenstifte in Chilipaste zu tunken und Nachbarn mit all ihren Schwächen und kleinen Fehlern durchzuhecheln. »Khon nii pen khon talog.« Er zog mehrere Mal heftig am Gestänge, bis er das Tor im Schlamm halbwegs aufgezogen hatte, zwängte sich hindurch, und patschte geduckt über die verschlammten Wege, die zwischen den Brokkolifeldern kaum zu erkennen waren. Dieses hintere Tor war eine Schwachstelle des ansonsten ummauerten Grundstücks. Ungehindert konnte das Wasser nachfließen, während Lehnert durch die dicken Regenfäden hindurch vorn am gelben Tor die Neffen und Noks Schwester Kuei sah, wie sie sich stumm Sandsäcke zuwarfen. Bun war unscharf am Anfang der Kette unter dem Carpark zu erkennen, wo der Stapel mit den Säcken gelagert war. Lehnert stand neben seinem Haus. Das Wasser spülte bereits um die beiden unteren Stufen des gefliesten Sockels, und er überlegte einen kurzen Moment, ob er nach dieser Sintflut und überhaupt nach allem den Anstrich der Außenwand erneuern solle – wieder in mildem Gelb.

Lehnert stapfte geduckt weiter durch den Schlamm und lief auf das Haus von Noks Eltern zu, sprang die fünf Stufen zur Terrasse hinauf und wischte durch die offene Tür ins Haus. Das Esszimmer, die große Wohnhalle, alles war hell erleuchtet, aber niemand schien da zu sein. Lehnert sprang über die dunklen Teakholzstufen hinauf und hielt sich am Geländer fest, um mit seinen nassen Füßen nicht auszurutschen. Auch im oberen Flur war niemand. Die Tür zum Zimmer des Alten stand halb offen, der Fernseher plärrte laut Nachrichten von Protesten und der Festnahme einiger Studenten hinaus, die gegen den Artikel 112 verstoßen und die Monarchie angeblich in schlechtes Licht gerückt hätten. Das Gesetz war ein sicheres Druckmittel der vom Militär geführten Regierung, um die Menschen weiter unter Kontrolle zu halten. Lehnert wusste, dass die Studenten nichts anderes wollten, als ihre Meinung zu äußern, von Kritik am König war gar nicht die Rede. Wo aber war der Alte?

Lehnert schob sich vorsichtig um den Türpfosten, das Bett war aufgewühlt, ein Buch lag aufgeschlagen auf der Kommode, die Bilder im Fernseher flimmerten blau Polizisten beim Abführen der Studenten ins Zimmer, in der Ecke stand grau und schwer der Safe auf dem Boden, ein gusseiserner Würfel von nicht einmal fünfzig Zentimetern Höhe. Wo war der Alte?

Lehnert bog sich zurück, lugte den Flur entlang zum Bad, aber dort fiel kein Lichtstreifen unter der Tür her. Er schlich - warum eigentlich? - auf Zehenspitzen quer durchs Zimmer, während er sich flüchtig umschaute. Grinsend zeigte er Zähne und beugte sich über den Safe, dessen Tür nur angelehnt war. Lehnert blieb keine Zeit, sich darüber zu wundern, er hielt auch das für ein Zeichen, genau den richtigen Zeitpunkt gewählt zu haben. Er zog die Safetür auf. Sie qietschte ein wenig in den Angeln. Draußen schlug der Regen hart gegen die Aluminiumrahmen der Fenster und rauschte weiter in den Garten. Lehnert ging in die Hocke und raschelte in Papieren, kramte darin herum, zog sie heraus: Dokumente mit roten und blauen Stempeln. In der Eile hatte er keine Lust sie zu entziffern, wahrscheinlich Besitzurkunden der beiden Häuser, auch die *seines* Hauses, das ja nach thailändischem Recht mit dem Tod Noks wieder auf den Alten übergegangen war. Lehnert nahm sich auch keine Zeit, die Papiere vor Wut zu zerreißen, wischte mit der flachen Hand über die drei Innenfächer: nichts, keine Goldkette, kein Amulett, keine Nagaschlange. Er beugte sich in der Hocke noch tiefer und linste schräg hinein, nichts, völlig leer, und das unablässige Rauschen des Regens draußen schien diese Leere zu unterstreichen, ein leeres, unabänderliches Rauschen, das alles andere wegwusch.

Und dahinein das hässliche Lachen hinter ihm, abgehackt und

diese Leere zerstörend. Lehnert drehte sich ruckartig um, hielt sich mit einer Hand an der Bettkante fest und sah den Alten hinter der Tür im Rollstuhl, in ein Badetuch gewickelt, wie eine Mumie, die schon vor ihrem endgültigen Ableben zurechtgemacht werden sollte. Hohlwangig mit offenem Mund, die wenigen Zähne meckerten gelb hervor, und Lehnert starrte auf den Alten, wie der vorgebeugt lachend in der offenen Hand das vergoldete Gehäuse mit dem Amulett hielt, es präsentierte und es, als Lehnert sich vom Bett erhob, in weitem Bogen aus dem offenen Fenster auf die überflutete Straße warf. Lehnert blieb abrupt stehen, der Alte hockte wieder vorgebeugt, lauerte provozierend und wartete Lehnerts Reaktion ab. Der ging langsam auf ihn zu, ganz langsam, hielt ihn im Blick, und schien genau zu wissen, was zu tun war, ähnlich dem Alten, als der damals dem Hund mit einem Draht den Körper des zerbissenen Hahnes an den Hals gesteckt hatte. Lehnert versuchte ruhig zu bleiben: »Yaak tham taai«, er würde ihn am liebsten umbringen, und trat gegen den Rollstuhl, der heftig gegen die Wand schepperte. Putz bröckelte ab. Er schubste den Alten von der Sitzfläche, der fiel wie ein nasser Sack, kringelte sich am Boden und lachte weiter, als habe er das alles genau so kommen sehen: dass Lehnert ins Haus eindringen würde, dass er das Amulett suchen würde, dass er ihn aus dem Rollstuhl stürzen würde. Neben dem Alten, dem das Badetuch abgefallen war, sodass der runzlige Körper sich wie eine riesige graue Garnele wand, kringelte sich die goldene Kette, die der Alte warum auch immer abgerissen hatte, aber das sah Lehnert nicht. Er stürmte aus dem Zimmer, die Treppe hinunter, lief im strömenden Regen in den Schuppen, zog eine Schubkarre hervor, die er vor vielen Jahren dem Alten geschenkt hatte, woraufhin der, um sie zu verschönern, sogleich das Blech der Wanne himmelblau gestrichen hatte, lief auf den Carpark zu, sah Bun, wie der einen Sandsack nach dem anderen weiterreichte, stand direkt neben Bun, der so tat, als sei Lehnert nicht da, und stapelte die Schubkarre über die Ränder der Wanne hinaus voll, zog sie hinter sich her, da er sie im Schlamm nicht schieben konnte, stemmte sich fast horizontal gegen die Schwerkraft, stemmte sich gegen den Regen, der ihm ins Gesicht schlug, zog das alles minutenlang fünfzig Meter zu seinem Haus hinüber und warf die Säcke über den Sockel vor den Eingang, sprang hinauf und ruckte sie mit nackten Füßen auf den Fliesen zurecht. Das Wasser hatte unter ihm bereits die dritte Stufe erreicht. Lehnert schaute nicht hin, er lief mit der leeren Schubkarre zurück zum Carpark, um weitere Säcke für den Seiteneingang aufzuladen, bis sie ihn dann schnappten, die Neffen Ot und Not, und ihre Fingernägel in seine nassen Arme krallten. Bun stand mit gesenktem Kopf da und schaute auf die Basilikumsträucher im Kräuterbeet, die in den Schauern hin- und hergeworfen wurden. Schaute dorthin, weil er nicht wusste, wo er sonst hinschauen sollte. Kuei, die Schwester Noks ruckte, um etwas zu tun zu haben, an den Sandsäcken am gelben Tor herum, und ihre Mutter Inkäo stand im geblümten Rock unter einem völlig verbogenen, schwarzen Schirm mitten auf dem Weg im Schlamm und starrte nirgendwohin. Die Neffen zogen Lehnert schreiend aus dem Carpark, »ook pai ook pai«, als müssten sie einen Wassergeist, der das alles angerichtet hatte, verjagen. Sie schubsten ihn vor sich her auf das Tor zu, öffneten es gerade so weit, dass sie ihn, während ein breiter Schwall Wasser hereinströmte, auf die Straße stoßen konnten, dorthin, wo Nok und Puk überfahren worden waren, in die enge, unübersichtliche Kurve. Doch da war alles überschwemmt.

55

Die Sonne brannte, und ich verzog mich in den Schatten. Glotzte wie eine Kuh die Reihe der Frauen entlang und konnte nicht begreifen, was sie da taten. Sie standen an den Mauern des Shoppingcenters über Berge von Textilien gebeugt, pflückten eilig Hosen heraus und hielten sich, wieder aufgerichtet, den offenen Bund der Hose um den Hals, indem sie beide Hände im Nacken wieder zusammenführten, mit leicht vorgebeugtem Kopf. Es sah fast so aus, als wollten sie mit einem kurzen Ruck einen Strick anprobieren.

Meist ließen sie die Hose hinter sich fallen und bückten sich über weitere Hemden und Hosen und Röcke und was nicht alles.

Es taten sich überhaupt merkwürdige Bilder auf in diesen Tagen. Möbel waren an den Straßenrändern aufgetürmt, Autos standen quer über Schlammresten wie fluchtartig verlassen, manche mit offenen Türen. Sandsäcke lagen noch auf dem Asphalt und neben den Hauseingängen verstreut. Die Hochwasser hatten sich ins Flussbett zurückgezogen, und die Aufräumarbeiten gerade erst begonnen. Privatinitiative, von der Stadtverwaltung kam nicht allzu viel.

Djum klärte mich auf, was es mit den Frauen an der Mauer des Shoppingcenters auf sich hatte. Auch das Basement des Einkaufszentrums war überschwemmt worden. Sämtliche Hosen, Blusen, Jacken waren verdorben oder zumindest als Neuware unverkäuflich, und so hatte man sie als Sonderangebote an die Straße gelegt. Und das Halten des Hosenbundes an den Hals ersparte den Frauen die Garderobe. Weil – und ich lachte Djum aus, weil ich es nicht glauben konnte –, wenn der Hosenbund, locker gehalten, den Hals umschließt, passt er auch um die Taille. Habe es ausprobiert, es funktionierte nicht, vielleicht ja nur bei Frauen.

Lehnert tat mir leid. Wusste nicht genau, wie ich an ihn herankommen sollte. Ich meine, menschlich. Wir hatten uns eilig, weil er nicht gesehen werden wollte, auf der Tempelanlage Doi Wau über der Stadt getroffen. Er wirkte einerseits reichlich verstört, aufgewühlt und dann doch wieder so zielstrebig, erschreckend zielstrebig. Er saß oben auf der Mauer und schaute hinunter auf die Grenzbrücke, über die wie Ameisen Händler und Tagestouristen hin- und herwuselten, schaute über das weiße Häusermeer und versuchte mir, während die Sonne noch Flutwasser verdunstete, mit seltsamem Eifer sein Haus zu zeigen, mit ausgestrecktem Arm in einige Entfernung: Das mit den grünen Dachziegeln, das müsse ich doch erkennen! Ich glaube, er sah es selbst nicht, er wollte es nur sehen.

Von seiner Aktion mit dem Vater Noks habe ich erst später erfahren, nach allem. Wusste auch nicht, was er nun vorhatte, er verriet ja nichts da auf der Mauer. Mir war nur klar, dass er etwas vorhatte, irgendwas Endgültiges oder so.

56

Das erste, was Lehnert auffiel, waren die Schlammreste auf den grünen Fliesen der weiten Wohnhalle. In etwa fünf Zentimeter Höhe über dem Boden zeichnete sich an den Wänden in einer geraden, braunen Linie ab, wie hoch das Wasser gestanden hatte. Lehnert ging betont langsam mit den Händen in den Taschen bis zum breiten Raumteiler aus Teakholz, den er für viel Geld von einem Tischler hatte anfertigen lassen. Die schmale Tür aus mattem Satinatoglas mit einem laser-gravierten, weißen Schwan darauf, der kitschig seinen Hals zu einem S gebogen hielt, klemmte ein wenig, weil der Spalt darunter mit getrockneten Erdkrumen verkrustet war. Lehnert trat in den hinteren Teil der Halle, der ursprünglich als Unterrichtsraum gedacht war, mit Schultischen und einem kleinen Pult, um den Kindern der Verwandtschaft Englisch beizubringen. Doch daraus war niemals etwas geworden. Nur eine verstellbare Liege aus dunklem Palisander stand im leeren Raum, nachmittags hatte Lehnert sich dort oft ausgeruht. Er setzte sich darauf und schaute durch die Fenster, auf deren Scheiben seit Langem der Schmutz vom Regen und der Staub vom Garten Streifen gezogen hatten, die nun von der Sonne beschienen wurden. Er schaute auf die burmesische Pagode am Berg, die er nachts immer im Blick gehabt hatte, wenn sie erleuchtet über der Zwillingsstadt Tachilek stand. Er sah vor sich die schmutzig-weiße Mauer, die das Grundstück eingrenzte, er sah die Brokkolipflanzen, die ihre Blätter schwer und braun verfault über die Erde gelegt hatten.

Es hielt ihn nicht lange auf der Liege. Er stützte sich auf, schob sich heraus, ging durch die Halle zurück und nahm mit Blick nach oben die Treppe, direkt auf sein Spiegelbild zu, das an der Wand zwischen zwei kleinen Flügeltüren aus wurmstichigem Holz auftauchte. Lehnert schaute nicht hin, er schaute an sich vorbei. Er nahm die beiden Flügeltüren und klappte den Spiegel zu, trat einen Schritt zurück, um die Malerei auf dem dunklen, rissigen Holz zu betrachten: Frau Buddha, wie er sie immer genannt hatte. Er wehrte dabei dumme Versuche ab, in diesem Bild Nok zu sehen, verstieg sich lieber dazu, so etwas wie einen Kreislauf der Dinge zu erkennen, las ihn darin, in der Frau, wie sie neben ihrem Kopf mit erhobenem Arm den Zeigefinger an den Daumen gelehnt hielt und somit einen Kreis bildete, ein Rad der Lehre, dazu die anderen drei Finger aufwärts gestreckt, nicht zu einem Schwur, eher als unmissverständliches Zeichen, dass hiermit alles angedeutet sei – und dass es mehr an Hinweisen nicht gebe.

Die Haare waren unter einem Netz zum Knoten aufgesteckt – einem unlösbaren? –, von dem Lehnert immer gedacht hatte, wenn er ihn doch ein Mal öffnen könnte, er dann in einen Spiegel schauen, in einen anderen, viel tieferen hineinschauen würde, mit Würde, aber auch dazu war es nie gekommen.

Da waren die roten, vollen Lippen mit den Mundwinkeln, die kaum merklich aufwärts zogen, der rubinrote Umhang und die nackte Schulter, die sie Lehnert gezeigt hatte, jeden Abend, wenn er den offenen Spiegel und somit sein Bild bis zum frühen Morgen verschloss, um Frau Buddha im Dunkeln über der Treppe schweigen zu lassen, in ihrem Kreislauf, als werde er niemals beschritten, und der nun gebrochen, abgeschnitten schien. Und so sollte sie auch jetzt wieder schweigen, während hinter ihr Lotosblüten mit rosafarbenen Flammen aus tiefschwarzen Kelchen leckten, aus denen möglicherweise alles erwachsen war, so auch der Kreislauf der Dinge.

Lehnerts Blick blieb einen Moment an ihren halb geöffneten Lidern hängen, löste sich wieder, weil es hier nichts zu durchschauen gab, ja, nie gegeben hatte, in dieser Undurchschaubarkeit Frau Buddhas, der Undurchschaubarkeit der Menschen um ihn herum und der des Landes. Er versuchte sich von dieser Erkenntnis zu lösen und wusste nicht, wie das anzustellen war. Er fühlte sich verhöhnt, nicht von Frau Buddha, ausdrücklich nicht, eher vielleicht von seinem eigenen Entschluss, sich neuerlich ins Haus einzuschleichen. Wozu denn? Weil er Nok nirgendwo anders so nahe sein konnte? Obwohl sie doch längst weitergezogen war?

Lehnert wollte nichts mehr sehen, nicht das gemeinsame Schlafzimmer und nicht das kühle, rosafarben angestrichene Zimmer, das Nok und er immer dann gewählt hatten, wenn sich während der Monsunzeit in den anderen Räumen die Hitze gestaut hatte. Nicht die hellgelben Vorhänge, die an den sechsundzwanzig Fenstern im Haus bis an den Boden reichten und die er abends immer zugezogen hatte, damit Frau Buddha ungestört schweigen konnte. Er nahm die Stufen abwärts, mit schweren Beinen, als habe er knöcheltief im Schlamm aller Überschwemmungen der letzten Jahre gesteckt – und stand vor Bun. Anscheinend hatte der unter der Treppe auf ihn gewartet, mit hängenden Armen, wortlos, um dann doch »tham arai yuu« zu sagen, was er hier mache, nur um etwas zu sagen. »mai tham arai«, nichts, antwortete Lehnert.

Bun stand in einem zerknitterten, grauen Baumwollhemd vor ihm. Eine derbe Hose fiel sackartig von seiner Hüfte ab. Die Hände waren schmutzig, die Fingernägel schwarz, als habe er in der Erde gewühlt oder Schlammreste beseitigt, im Haus drüben, wie Lehnert vermutete.

»Nguu pai haa phi saao«, die Nagaschlange sei an seine Schwester übergegangen. »Pai haa«, und nicht »sai hai«, nicht: er habe ihr die Schlange gegeben, nein: sie sei übergegangen, oder: habe sie besucht, aber das waren Haarspaltereien. »Nguu pai haa«, monoton kam das, wie eingeübt. Lehnert nickte, weil er es nicht anders erwartet hatte, und weil es ihm letztlich egal war, ob Inkäo dieses Amulett womöglich dem Alten überlassen würde, aus Demut, blinder Ehrfurcht gegenüber dem Patron, und sei er von noch so schändlichem Charakter, oder weil es einfach so sein sollte. So sein sollte, damit Lehnert endlich kar wurde, dass für ihn hier nichts zu verstehen war, aber auch gar nichts. Das Zwillingsamulett war ohnehin den Fluten anheimgegeben, und nach dem Dokument, das Inkäos und Buns Rechte festgeschrieben hatte, fragte er erst gar nicht. Wozu?

»Khun dja au song khon, atjaa au khon shan dii kwaa«, redete er an Bun vorbei. Auch das schien eingeübt. Bun solle zwei Leute anheuern, am besten zwei Shan, möglichst Thai Lüü. Lehnerts Stimme hallte in der weiten, hohen Halle. »Dja book sai fai mai thii nii«, er solle sie beauftragen, das Haus in Brand zu setzen, am besten schon morgen, »phrung nii dii kwaa«. Lehnert schob sich an Bun vorbei zum Ausgang, die schlammverkrusteten Stufen hinab in den Garten, schlenderte den Weg entlang, ohne darauf zu achten, ob er gesehen würde, glaubte, auf der Terrasse Inkäo zu sehen, wie sie an der Mauerecke lehnte und in den Morgendunst schaute, der sich doch längst verzogen hatte, schlenderte weiter, als gehe er nur mal eben zum Markt, um gleich wiederzukommen, schob das Tor beiseite, das laut in den Angeln quietschte, und verschwand hinter der engen Kurve. Ob er Bun Geld für die zwei Shan gegeben hatte, wusste er nicht mehr. Es war auch nicht wichtig.

57

Im November 2018 kursierte im ganzen Land der Rapsong einer Musikgruppe mit Verbindungen zur Thamasaat-Universität. Schon oft waren von dort Proteste gegen die vielen Militärregierungen der letzten Jahrzehnte ausgegangen. So auch 1976, als es daraufhin zu einem Massaker an Studenten und Professoren gekommen war.

Die Band nannte sich »Rap against dictatorship« und hatte ihren Song »Patheet koo mii« ins Internet gestellt, ein Protestsong, in dem sie den Machtmissbrauch der Militärregierung anklagte. Die Veröffentlichung des Liedes stellte ein großes Wagnis unter einem Regime dar, das Oppositionelle verhaften und verschwinden ließ. Schnell konnte die Band Likes im fünfstelligen Bereich erzielen, und als die für digitale Kommunikation zuständige Abteilung der Polizei offen erwog, gegen diesen Online-Auftritt und die Band vorzugehen, war die Anzahl der Klicks auf Youtube und anderen Kanälen innerhalb weniger Tage auf vierunddreißig Millionen angestiegen. Es gab kaum jemanden in Thailand, der das Lied nicht kannte. Sogar der Ministerpräsident Prayuth Chan-o-cha, als leitender General im Jahre 2010 für die Niederschlagung der Proteste der Rothemden und 2014 als Armeechef für einen neuerlichen Militärputsch verantwortlich, fühlte sich bemüßigt, Stellung zu beziehen. In kurzen Worten empfahl er in einem Fernsehinterview, »diesen Unsinn zu ignorieren«.

Lehnert lief mit einem mp3-Player und Kopfhörern durch die Straßen. Es schien ihm gleichgültig, erkannt oder auf der Hauptverkehrsstraße von einem Auto oder einem Tuktuk erfasst zu werden. Wie gehetzt streifte er ziellos umher, ohne auf irgendetwas zu achten: Patheet khoo mii – in Endlosschleife.

58

Dabei sei es so schön am Wasser gewesen, »yuu sabai, sanuk duai«. Nok hatte das vor vielen Jahren einmal Lehnert erzählt, als sie nebeneinander am Grenzfluss saßen, auf den Stufen der Ufermauer, sie an ihn gelehnt, die schäbigen Hütten der Burmesen im Blick, die am gegenüberliegenden Ufer der Zwillingsstadt Tachilek aneinandergereiht standen. Kinder spielten mit nacktem Oberkörper im Wasser und warfen sich schreiend einen eingebeulten luftarmen Plastikball zu. So wie die da drüben hätten sie gespielt, sie und ihre Schwester Kuei. Ihre Schultaschen hätten hier gelegen, gleich hier auf den Steinbänken. Der Fluss sei nicht wild gewesen, »nam mai rääng« so wie jetzt. Und Lehnert hatte auf die Biegung geschaut, aus der das Wasser zwischen den bewaldeten Bergen Burmas hervorgeeilt kam. Die Strömung war nicht ohne, wie er festgestellt hatte, man konnte das sehr gut an der Geschwindigkeit erkennen, mit der das Wasser sich weiß an den Felsen brach, die auf dem Flussbett verteilt lagen und spitz hervorragten. »Mai antarai«, es sei nicht gefährlich gewesen, obwohl ihr Vater immer davor gewarnt hatte, zu nahe ans Ufer zu gehen, während der Ball abtrieb, weil ihn eines der Mädchen nicht gefangen hatte, in der schnellen Strömung auf dem Wasser holperte und die Kinder vergeblich hinterherschrien.

Und dann sei es passiert: Kuei sei beim Herumhüpfen im Wasser gestolpert und gefallen, und die Strömung habe sie mitgerissen. Sie, Nok, habe nur dagestanden und gerufen, »tham arai mai dai«, habe nur zusehen können, wie Kuei schnell abtrieb, über die Steine hinweg, sich daran stieß, am Rücken und an den Armen, mit denen sie sich an den Steinen festzuhalten versuchte, und wie schließlich ein Angler, der drüben kurz vor der Grenzbrücke mit seiner Rute im Wasser stand, nach ihren Beinen schnappte. Die Rute sei fortgetrieben. Der Angler habe sie beide dann nach Hause gebracht und ihr Vater nur stumm genickt. Als der Mann wieder gegangen sei, ohne Geld für die Rute zu bekommen, habe er Kuei hinter das Stelzenhaus geschickt, sie solle ihre nasse Kleidung ausziehen. Und dann aber habe er sofort sie, Nok, geschnappt und in den kleinen Schuppen gezogen. »Mai kööi lüüm«, nie werde sie das vergessen, wie er sie geschlagen habe, mit einem Bambusstock, wie von Sinnen, auf die nackten Oberschenkel, auf den Rücken, ja, ins Gesicht, weil sie nicht auf ihre jüngere Schwester aufgepasst habe. Das Schlimmste sei aber sein Grinsen gewesen, so rechthaberisch und mit einer komischen Lust, als wollte er sagen: »Hen mai khwaam phit pen khruu«, da sehe sie mal, das habe sie nun davon, aus Fehlern müsse man eben lernen, und weiter geschlagen. Ihre Mutter habe sie dann, als ihr Vater endlich abließ, beiseite genommen, die Beine und den Rücken mit einer Arnikasalbe eingerieben, ihr eine trockene Hose und ein Hemd gereicht. Dann habe sie vorsichtig mit einer Hand ihr Gesicht berührt und die Salbe nur ganz dünn aufgetragen. Sie wisse aber nicht mehr genau, wer geweint habe, sie oder ihre Mutter – oder beide.

Es war das erste Mal, dass Lehnert gespürt hatte, wie sehr Nok ihren Vater verachtete. Und fortan tat Lehnert es auch.

59

Die Außentreppe roch nach frischem Beton. Lehnert lehnte in der oberen Etage an der Mauer des Appartment-Neubaus, der in den letzten Wochen eilig hochgezogen worden war, und überblickte die enge Kurve. Ein idealer Platz, eine Tribüne wie zu einem Tribunal, und Lehnert verbot sich sofort diesen Gedanken, weil er ihn völlig unpassend fand. Niemand würde hier richten. Niemand.

Die Nacht lastete schwül über der Stadt. Es roch bereits nach dem nächsten schweren Regen, obwohl noch keine Wolken zu sehen waren. Die Milchstraße gaukelte funkelnd Schönwetter vor, und die Kröten quakten aus den Sträuchern, als sei ansonsten nichts im Busch. Die Zikaden sirrten dazu.

Lehnert sah zwei Männer in dunklen Jacken über die Mauer springen und durch die Vorgärten der Nachbargrundstücke weglaufen. Er lehnte sich seitlich gegen die Außenwand des Neubaus und wusste nicht, ob er nun wirklich hinschauen oder nur abwarten solle, bis irgendwelche Aufgeregtheiten von drüben zu hören waren. Ein Motorroller schnarrte um die Kurve, zog eilig über die Gerade fort und überließ wieder den Kröten und Zikaden die Geräuschkulisse.

Wahrscheinlich hatte Bun die beiden Männer am Markt engagiert, sinnierte Lehnert gegen die frisch betonierten Stufen hin. Zwei junge Shan, Thai Lüü, die jeden Morgen in zerschlissenen Klamotten für die Händler Obstkisten heranschleppten und abends in die Staukästen unter die Ladentische schoben. Wahrscheinlich auch für Inkäo, Kartons mit Flaschen voller Chilisaucen, Dosen mit Trockenfisch. Lass die beiden etwas verdient haben, dachte Lehnert und grinste, wo es nichts zu grinsen gab, aber auch gar nichts, erst recht nicht für ihn. Warum er sich dieses Schauspiel antun wollte, das eigene Haus brennen zu sehen, hätte er nicht sagen können, auch bei einer späteren Vernehmung nicht, nicht einmal bei einem Tribunal. Und Lehnert hörte sich über die Stufen hinweg lachen, abgehackt. Ungut lachen, nicht einmal mit komischer Lust. Und dann kamen ihm vorab Bilder in den Sinn, wie ein Trailer, wie Einspielungen vor dem eigentlichen Film, Appetitanreger als Ausdruck des eigenen Zynismus: Frau Buddha vor dem zugeklappten Spiegel, schweigsam wie immer des nachts, während die rosafarbenen Blüten hinter ihrem Gesicht wie Flammen leckten und andere, weit höhere Flammen glutrot die Treppe emporzüngelten, genau auf sie zu, bis die hellgelben Vorhänge von wem auch immer gezogen waren, die merkwürdigerweise nicht in Brand gerieten, während eine gespenstische Ruhe von den langen Stoffbahnen ausging. Vielleicht war Lehnert genau bei diesem Gedanken eingenickt.

Der zweite Akt begann, als er plötzlich die Schreie hörte, die vom Grundstück her näherkamen, vom Haus weg, aber nicht von seinem. Er sah die beiden Neffen, Ot und Not, im weißen Neonlicht an der Außenfassade, wie sie verwirrt und hektisch im Kreis über die Wege liefen; er sah Bun in einem seiner Hawaiihemden, wie er sich rückwärtsgehend vom Haus entfernte, aber nicht von seinem, Lehnerts Haus; er sah ganz deutlich Inkäo, wie sie auf blumenverzierten Hausschuhen den Weg entlanglief, den Rock gerafft, und sich umschaute nach dem Haus, aber nicht nach seinem. Er erkannte in der oberen Etage die Silhouette des Alten, wie sie am Fenster vor den lodernden Flammen zappelte, er sah, dass der mit geöffnetem Mund schrie, und wusste nicht, ob die Zikaden und die Kröten verstummt waren, gebannt in den Gebüschen hockten und aufschauten, oder ob sie umso lauter quakten und sirrten.

Ot und Not zogen aus dem Schuppen mit scharfen Rucken den grünen Gartenschlauch hervor, den Lehnert seinerzeit dem Alten geschenkt hatte, (mit Anschlussdose und Spezialverbindungsendstück). Sie versuchten gegen die Flammen anzugehen, die hell und gelb hinter den Fenstern loderten. Die beiden versuchten über das Esszimmer ins Haus einzudringen, um zu löschen, was aber mit nur einem dünnen Wasserstrahl vergeblich war, während oben der Alte sich aus dem Rollstuhl gegen das Fenster stemmte und schrie, (vermutlich schrie, es war ja nicht zu hören), während über ihm schwarzer Rauch über das Dach in die Himmel stieg und vor die Milchstraße zog. Lehnert sah die Flammen hinter dem Rücken des Alten und hörte nun merkwürdigerweise die Zikaden schrillen. Bun stand unter dem Carpark. Er hielt die Hände seitlich gegen die Ohren gedrückt, und Lehnert fragte sich einen Moment, ob die beiden Thai Lüü versehentlich das falsche Haus in Brand gesetzt oder ob Bun ihnen absichtlich die Anweisung dazu gegeben hatte, um sich zu rächen, oder ob das alles nur geschah, weil ja immer etwas falsch laufen musste, oder weil eines der Amulette mit den Fluten fortgespült war und das andere Amulett wer auch immer trug. Inkäo stand nun regungslos im vom Feuer scharf gezackten, zuckenden Schatten zweier Kokospalmen, und das Haus Noks und Lehnerts wurde unbeschadet vom Brand gegenüber mit dunklem Flackern an seiner mildgelben Außenfassade beschienen, die einen neuen Anstrich benötigte.

Es war das Letzte, was Lehnert von seinem Haus sah. Er verließ das Schauspiel vorzeitig und verschwand in der Nacht.

60

»Khon looi yuu nii pai thii noon«, hier sei er vorbeigetrieben und dann fort, zeigte der Fischer den Mekong hinab. »Tham arai mai ruu«, er wisse auch nicht, was mit dem losgewesen sei. Und ich wusste es schon gar nicht, vermutlich all die Zeit nicht.

Der Mann war ziemlich betagt und wirkte sehr bedächtig, so hatten Fischer wohl zu sein. Er hatte eine krächzende Stimme wie ein Rabe, der stundenlang auf einem Geländer hockt und wartet, was passiert, ein runzliger Vogel. Ich hatte ihn am Fluss bemerkt, wie er da vor seinem Stelzenhaus auf einem quergelegten Baumstamm saß, ein paar Meter über dem Ufer. Sein Boot lag kieloben aufgebockt neben ihm auf der Wiese. Ein großer, zottiger Mischlingshund schnupperte aufgeregt daran herum, als wolle er die beste Stelle finden es umzudrehen. Am Haus hing an einer Wäscheleine die vordere Hälfte eines Karpfens. Fliegen stoben auf, als Djum heranging, um ihn zu betrachten: den braun-weißen Körper, die silberfarbenen Schuppen, die dunklen Augen, die glotzten, als könnten sie immer noch nicht glauben, dass sie aus dem Mekong gezogen worden waren. Djum kam wieder zu uns herüber, und die Fliegen summten gleich zurück auf den Fisch.

Überhaupt war Djum es, die das im Gefühl hatte, dass Lehnert hier irgendwo am Mekong zu finden sei.

Das Tuktuk hatten wir ungefähr einhundert Meter stromaufwärts entdeckt. Stand mit dem Vorderrad im Wasser, die Handbremse war angezogen und die Scheinwerfer schauten irgendwie betrübt in die Strömung, als suchten sie was. Ich war dann mit Djum das Ufer abgegangen, bis wir auf den Fischer trafen, der dasaß, im derben Leinenhemd. Nickte erleichtert und stand auf, als seien wir diejenigen, auf die er die ganze Zeit gewartet hatte, damit er das Problem endlich loswerden konnte. Krächzte dann also: wie er Lehnert dort drüben gesehen hatte, gerade als er die Leine ausgeworfen habe. Genau da vorn, und er stand auf und schlurfte in seinen kniehohen Gummistiefeln die paar Meter runter ans Ufer, lief aufgeregt hin- und her, als lohne das Suchen noch. Das Wasser gluckste. Beinahe spöttisch, wie ich fand.

Drüben am anderen Ufer, in etwa einem Kilometer Entfernung, stand massig das Spielcasino unter seinem großen Kuppelbau, und dahinter duckten sich die geweißten Häuser der laotischen Grenzstadt Houaxay.

Der Fischer zeigte stromaufwärts auf die Stelle, wo das Tuktuk stand. »Long thii noon döön thii nam than thii«, der habe den Motor abgestellt, sei ausgestiegen und sofort ins Wasser gegangen, ganz ruhig. Bis nichts mehr von ihm zu sehen gewesen sei. Habe sogar noch rübergewunken, bevor er abtauchte. Und er, genau hier habe er gestanden, habe es einfach nicht geglaubt, habe hinübergestarrt »hmoong naan nüng nathii atjaa song, atjaa saam«, ein zwei, vielleicht drei Minuten lang. Nichts, der sei einfach weggewesen. Wie das möglich sei, verstehe er bis jetzt noch nicht.

Der Mann schaute mich an, als wüsste ich mehr, irgendeine Lösung. Djum zuckte mit den Schultern. Ihre Gesichtsmuskeln begannen nervös zu zucken wie bei einem Tic. Da ging irgendwas in ihr vor, und sie wehrte sich dagegen, hatte ich das Gefühl. Und sie wahrscheinlich auch.

Und dann sei er auf einmal vorbeigetrieben, auf dem Rücken, mit dem Kopf voran. Habe sich überhaupt nicht bewegt, nicht ein bisschen, sei einfach vorbeigetrieben. Schaute mich beinahe empört an, der Mann, als wollte er sich beschweren, und nickte mit vorgeschobenem Kinn einem dieser schmalen Boote hinterher, die auf Kiel und Heck immer Drachen tragen, oder Nagaschlangen oder wie sie heißen. Wie man sie auch immer an den Tempelstufen sieht, wo man nicht weiß, ob die drohen oder beschützen, mit ihren riesigen Zähnen. Trieb flussabwärts das Boot, so wie vorher Lehnert.

Er habe lange dagestanden und dem Körper nachgeschaut, wie er in den Wellen schaukelte, sich also doch bewegt habe, aber nicht von selbst, das habe man erkennen können, »hen duu thii nii«, habe herübergeschaut, zumindest habe es so ausgesehen, der Kopf habe gewackelt, und der Fischer versuchte ein komisches Lächeln. Bis er ihn aus dem Blick verloren habe, und dann sei mit einem Mal die Leine straff geworden, und so weiter, und der Fisch habe daran gehangen, und er zeigte mit dem Daumen hinter sich auf die Wäscheleine.

Der Hund saß nah am Wasser und kratzte sich das Hinterteil, und ich wusste nicht, was ich tun sollte. Stellte mir einfach vor, wie Lehnert trieb und trieb und herüberschaute und irgendwann Nok finden würde, in ihrer Schale, weil sie sich in einem Strudel im Kreis drehte, die ganze Zeit, oder an einem starken Ast am Ufer festhing. Und wie sie dann gemeinsam von Nagaschlangen hinabgezogen wurden, nur zum Schutz.

Djum fing an zu weinen, und das war fast das Erstaunlichste an allem.